地势坤，君子以厚德载物。

金一南 著

浴血荣光

北京联合出版公司
Beijing United Publishing Co.,Ltd.

新版序

一个1921年成立、最初只有50多人的党，28年后竟然夺取了全国政权。

一支1927年建军、后来只剩800人的队伍，22年后竟然百万雄师过大江。

一个20世纪初被称为"一盘散沙"的"东亚病夫"国度，20世纪中叶竟然成为全世界组织化程度最高的国家。

如果说有"成功学"的话，这是不是人类历史上最耀眼的"成功学"？

怎样认识和解释？如何阐述和说明？

探索任何"经验""诀窍""智谋""机缘"之前，应该先看看这支队伍、这伙人。

这是以一支工农武装割据、农村包围城市、最后夺取城市为取胜道路的队伍。他们中的很多人，本为赤脚农民，若无狂飙突进的中国革命，一辈子也就是面朝黄土背朝天。这场革命通过改变他们的命运，进而改变了整个中国。在这场决定自己命运，进而决定国家民族命运的生死搏斗中，他们浴血征战、纵横天下、英勇顽强、前仆后继。他们真是艰苦、真是流血、真是牺牲，由他们组成的党和军队也真是有力量。他们从小到大、从弱到强、从失败到胜利、从奴隶到将军，在中国政治舞台上演了一出最为威武雄壮的活剧。

他们之中有很多人，没有活到胜利的那一天，没有赶上评功评奖、授勋授衔，没有来得及给自己树碑立传，没有机会返回家乡光宗耀祖。他们穿着褴褛的军装，带着满身战火硝烟，过早地消失在历史帷幕的后面。他们是顶天立地的英雄，是一批为理想与信仰献身的不折不扣的真人。

什么叫真人？简单地说，就是讲真话、办真事、信真理的人。如果说真理是一支燃烧的火炬，那么率先举起这支火炬的，是真人的手臂。真理的火炬往往与真人的生命一起燃烧。一部波澜壮阔的中国近现代史，如果没有从孙中山到毛泽东再到邓小平这样一批又一批真人，我们可能至今还在黑暗中摸索和徘徊。正是这些不为钱、不为官、不怕苦、不怕死、只为胸中主义和心中信仰的先人，点燃了一代又一代中国人心中之火，才使我们至今未曾堕落、未曾被黑暗吞没。是他们造就了胜利，反过来胜利也造就了他们。他们是旧中国与新中国交替这样一个极其特殊历史时期的产物。我们这些后人，只有在他们一个个纷纷离去的过程中，才一步一步真正明白了他们对于国家、对于民族的巨大意义。

他们的最大特色，是至死不渝的忠诚。

他们的最高追求，是无可替代的胜利。

他们全都获得了。

令我们永远荣耀。

今天的中国人，正在经历中华民族复兴的伟大历史进程。2020年全面建成小康社会，2050年实现伟大民族复兴，不但需要我们登上由各项经济发展指标组成的物质财富高地，同样需要我们登上由理想与信仰组成的精神财富高地。一支为了胸中主义和心中信仰义无反顾为民奋斗、舍生忘死追求真理的坚强战斗的队伍，必为中华民族复兴所必须。

以一个哲人的话作为结束：

时间淹没众生，唯有英雄永存。

人类一旦被充分激发，就能变得和神一样伟大。

金一南

2017年4月9日　星期日

序　言

金戈铁马，已经被高速公路上如过江之鲫的车流所取代。

战火硝烟，也早被城市森林中五光十色的霓虹灯光消融。

沧海桑田，战争与革命已经过渡到和平与发展。

今天的中国，从"东亚病夫"变为一个举世瞩目的东方大国。

今天的一切，似乎与久远的苦难的牺牲、奋斗的过去不再相关。

现代诱惑是数也数不清的，以至于我们已经很少有时间再去回顾、思考、追寻。

越来越快的生活节奏中，已经有人宣称不再看有关过去的书了。

我们发展迅猛。前面等待我们的，难道是一个无根的未来？

社会面貌变化巨大。难道今天的一切真的与过去毫无关联？

我们已经走过很长的路程。我们还记得当初出发的理由吗？

我们正在以举世震惊的速度创造物质财富。但一个民族的崛起，仅仅是物质的堆积？我们还有没有崇尚的信仰？还有没有凝练的精神？

我们经历过如此深重的苦难。没有苦难，就没有坚忍、没有积聚。

我们也赢得了如此珍贵的胜利。没有胜利，就没有激情、没有尊严。

中华民族近代以来太多苦难，太多挫折，太多失败，最缺乏的就是胜利。

我们多么需要创造一些真正属于自己的胜利，来滋养、提振我们的民族精神！

近代以来中华民族创造胜利的奇迹，从举世闻名的二万五千里长征开始。

在此之前，任人欺凌、割地赔款的历史带给我们的只有屈辱，没有奇迹。

就是为了民族救亡和民族复兴，那些最坚决、最勇敢、最能奋斗、最富牺牲精神的中国人出发了。

李大钊不到38岁英勇就义。

毛泽东34岁上井冈山。

朱德31岁参加护法战争。

周恩来29岁领导南昌起义。

博古24岁出任中共中央总负责人。

聂耳不到23岁谱写《义勇军进行曲》。

寻淮洲不满22岁担任红军军团长。

邹容18岁写《革命军》。

…………

他们天不怕、地不怕，神不怕、鬼不怕。

他们不为官、不为钱、不畏苦、不惧死。

他们年纪轻轻就干大事，不少人年纪轻轻就丢性命。

他们只为主义，只为信仰。

他们以自己的一腔热血，改变了中华民族的历史与命运，完成了中华民族的精神洗礼。

民族崛起，从那个时刻已经真正开始。

美国未来学家阿尔文·托夫勒认为，力量有三种基本形式：暴力、财富和知识，"其中知识最为重要，由于暴力和财富在惊人的程度上依靠知识，今天正在出现空前深刻的力量转移，从而使力量的性质发生了深层次的变化"。

托夫勒忘记了还有一种力量，甚至是一种贯穿所有现代力量的力量：信仰。

唯有信仰，才能产生真人。

如果说真理是一支燃烧的火炬，那么率先举起这支火炬的，是真人的手臂。

一部波澜壮阔的中国近现代史，从洪秀全到孙中山，从毛泽东到邓小平，如果没有这样一批又一批真人前仆后继、追寻真理救国救民，很可能我们至今还在黑暗中摸索和徘徊。正是他们，点燃了一代又一代中国人的心中之火，才使我们至今未曾堕落，未曾被黑暗吞没。

这种精神洗礼永远不会白费。

今天我们正处于民族崛起的关键历史进程。在纷繁复杂的世界中实现自己的坚守和完成自己的担当，我们仍然需要一批又一批像当年那样为了胸中的主义和心中的信仰，义无反顾英勇奋斗的共产党人。

历史从来没有割断，也不可能割断。

我们一代又一代人，都是为了一个目标，都在做着前人没有做过的事情。

我坚信，今天为中华民族复兴默默工作与坚韧奋斗的人们，能够从先辈们的奋斗中吸收丰富的营养。

我们共勉！

金一南

2012年6月17日

目　录

第一章　选择 / 001

1. 为什么历史选择了中国共产党 / 002
2. 中国为什么最终选择了社会主义 / 005
3. 共产党成立初期为何遭到各界质疑 / 008
4. "南陈北李"缺席中共"一大"的史因 / 012
5. 中共"一大"代表的命运折射党的艰难 / 016
6. 陈独秀为何没找到革命的正确道路 / 020
7. 陈独秀为何无法走出独立自主道路（上）/ 024
8. 陈独秀为何无法走出独立自主道路（下）/ 028
9. 李立三和他的"立三路线"为何失败 / 032
10. 主张"斩首"理论的李立三如何脱离中国革命现实 / 036
11. 毛泽东的艰难选择 / 041

第二章　探索 / 045

12. 毛泽东如何步步探索正确的革命道路 / 046

13. 中国的红色政权为什么能够存在（上）／ 049

14. 中国的红色政权为什么能够存在（下）／ 054

15. 军阀白崇禧因何为红军闪开一条路 ／ 057

16. 白色政权之间的斗争与分裂 ／ 062

第三章　枪杆子 ／ 065

17. 解读"枪杆子里面出政权"的著名论断 ／ 066

18. 蒋介石教会毛泽东认识"枪杆子" ／ 070

19. 孙中山是否曾选定蒋介石作为接班人 ／ 073

20. 共产国际顾问鲍罗廷助国民党确立建党模式 ／ 077

21. 鲍罗廷如何将蒋介石推上国民党权力的巅峰 ／ 081

22. "中山舰事件"后蒋介石如何排挤共产党人 ／ 085

第四章　火种 ／ 091

23. 南昌起义背后的偶然与必然 ／ 092

24. 南昌起义中朱德发挥了怎样的作用（上）／ 096

25. 南昌起义中朱德发挥了怎样的作用（下）／ 099

26. 周恩来如何总结南昌起义的经验与教训 ／ 102

27. 朱德如何保存革命火种 ／ 105

28. 对朱德的一些认识，包括一些非议 ／ 108

第五章　真人 ／ 113

29. 周恩来的历史自觉在革命中的作用 ／ 114

30. 周恩来与毛泽东改变中国命运的谈话 ／ 117

31. 周恩来巧解博古心结，毛泽东获真正领导权 ／ 120

32. 毛、周、朱的结合是中国共产党的万幸 ／ 123

33. 蒋介石的大不幸是与毛泽东同时代 ／ 126

34. 一代伟人予后人留下最珍贵的精神财富 ／ 130

第六章　严酷的筛选 / 135

35．叛徒与奸细让中国革命无比艰辛 / 136

36．中国革命对共产党人严酷的筛选 / 139

37．红军第一叛将龚楚的人生悲喜剧 / 142

38．红军叛将龚楚如何度过落魄余生 / 147

39．张国焘相对毛泽东的"巨大优势" / 150

40．中共缔造者与叛变者张国焘的人生丑剧 / 154

41．毛泽东做好了去与苏联接近的地方求生存的准备 / 159

42．陕北根据地最终是怎么选定的 / 162

第七章　狂飙突进 / 165

43．蒋介石的救命恩人陈赓为何弃蒋而去 / 166

44．陈昌浩如何从一名留苏学生成长为一代将领 / 170

45．一段跌宕起伏的历史为何由年轻人创造 / 172

46．首个入党的黄埔学生为何要首个退党 / 174

47. 宋希濂倒行逆施的一生 / 178

48. 骁勇善战美髯公王尔琢为何命丧叛徒枪下 / 182

49. "飞将军"黄公略的传奇一生 / 186

50. 能守的伍中豪与能攻的林彪 / 189

51. 红军著名将领彭德怀：大勇之中有大智 / 192

52. 著名将领彭德怀如何展现英雄本色 / 197

53. 朝鲜作战"谁敢横刀立马，唯我彭大将军" / 201

54. 战将林彪是中国共产党与中国革命的产物（上） / 206

55. 战将林彪是中国共产党与中国革命的产物（下） / 209

56. 精谋善战枭将林彪经历过怎样的失败 / 213

57. 林彪对自己的作战特点怎样总结 / 216

58. 青年红军将领寻淮洲的人生传奇 / 220

59. 红军最年轻的军团长寻淮洲因何牺牲 / 223

60. 刘畴西率领的红十军团为何遭遇重挫 / 228

61. 令国民党将领闻风丧胆的"无名师长"胡天桃 / 232

62. 王开湘如何飞夺泸定桥、突破腊子口 / 235
63. 左权如何在短暂的生命中铸就不朽辉煌 / 240
64. 智勇双全的红军将领彭雪枫 / 243

第八章　洪流 / 247

65. "牛兰夫妇案"引出李德身份之谜（上）/ 248
66. 情报要员叛变，中共主要领导人死里逃生 / 252
67. "牛兰夫妇案"引出李德身份之谜（下）/ 255
68. 送款员如何曲折变身为共产国际军事顾问（上）/ 258
69. 送款员如何曲折变身为共产国际军事顾问（下）/ 262
70. 共产国际代表在中国革命的洪流中如何从神变回人 / 264
71. 博古助推奥托·布劳恩变身李德 / 266
72. 李德就是博古的"钟馗" / 270
73. 李德该不该成为红军失败的替罪羊 / 275
74. 红军"洋教头"李德为何出力不讨好 / 278

75. 中央在上海的电台被破获给中国革命带来了什么 / 281

76. 共产国际为共产党和中国革命带来了什么 / 284

77. 共产国际为何急于与中国共产党恢复联系 / 287

78. 唯一死后由毛泽东亲自扶棺送灵的人 / 290

79. 李立三是一位电报密码专家 / 295

80. 历史上的李立三到底功过几何 / 298

第九章　激荡 / 301

81. 1927年9月9日毛泽东为何处于生死攸关时刻 / 302

82. 毛泽东一生中最黑暗的日子 / 305

83. 毛泽东如何探索开创"中国式革命道路" / 308

84. "东北汉奸之父"如何策动九一八事变 / 311

85. 土肥原贤二拉汉奸，拉不动北洋派，却拉动了民国派 / 314

86. 宋哲元如何最终坚定抗日决心 / 317

87. 土肥原贤二如何为日本侵华做准备 / 320

88．脱亚入欧理论如何影响近代中国／322

89．中国近代史的灾难和革命几乎都与日本有关／325

90．日本侵略扩张道路显露的民族特性／327

第十章　新生　／ 333

91．长征对目标的选择不是一个神灵般的预言／334

92．国民党无疑有好故事，但共产党的故事肯定更好／338

93．中国革命，从全球化进程开始／342

94．面对侵略，中印选择抵抗革命道路为何有别／345

95．日本选择脱亚入欧，区别中国抵抗运动／348

96．中华民族近代最缺胜利，共产党为何能胜利／351

97．中国共产党历经严峻考验最终赢得革命胜利／354

98．新民主主义革命带给中华民族彻底新生／356

第一章 选 择

近代百年来,各种政治力量在中国舞台上都表演了一番,而最终完成救亡命题的是中国共产党。在选择社会主义之前,实际上我们有过相当广泛的选择,包括法西斯主义、无政府主义,包括三民主义,最后才到了社会主义。

在欧洲,马克思、恩格斯最看好的是德国革命,而不是俄国革命。在亚洲,列宁、斯大林看好的是日本革命,而不是中国革命。

1. 为什么历史选择了中国共产党

中国共产党成立90年（1921—2011），取得了举世瞩目的成就。在讲党的历史之前，简单回顾一下我们国家21世纪头10年取得的成就。2004年，中国经济总量超过意大利，成为世界第六大经济体[①]；2005年，中国经济总量继续增长，超过英国，成为世界第四大经济体；2007年，中国经济总量超过德国，成为世界第三大经济体；2010年，中国经济总量超过日本，成为世界第二大经济体。就我们现在由中国共产党人领导的新中国，这种发展速度远远超出世界预料。

概括中国一百多年来的坎坷历史，就是救亡、复兴。

从1840年到1949年，这逾一百年的命题就是救亡——挽救中华民族命运于危亡。为了完成民族救亡的使命，多少先进的中国人前仆后继，但是纷纷失败了。1840年开始，林则徐禁烟失败了；洪秀全的太平天国运动失败了；曾国藩、左宗棠、李鸿章的洋务自强[②]失败了；康有为、

[①] 我国2004年GDP总量从世界第七位上升到世界第六位。我国GDP换算成美元，早在2000年到2002年就超过了意大利，位居世界第六。从2003年到2004年，由于欧元升值，意大利又超过了中国。利用经济普查资料调整后，我国GDP总量又超过了意大利。

[②] 洋务运动，又称自强运动。同治、光绪年间清政府进行的与资本主义有密切联系的军事、政治、经济、文化教育、外交等方面的活动。标榜求强致富，以兴办军事工业并围绕军事工业开办民用企业、建立新式陆海军为主要内容，以"中体西用"为指导思想，以维护清朝统治为根本目的。

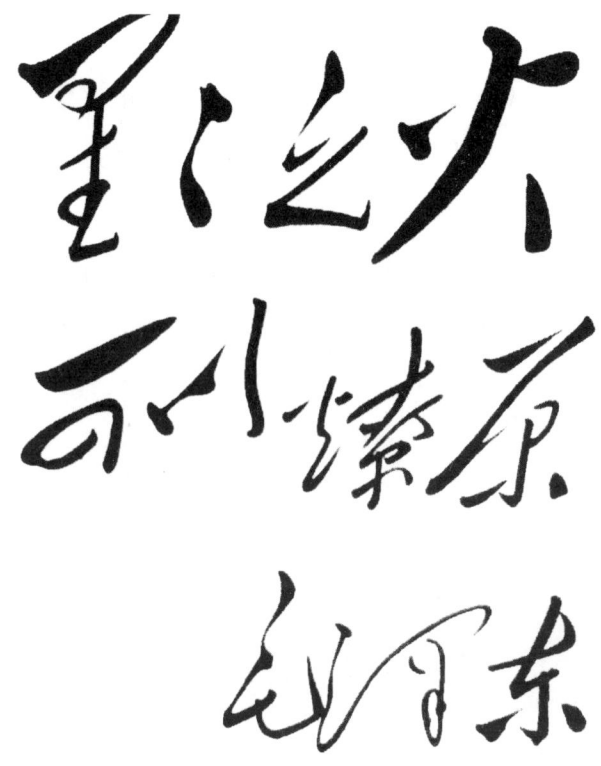

毛泽东手迹

梁启超的戊戌变法失败了；孙中山领导的辛亥革命，虽然推翻了两千多年的封建统治，但是成果被篡夺，走向共和的运动又失败了。一直到1949年，新中国成立，百年救亡的命题才打了一个结。近代百年来，各种政治力量都在中国舞台上表演了一番，而最终完成救亡命题的是中国共产党。

在今天来看，继续完成发展命题，在世界范围内做得最成功，而且取得阶段性巨大成果的仍是中国共产党。上海有位学者曾经对我讲过一段话，让我印象深刻。他说，研究中国的近现代历史，对中国共产党想绕也绕不过去。她就是这样一股力量，想绕也绕不过去，想忽视也忽视不了，最终原因是什么呢？因为她在救亡与发展这两大命题中都扮演了至关重要的角色。

从更广阔的历史纵深角度，从中国共产党所肩负的使命、所取得的成就与未来继续肩负的重大使命来看，中国共产党已经完成了救亡和发展这两大命题，下一步将继续完成中华民族的复兴。

今天，当我们在纪念建党90周年时，绝不仅仅是歌颂党的光荣伟大政绩，我们还要继续肩负党的使命，中华民族未来的发展使命依然是我们今天的重大命题。

2. 中国为什么最终选择了社会主义

当我们讲到为什么只有社会主义才能救中国的时候,有一句名言:"十月革命一声炮响,给我们送来了马克思列宁主义。"这句话如果加以简单理解,好像十月革命一声炮响,社会主义就诞生了——在世界诞生了,很快在中国也诞生了。实际上,并没有那么容易。社会主义在中国从能够站稳脚跟被人认识,到发展成为中国共产党的成立,发展成为在中国掀起一场波澜壮阔的革命运动,有一段很长很艰难的历程。

1840年,国门被踢开,帝国主义的坚船利炮给我们带来非常多的丧权辱国条约,中华民族的命运就此跌入一个历史低谷。面对如此境况,我们历经选择,就像一个病入膏肓的人,病急乱投医,什么药都吃,正方偏方全都上。

那么,什么样的药能治好中国?

在选择社会主义之前,实际上我们有过相当广泛的选择。比如说洪秀全的太平天国运动,他所选择的思想武器,其实就是基督教义的中国化。他引进了天父、天兄,把上帝、耶稣变成所谓的天父、天兄,来改造、凝聚他的太平天国。他这种生硬的改造,从一开始就注定了太平天国运动的失败,也注定了曾国藩以保卫中国的"名教"这面非常有号召力的旗帜,很快聚集起大批将心兵力,把太平天国镇压了。

太平天国被镇压以后，就是曾国藩、左宗棠、李鸿章的洋务自强。洋务自强建立在什么样的基础之上？中国万事皆在西人之上，唯独制器不行。那么就是机器制造、科学技术不行，所以怎么办？师夷长技以制夷。"师夷长技"主要是机器制造和科学发展，重点从这两个方面进行洋务运动。从1861年开始的洋务运动，一直搞到1894年的甲午战争，最后以甲午战争的失败，宣告了洋务运动的破产。

这时候，清政府另一批先进的中国人，以康有为、梁启超等为代表的先进知识分子，提出中国不是器物层面不如人，而是制度层面不如人。怎么办呢？改制。康、梁当时搞的戊戌维新，它的倾向就是君主立宪。戊戌维新失败，康、梁等人被追捕，逃亡，最后"戊戌六君子"被杀头，戊戌变法也就失败了。

接下来到了孙中山的辛亥革命，建立共和，从制度层面对中国进行了根本性的改造，推翻了两千多年的封建统治，这是多么伟大的创举！沉睡之狮翻身猛醒，共和之蓝图大功将成。现在试想，当初中国要是走向共和该多好啊，省得后来那么多战乱，那么多运动，那么多革命，那么多流血！但是这也只是一个理想主义的设想。为什么没有走向共和？因为辛亥革命前期成果被袁世凯篡夺了。

可是袁世凯在1916年就死了，袁世凯死之后我们还有12年的时间。我们想走向共和不是没有机会，从辛亥革命一直到1928年，我们可以充分地实验共和这个体制，可没有实验成功。这12年时间内，北京9届政府更替、24次内阁改组，换了26任统领，结果又是什么呢？军阀混战，生灵涂炭。而且辛亥革命后的1915年，我们还有过新文化运动。在当时探索中国救亡这条路上，我们不仅仅是器物层面出了问题，不仅仅是制度层面出了问题，而且思想文化领域也出了问题。

从上述轨迹中，我们可以看到，近现代以来，不是我们在选择社会主义之前没有过别的选择，而是历经诸多选择。我们什么药都吃过了，

《中国共产党宣言》影印件

什么招都使过了，包括法西斯主义、无政府主义、三民主义，各种各样的主义，都有人在尝试、在推广，最后才到了社会主义。所以社会主义能够救中国，并不是说社会主义是一个幸运儿，而是我们反反复复选择之后的结果。

社会主义最初传入中国的时候，是打了一个大问号的。社会主义能不能救中国？当时，中国思想界的泰斗级人物都认为社会主义救不了中国，社会主义无法救中国，这对于刚刚萌芽于中国这片土地的社会主义而言，其发展的艰难程度是无法想象的。

3. 共产党成立初期为何遭到各界质疑

当初，社会主义理念传到中国的时候，各方争论的焦点就是社会主义能不能救中国。当时，思想界的泰斗级人物梁启超，在中国共产党成立之前，发表了一篇《论社会主义运动》，里面就讲，今日之中国，生产事业一无所有，虽欲交劳动者管理，试问将何物交却？他的意思是说，你搞社会主义，没有社会化的生产，谈不上社会化的管理，搞什么社会主义？搞不成。梁启超的态度很明确，中国搞不成社会主义。

这就是中国共产党成立之前，中国思想界最具影响力的人物之一梁启超的态度。

中国共产党成立一年多后，孙中山与共产国际的代表越飞发表了《孙文越飞宣言》，里面有这么一句话：孙中山博士认为，共产主义秩序，乃至苏维埃制度不能实际上引进中国，因为这里不存在成功建立共产主义和苏维埃制度的条件。[①]孙中山认为在中国搞不成社会主义。

那么共产国际代表越飞持什么态度呢？在这篇《孙文越飞宣言》里，越飞完全同意孙中山的看法，并且进一步认为，中国当前最重要、最迫切的问题是实现国家统一和充分的民族独立。

---

① 孙逸仙博士以为共产组织甚至苏维埃制度，事实上均不能引用于中国，因中国并无可使此项共产主义或苏维埃制度成功之情形存在之故。

孙中山和越飞，一个是中国民主革命的伟大先行者，一个是苏联政府同时也是共产国际在中国的代表，两个人都不认为中国存在适合马列主义生存发展的土壤。

孙中山的"不认为"，一半出于对三民主义的信念，一半则是对刚刚成立的中国共产党的担心。越飞的观点，其实是一个矛盾，当然也可以看成是一种妥协，支持孙中山，为了换取孙中山对中东路和外蒙古问题的承诺。

那还会不会有更深入一些的原因？

有。

当时，中共作为共产国际的一个支部，在成立的时候，共产国际给予了帮助，越飞实际上就是在完成一种交换。他和他代表的共产国际支持中国共产党的成立，当时，主要的想法是在中国培植对北洋军阀政府

《孙文越飞宣言》影印件

的牵制力量，让北洋军阀不能毫无顾忌地反苏。不管支持中共成立，还是支持孙中山的南方政府，在共产国际看来，在苏联看来，都是以苏联的利益为核心，就是让中国革命具有这样的牵制力量。

《孙文越飞宣言》是中国现代史上一份非常重要的文件。没有这份宣言，就没有后来的国民党改造，就没有国共合作，也就不会有黄埔军校和北伐战争。它既是孙中山对中国革命走向的判断和规定，也是苏联将其斗争中心由世界革命中心转向苏联利益中心的起端。

中国共产党成立之后，作为共产国际的一个支部，所面临的最大难处，除了自身的困境，就是苏联共产国际这个最有力的指导者，一直都不看好中国革命能在中国共产党领导之下搞成，甚至不相信中国能存在社会主义。1940年，斯大林就曾讲过，中国没有真正的共产党，或者说没有实实在在的共产党。直到1944年，他还对美国特使哈里曼说，中国共产党人，他们对共产主义来说，就像是人造黄油对黄油一样。他的意思是什么呢？正牌的黄油是什么？是工人阶级的政党。中共是农民与小资产阶级的结合，所以中共不是真正的黄油，是人造黄油。

可历史就是这样有规律地发展，无规律地跳动。

在欧洲，马克思、恩格斯当初最看好的是德国革命，而不是俄国革命，结果是俄国革命最终获得成功。

在亚洲，列宁、斯大林看好的是日本革命，而不是中国革命，结果中国革命最终获得成功，而且是在中国共产党领导之下获得巨大成功。

那么，列宁、斯大林当时为什么看好日本革命？因为日本工业最发达，日本工人阶级最成熟，而且日本当时已经传播了大量的革命理论，怎么看日本都比中国强。所以斯大林将日本看作是远东革命的钥匙，没有日本革命，远东革命就是小杯子里的小风暴；没有日本革命，远东革命就是瞎闹，中国革命就没有大希望。

这就是当时的共产国际、革命导师、革命理论泰斗，包括当时的中国理论界，普遍的一个判断。

但是，日本没有发生革命，中国发生了革命，中国搞成了社会主义，这也是世界所预料不到的。

4. "南陈北李"缺席中共"一大"的史因

今天我们讲中国共产党的诞生，是事后开讲，因为她今天所取得的成就，让我们在讲到中国共产党的成立时很难绕过她所具有的深远的历史意义。然而，历史从来都是当局者迷的历史，我们从旁观者的视角去看，会更接近真实。

中国共产党当年成立时的13位代表，从其参与筹建的曲折经历来看，当初这个党的成立，并没有多少人看好，甚至早期参加筹建这个党成立的一些领导同志，对这个党将来能有多大作为，能做出多大的事情，在其成立之初并没有一个非常清晰的认识。这里面就包括我们经常讲的早期共产主义小组创始人——有"南陈北李"之称的陈独秀和李大钊。他们为何没能出席中共"一大"这样一个具有历史性意义的会议？我觉得这是中共党史以及中共"一大"的一个遗憾。

中国共产党"一大"会址纪念馆位于上海市兴业路76号（原望志路106号），是两栋砖木结构的两层石库门楼房，一栋是"一大"上海代表李汉俊和他哥哥的寓所，另一栋是"一大"代表在上海的住所——博文女校。陈独秀和李大钊都是共产主义小组的发起人，都是中共建党早期的中坚人物，"一大"开会的时候，两个人却都没有在上述两个地方出现。

陈独秀

李大钊

陈独秀当时在孙中山的南方政府出任教育厅厅长,"一大"开会的时候他正在筹款。陈独秀想,人一走款子就不好办了,所以没有来。

那李大钊为什么没有参加?

李大钊当时的理由是北大正值学期的终结,校务纷繁,无法分身。中共"一大"开会正值北大放暑假,当时李大钊在北京有个重要任务是什么呢?因为当时北洋军阀政府财政困难,停发了北京八所高校教职员工的薪金,这八所高校就联合成立了"索薪委员会"追讨工资。"索薪委员会"负责人马叙伦经常生病,主持不了会议,所以李大钊在"索薪委员会"中担任了重要的角色,整天忙于开会,追讨着北京八所高校教职员工的工资。

两人当时都忙。

但他们的理由与中共"一大"的历史地位相较,无疑是芝麻与西瓜相较。

什么是历史?这就是历史,这就是并非理想却真实的历史。

不是苛求前人。武昌起义并非一经发动就必定成功,之所以成功,毕竟还有其他许多因素。袁世凯也并非一出生就是"窃国大盗",孙中山对他也有一个认识的过程。

对"南陈北李"来说,在旧中国剧烈的大变动时期,每天成立的组织与散伙的组织一样多,结社很平常,也不能强令"南陈北李"预见到28年后的新中国。

常人可能觉出眼前的量变不一定能觉察到质变,但很多时候,伟人也无法立即察觉将要出现或已经出现的质变。

所以孙中山有面对辛亥革命的遗憾。

陈独秀、李大钊也有面对中共"一大"的遗憾。

中国今天的高速发展,使得中国共产党成立的历史意义越来越大。那么在当年谁看好这个党?谁认为这个党将来有大的作为?要回答这个问题,其实也让人遗憾。

我们前面也讲过,当时看好这个党的人是不多的,包括共产国际和当时中国非常具有影响力的一些重要人物。据中共"一大"13位代表中最年轻的代表刘仁静回忆,他当时参加"一大"时19岁,北京小组当时有两个名额,李大钊是建党发起人,有个固定名额;另一个名额属于张国焘。张国焘当时已经去了上海,李大钊因"索薪委员会"无法抽身,去不了。刘仁静回忆道:"李大钊去不了其实也轮不着我。"

北京小组当时还有一位资深的党员邓中夏和另外一位资深党员罗章龙。邓中夏和罗章龙两个人是刘仁静的入党介绍人,俩人资格都很老。可是征求邓中夏的意见,邓中夏要到南京参加中国少年学会会议,没有时间去上海参加中共"一大"。邓中夏不去轮到罗章龙了,罗章龙也不去。罗章龙为什么不去呢?罗章龙要到二七机车车辆厂开工人座谈会,搞工人运动,也没有时间去。刘仁静在回忆录里写道:"这个莫大的光荣就这样历史地落在了我的头上。"

这就是当时中共成立时一幅真实的图像。

当然,这样的情况也并不奇怪。当时,中国大地的情况如前所述,每天成立的政治组织与每天解散的政治组织一样多，谁也不知道这个党成立能搞多长时间。

邓中夏要到南京参加中国少年学会的会议，而没有时间去上海参加中共"一大"成立，南京离上海多么近啊！刘仁静作为北京小组一个资历很浅的共产主义小组成员，出任中共"一大"代表，拥有中共"一大"代表身份名垂千古，无论走到什么地方，各种各样的展览，中共"一大"代表十三个人的名单、照片都有刘仁静，而邓中夏、罗章龙呢？随着历史的推演，人们对他们的印象越来越淡薄。

当然，刘仁静的后来也是非常令人惋惜的。

几年前，我在《苦难辉煌》这本书里写道，1979年张国焘在加拿大多伦多去世，这是中共"一大"十三位代表中，最后一位去世的。后来书出版了，我才发现我写错了。中共"一大"13位党代表最后一位去世的不是张国焘，而是刘仁静。刘仁静19岁当"一大"代表，85岁（1987年）去世。他才是"一大"代表中最后一位去世的，而且不幸的是被公共汽车撞死的。这让人非常遗憾。

85岁的刘仁静，早起晨练，结果被一辆公共汽车撞了，中国共产党最后一位"一大"代表，就这样去世了。由此，我们回顾刘仁静的一生，也是非常波折的。他光荣参会中共"一大"，后来犯了参加托派、脱党的错误，到了新中国，又检讨当年的错误……至1985年，他被任命为国务院参事，但到1987年便死于车祸，非常可惜。

5. 中共"一大"代表的命运折射党的艰难

中共"一大"13位代表的命运充分折射出党的艰难。

1921年7月,"一大"在上海召开了,13位代表,有多少人能够想到这个党28年以后能夺取全国政权?1921年建党,1949年夺取全国政权,恐怕当时没有人能够想到。如果有人能想到的话,后来还能出现这样的问题吗?

1923年,陈公博因投靠军阀陈炯明被开除党籍;

1923年,李达脱党;

1924年,李汉俊脱党;

1924年,周佛海脱党;

1924年,包惠僧脱党;

1930年,刘仁静被党开除;

1938年,张国焘被党开除。

13位党代表,脱党的、被党开除的达7位,超过半数。

周佛海、陈公博还当了臭名昭著的大汉奸,最后被国民政府判处死刑。[①]

张国焘叛党,最后到戴笠手下当了一个主任,想办法怎么搞垮共

---

① 1946年10月,周佛海被国民党判处死刑,次年被改判无期徒刑,1948年2月卒于南京狱中。

第一章　选择　017

包惠僧

陈公博

陈潭秋

邓恩铭

董必武

何叔衡

李达

李汉俊

刘仁静

毛泽东　　　　　　　王尽美

张国焘　　　　　　　周佛海

产党。

我们单从这里面就可以看到党初建时的艰辛和曲折。可是还有，王尽美1925年牺牲，邓恩铭1931年牺牲，何叔衡1935年牺牲，陈潭秋1943年牺牲。

13名党代表中，脱党的、被党开除的7人，牺牲的4人，加起来是11人，最后党内幸存者仅毛泽东、董必武二人。

从13位党代表的命运中，你就能看到这个党何其艰难，绝对不像我们今天有些描述——党的"一大"在上海召开，剩下的会议转移到嘉兴南湖。南湖的会议一开完，一轮红日从南湖的红船上冉冉升起，放射光芒，然后一条红飘带，直接从南湖飘到井冈山，飘到延安，飘到天安门，我们就胜利了。

那是很浪漫的文学式的表达，党的这种艰难，这种艰辛，这种奋斗，没有一条坦途，是一步一步地摸过来、走过来、爬过来的，非常不容易。

6. 陈独秀为何没找到革命的正确道路

中国共产党成立后，先后有三个试图使中国共产党独立于共产国际的领袖。这三个领袖人物，第一个是陈独秀，第二个是李立三，第三个是毛泽东。三个人都试图使中国共产党独立于共产国际，走一条中国革命自己的独特道路，但是前两个人没有走成。

首先是陈独秀。

我们经常讲喜怒哀乐不形于色，陈独秀不是不形于色，而是非常形于色，并且是路见不平拔刀相助，他属于这样的人。陈独秀在大清王朝垮台之后，曾经与友人一起把别人按倒，强行剪人家的辫子，这种行为是很暴烈的。所以他不是很多人想当然描绘出来的——从书斋里走出来，就文文静静，温文尔雅，搞一些理论推演。陈独秀不是这样的，他是个行动派，而且他的个性里理想主义色彩非常浓。

中共"一大"，陈独秀虽然没有参加，但是依然选他为中共中央总书记。当时，党的经费非常紧张，因此，马林来华后，当这个共产国际代表提出共产国际将给予中共经济援助，但中共中央必须先交出工作计划和预算时，陈独秀面前的第一道难题立即就来了。

这时候中央内部也出现了两种声音。

一种是当时主持上海小组工作的李汉俊和李达面对共产国际代表马

林提出的条件，当场表示：共产国际如果支援我们，我们愿意接受，但须由我们支配。否则，我们并不期望依靠共产国际的补贴来开展工作。

这无疑使李汉俊、李达二人和马林的关系蒙上了一层阴影。

随后马林找到了张国焘，张国焘则完全是另外一种态度。

张国焘是最先认为应该接受共产国际经济援助的中共早期领导人，并以很快的速度向马林提交了一份成立劳动组合书记部的报告及工作计划和每月需1000余元的经费预算。

共产国际驻中国代表马林

张国焘没有狮子大开口，他提出的经费预算十分小心，也十分谨慎。

但陈独秀一回上海立即批评张国焘。他说，这么做等于雇佣革命，中国革命一切要我们自己负责，所有党员都应该无报酬地为党服务，这是我们要坚持的立场。

据包惠僧回忆："马林按照第三国际当时的体制，认为第三国际是全世界共产主义运动的总部，各国共产党都是第三国际的支部，中共的工作方针、计划应在第三国际的统一领导之下进行。"[1]

陈独秀则认为中共"尚在幼年时期，一切工作尚未开展，似无必要戴上第三国际的帽子，中国的革命有中国的国情，特别提出中共目前不必要第三国际的经济支援，暂时保持中俄两党的兄弟关系，俟我们的工作发展起来后，必要时再请第三国际援助，也免得引起中国的无政府党及其他方面的流言蜚语，对我们无事生非地攻击"[2]。

---

[1] 包惠僧.包惠僧回忆录.北京：人民出版社，1983.430
[2] 包惠僧.包惠僧回忆录.北京：人民出版社，1983.430

双方争论激烈，几次会谈都不成功。在一旁担任马林翻译的张太雷着急了，提示陈独秀说，全世界的共产主义运动都在第三国际领导之下，中国也不能例外。不料陈独秀怒火中烧，猛一拍桌子，大声说："各国革命有各国国情，我们中国是个生产事业落后的国家，我们要保留独立自主的权力，要有独立自主的做法，我们有多大的能力干多大的事，决不让任何人牵着鼻子走……"①说完拿起皮包就走，拉都拉不住。

要不要向共产国际汇报工作并接受其经费和受其领导，这是1921年7月中国共产党成立后要解决的第一个难题，也是中共中央出现的第一次争吵。

陈独秀个性极强，说一不二，向来不愿俯首听命。他说，拿人家钱就要跟人家走，我们一定要独立自主地干，不能受制于人。

我们今天看陈独秀讲的话是很对的，但是问题就在于，一个刚刚成立的党，没有任何经济支撑，要独立解决自己的经济问题非常困难。党创建之初，上海、北京、湖南、山东等各地共产主义小组的活动就非常困难。你要办各种刊物，你要搞工人夜校，你要出版各种革命理论书籍，还要翻译，这都需要钱。还有各地的一些共产主义小组成员，不能正常工作，不能坚持教书，还要做编辑，还要写文章，你要他们拿什么来生活，以什么样的资金来推动工人夜校、出版刊物等。当时，上海小组派包惠僧南下到广州向陈独秀汇报工作，连区区15块钱的路费都拿不出来，最后只好从私人手里借钱。

陈独秀开始以革命为职业，便失去了固定职业和固定收入，经济上很不宽裕。起初商务印书馆听说他回到上海，聘请他担任馆外名誉编辑，月薪300元，他马上接受，但这一固定收入持续时间很短。他大部分时间埋头于党务，已经没有时间再为商务印书馆写稿、编稿了。

---

① 包惠僧.包惠僧回忆录.北京：人民出版社，1983.431

窘迫的陈独秀开始经常出入亚东图书馆。

亚东图书馆的职员都是安徽人，与陈独秀有同乡之谊。亚东图书馆出版的《独秀文存》有他一部分版税。于是他没钱了就来亚东，但又从不开口主动要钱。好在老板汪孟邹心中有数，每当他坐的时间长了，便要问一句："拿一点儿钱吧？"陈独秀便点点头，拿一点儿钱，再坐一会儿，就走了。

即便如此，陈独秀也不肯松口同意接受共产国际的援助。

有困难总要去解决，最早的中国共产党人，包括陈独秀，他们怎么办？怎么为党工作？怎么认识这个党？是不是接受外来的援助？陈独秀的性格虽然非常刚烈，坚持中国革命的独立性，但面对如此窘境，他也找不到解决的办法。

7. 陈独秀为何无法走出独立自主道路（上）

陈独秀主张一面工作一面搞革命，他说："革命是我们自己的事，有别人帮助固然好，但没人帮助我们还是要干，靠拿别人的钱来革命是不行的。"所以他不同意接受共产国际的经济支援，也不愿意向共产国际汇报工作，这是陈独秀很强的独立性的一面。陈独秀这个观点，实际上表现了我们早期共产党人一种完全理想化的追求。哪一个党人不想独立？但是若不能自主地解决稳定可靠的经济来源问题，理论再好独立也是一句空话。

陈独秀后来很快就面临这个问题，最初是想让党员把自己的工资全部捐出来，陈独秀自己确实做到了这一点，但是没有办法，成立这样一个党，仅仅靠一个人的工资收入、稿费远远无法支撑党的活动。

陈独秀的强硬使得中国共产党与共产国际关系非常紧张。

正所谓解铃还须系铃人，很快转机就出现了。

1921年10月4日下午，陈独秀正在家中与杨明斋、包惠僧、柯庆施等5人聚会，被法租界当局逮捕。到捕房后他化名王坦甫，想蒙混过去。但不久邵力子和褚辅成也被捕，褚辅成一见面就拉着陈独秀的手大声说："仲甫，怎么回事，一到你家就把我拉到这儿来了！"

陈独秀身份当即暴露。

当时的情况非常糟糕，用我们今天的话说，有点证据确凿这个架势。陈独秀当时就感觉大事不好，起码要坐七八年牢，不会比七八年更短。

这时，共产国际代表马林起了关键作用，他用重金聘请法国律师巴和承办此案。

10月26日，法庭宣判释放陈独秀，罚100元了事。

陈独秀原来估计这回自己要坐上七八年牢了，出狱后才知道马林为了营救他们几人，花了很多钱，费了很多力，打通了会审公堂的各个关节，方才顺利结案。

按照李达的说法：马林和中国共产党共患难了一次。

这次遭遇对陈独秀影响极深。他通过切身经历才真正感悟："不光是开展活动、发展组织需要钱，就是从监狱里和敌人枪口下营救自己同志的性命，也离不开一定数量的经费。这些现实问题，的确不是凭书生空口的豪言壮语能够解决的。"

陈独秀本人极重感情，一番波折，无形中增进了他对马林的感情和理解。李达回忆说："他们和谐地会谈了两次，一切问题都得到适当的解决。"

有了这个基础，陈独秀最后同意了接受共产国际的经费援助。当然，陈独秀还是绕了个弯，就是用中共中央下设的中国劳动组合书记部接受共产国际的援助。绕了个弯，下了个台阶，但最后毕竟还是接受了共产国际的援助。

据包惠僧回忆，当时陈独秀与马林达成的共识大体是：

一、全世界的"共运"总部设在莫斯科，各共产党都是共产国际的一个支部。

二、赤色职工国际与中国劳动组合书记部是有经济联系的组织。中国劳动组合书记部的工作计划和预算，每年都要由赤色职工国际批准施行。

三、中共中央不受第三国际的经济援助。如确有必要时，开支由劳动组合书记部调拨。

那么，共产国际给中国共产党人提供了多少援助呢？

我们从共产国际给孙中山政府的，给蒋介石的黄埔军校的，给冯玉祥的北方西北军的援助来看，共产国际提供给中共的援助，只能说是九牛一毛，提供的数额极其有限。

据陈独秀1922年6月30日致共产国际的报告，从1921年10月起至1922年6月，共收入共产国际协款16 655元。因党员人数不多，全党还保持人均年支出40至50元的比例。随着1925年以后党员人数大幅度增长，共产国际所提供的费用远远跟不上这一增长速度了，全党人均支出由最初的人均40元下降到1927年的人均4元。苏联和共产国际的援助，主要都转到了国民党方面。

尽管经费援助十分有限，但对早期的中国共产党人来说，这依然起到了非常大的帮助作用。

据陈独秀统计，建党初期党的经费约94%来自共产国际，党又将其中的60%用于了工人运动。显然，中国共产党成立后能够很快在工人运动中发挥重要领导作用，同共产国际提供经费帮助分不开，也同中共将其绝大多数用于工人运动分不开。

党的组织不断发展，以革命为职业者渐多，各种开销日渐加大。20世纪20年代脱产的共产党员，组织上每月给30至40元生活费。尽管"二大"明确规定了征收党费的条款，但大多数党员实际生活水平本来就很低，党费收入便极其有限。陈独秀在"三大"上的报告称：1922年"二大"之后，"党的经费，几乎完全是从共产国际领来的"。

1927年1月至7月，党员缴纳的党费不足3000元，而同期党务支出已达18万元。若再将这一年共产国际、赤色职工国际、少共国际、济难国际等提供的党费、工运费、团费、农运费、兵运费、济难费、反帝费、特别费等总算起来，有近100万元之多。

比较起来，党的经费自筹数额实际不足千分之三。所以尽管共产国际援助中国共产党的数额远远少于国民党接受的数额，但必须承认，共产国际对中国共产党人提供了重要支援。

8. 陈独秀为何无法走出独立自主道路（下）

共产国际对早期毫无经济来源的中国共产党人的援助，为中共的发展起到巨大的帮助作用，但同时也因这种有限的援助所形成的依赖关系，给中国共产党人造成了相当的损害。

1922年春，马林提出中共党员加入国民党以实现国共合作的建议，陈独秀强烈反对。应该说马林的建议颇富创见。在荷属殖民地求解放斗争中积累了丰富统一战线经验的马林，看到当时中共仅是几十个知识分子组成的小党，与五四运动以后蓬勃发展的革命形势不相适应，加上孙中山也不同意党外联合，因此提出共产党员加入国民党的建议，用国民党在全国的组织机构和政治影响，使共产党迅速走向工农大众、迅速发展成长壮大起来，这可以说是革命党人战略与策略的高度融合。

但也应该说马林的建议颇含风险。虽然中共党员皆以个人身份加入，但弱小的共产党进入到庞大的国民党里去，怎样保持其独立性而不被吞并？

怎样维护蓬勃的锐气而不被官僚化、贵族化？

怎样坚持自己的主义而不变成别人的尾巴？

再好的革命策略，弄得不好，也会因丧失原则而变成坏的机会主义战略。

1922年陈独秀（前排左一）与瞿秋白（后排左一）等在共产国际"四大"上

马林的建议中还隐含着一些错误估计。他认为中国革命只有两个前途，或者共产党人加入国民党，或者共产主义运动在中国终止。马林把是否加入国民党看作是决定中国共产主义运动的生死存亡问题，他在给共产国际执委会关于中国形势的报告中称"中国政治生活完全为外国势力所控制，目前时期没有一个发展了的阶级能够负担政治领导"。

创见、风险、谬误就这样奇妙地组合在了一起。

马林在强调国共合作的好处，陈独秀在强调这种党内合作的坏处，一时间与早先的经费之争一样，双方再次陷入僵局。

但之前已经承认了"各共产党都是共产国际的一个支部"，这种僵局不可能像上次那么持久了。

马林在他的建议遭到陈独秀拒绝后，立刻动用了组织的力量。

共产国际从1922年7月至1923年5月做出一系列命令、决议和指示，批准马林的建议，要求中国共产党执行，并令中共中央与马林"密切配合进行党的一切工作"。就这样，在1922年8月马林亲自参加的中共中央杭州会议上，尽管多数中央委员思想不通，但组织上还是服从了，接受了共产国际的决定。

实践是检验真理的唯一标准。今天回过头去看20世纪20年代中国的大革命实践，共产国际关于国共合作的决策基本是正确的。说它正确，是因为正是这一决策种下了北伐革命成功的种子。而在正确前要加"基本"二字，是因为它仅仅简单提了一下"不能以取消中国共产党独特的政治面貌为代价""毫无疑问，领导权应当归于工人阶级的政党"，却没有任何具体的安排和可行的措施，实际上是不相信中国共产党人的力量与能力，由此也埋下了大革命失败的种子。

目标与风险成正比，这是任何决策都无法规避的两难。夹在两难之间的，是陈独秀。

长期以来人们说陈独秀的领导是一言堂、家长制。包惠僧一语中的："以后（接受经费以后）就不行了，主要是听第三国际的，他想当家长也不行了。"

曾经叱咤风云地领导新文化运动、被毛泽东称为"五四运动时期总司令"的陈独秀，大革命失败，你说有没有他的问题？面对共产国际做出的一个又一个决议，有时明知不可为，也只有放弃个人主张而为之，确实暴露了他在领导方面、领导力和路线选择方面的问题。但是按照共产国际当时那种说法，把很多罪名都加在了陈独秀的身上，让陈独秀承担大革命失败的全部责任与对共产党路线指导的一切错误，这未免太过分了。

共产国际的指导有问题，斯大林的指导有问题，但是共产国际不承认，斯大林也不承认。最后指责陈独秀用什么语言？《真理报》发表社论，指责陈独秀"这个死不改悔的机会主义者，实际上是汪精卫在共产党内的代理人"。这种似曾相识的扣帽子习惯和无限上纲的语言风格，竟然早在20世纪20年代共产国际和联共（布）就已使用，真使人感到"文化大革命"的起源不在中国。

陈独秀下台以后，在个人反省期间经常念叨的一句话就是："中国革命应由中国人自己来领导。"这是他终生想要实现而未能在自己手上实现的心愿。

9. 李立三和他的"立三路线"为何失败

陈独秀力图使中共独立于共产国际没有做成，继陈独秀之后，第二个想独立自主于共产国际大干一番的是李立三。李立三的个性跟陈独秀非常相像，而且他比陈独秀更过的是什么？李立三的脾气更加暴烈。李立三革命之坚决与脾气之暴烈，尽人皆知。

1920年年初，李立三赴法国勤工俭学，在船上和别人下象棋，象棋输了他竟然把棋盘一抢，棋子撒了一地。在法国勤工俭学时，炉前翻砂工，别人不愿干，他干，出大力流大汗，他都乐在其中。他的师傅是法共党员，21岁的李立三从师傅那里接受了共产主义思想，积极参加到学生运动和争取华工权利的斗争之中，而且情绪激昂。提到反动势力，他就喊："推翻！打倒！杀掉！"因敢闯敢拼，横冲直撞，留法学生送他个绰号——"坦克"。

另外，李立三还有一个鲜明特点，演说感染力极强。当时，国共合作，李立三加入国民党中央委员会，国民党中央委员会大都是一些老委员了，资格老，年岁大。让这些国民党中央委员特别感到耳目一新、为之一振的，就是两个加入国民党中央委员会的中共新锐，一个是李立三，一个是毛泽东，讲话口若悬河。

李立三在我们党内有两个非常大的功劳，现在很多年轻人甚至很多党员可能都不知道。第一个是1922年的安源路矿大罢工，这是党在早期组织大罢工唯一成功的先例。李立三是安源路矿俱乐部的主任，是这次大罢工的主要领导者。当然，后来李立三犯了路线错误，对于这次大罢工，我们更多讲的是刘少奇。刘少奇同志也是当时安源路矿大罢工的领导者，也起了很大的作用，但安源路矿大罢工的第一号人物还是李立三。

我们党早期的党员，很多都是来自于安源路矿的矿工，安源的矿工党员在我们党内占了很大的比例。1924年年末中国共产党只有党员900人，其中安源路矿的党员就达300人。这是李立三对我党一个非常重要的贡献。后来"二七"大罢工失败，五卅运动失败，很多党员被杀，我党损失很大，唯有安源路矿大罢工是我们党大革命时期硕果仅存的一例。

对此，刘少奇曾说这实在是幼稚的中国劳工运动中绝无仅有的事。

这一胜利对全国工人运动影响巨大。京汉铁路罢工失败后，各地工会组织全遭封闭，被迫转入地下，唯有组织严密的安源路矿工人俱乐部，工人阶级势力强大，反动当局不敢贸然镇压。邓中夏在《中国职工运动简史》中说，安源路矿是硕果仅存的世外桃源。

1926年，李立三又到武汉领导工人运动。在武汉，码头工人出身的向忠发只是名义领袖，实际主持工作的是李立三。当时人们说，只要向忠发、李立三一声令下，武汉三镇30万工人要进可进，要退可退。

当时还有人说，李镜蓉（李立三的父亲，李立三因积极投身革命与父亲不和）少了一个叛逆的儿子，革命却多了一员不妥协的猛将。

这员猛将对中国革命的贡献绝不仅仅止于工人运动。

安源路矿大罢工成功后，李立三的第二个可能不为众人所知的贡献也随之而来，那就是我党我军历史上著名的八一南昌起义。

20世纪90年代出版的《中国共产党历史大辞典》在"李立三"一条中评价说："蒋介石、汪精卫相继叛变革命后，李立三参加了八一

1932年李立三在莫斯科　　　　《新青年》杂志封面

南昌起义,并担任中共前敌委员会委员、革命委员会委员和政治保卫处处长。"

这是辞典里的记载,事实上打响武装反抗国民党反动派第一枪的八一南昌起义,李立三绝不仅仅是个参加者,更是这一起义的最早提出者。

1927年7月20日,李立三路过南昌,因为汪精卫在武汉也背叛了革命,李立三要把武汉的革命力量撤到上海去,南昌只是个路过的地点。结果李立三到了南昌之后,发现贺龙的第二十军、叶挺的第十一军都在南昌附近,就立即给中央写了报告,意即在军事上赶快集中于南昌,动员第二十军与我们一致举行南昌暴动。

这是李立三给我党带来的又一大功绩,即时发现历史时机,并能成功策动,为党的革命打下坚实基础。

我们后来说,南昌起义的前方总指挥是周恩来同志,但是南昌起义的早期组织和策动,李立三在其中起到非常大的作用。当时,中共中央总书记是向忠发,向忠发是个弱势人物,他是工人出身,水平不高,对党的斗争历史知之甚少,总体来说,领导力和驾驭能力都比较差。李立三后来是以中共中央宣传部部长的身份,代行中共中央总负责人的职务,实际上就是中共的主要领导人。他建议中央搞南昌暴动,就是要通过这个暴动计划,促成中国革命的成功。

当然,这里面还隐有一条,就是我们上面说的,李立三同陈独秀一样想脱离共产国际,不同的是他采取的是坚决的行动。

不过,李立三也惹了很大的祸。

他不仅想独立于共产国际,甚至想把共产国际给指挥了,这一下把共产国际惹火了。结果不仅给他本人带来了非常大的麻烦,也给当时的中国革命都带来了不小的影响。这就是我们所说的"立三路线"。

10. 主张"斩首"理论的李立三如何脱离中国革命现实

李立三看不起毛泽东的农村根据地。

他认为"乡村是统治阶级的四肢，城市才是他们的头脑与心腹，单只斩断他们的四肢，而没斩断他们的头脑，炸裂他们的心腹，还不能置他们的最后的死命。这一斩断统治阶级的头脑，炸裂他们的心腹的残酷争斗主要是靠工人阶级的最后的激烈争斗——武装暴动"。

正是基于这一点，20世纪20年代末期就主张"斩首"理论的李立三，脱离了中国革命现实。

后来，一意孤行的李立三搞出了一个"立三路线"来。

当时，正值蒋、冯、阎大战，就是蒋介石、冯玉祥、阎锡山在中原展开大战。李立三认为这是空前的世界大事件，世界大革命逼近到我们面前了，中国革命已经到了一蹴而就的时刻。他一面部署中心城市武装暴动，一面重新编组全国红军，攻打大城市。

这是要采取大干的方法。

怎么干呢？

李立三提出中国革命势将成为全世界革命的最后的阶级决战，苏联必须放弃五年计划，积极准备战争，而且蒙古在中国暴动胜利的时候要立即发表宣言，加入中华苏维埃联邦。蒙古当时"独立了"①，也得回来。当时，西伯利亚有10万名中国的工人，苏联应该迅速武装西伯利亚10万名工人，从蒙古穿过来援助中国，向敌人进攻。

很显然，李立三这次暴动脱离了中国革命的实际，中国革命当时并没有形成高潮，只是他说形成了高潮。最糟糕的是，李立三这个计划把共产国际一下惹火了，他是想以中国革命为中心，让苏联革命配合中国革命，让苏联停止五年计划，全力援助中国武装暴动，而且要把苏联好不容易从中国分割出去的蒙古再重新拿回来加入中华联邦。这个设想严重脱离了当时中国革命的实际，也给当时还在发育期的中国革命带来了严重的损失。

指挥共产国际，指挥苏联放弃五年计划准备战争，这种想法对苏联、对共产国际、对斯大林来说无疑太狂妄了，所以当时共产国际以最快的速度和最根本的手段进行了干预——停发中共中央的一切活动经费。这是我们党建党初期受到的最严厉的制裁。当时，李立三的中央办公地在上海，包括租房子的钱，各种各样的活动经费，主要都是由共产国际提供的，被停发了经费的李立三在中央的工作立即陷入了困境。

陈独秀想独立，李立三想独立，都没有独立成，这两个人的经验和教训都至少证明一个什么问题呢？那就是一个政党、一个社团独立与否很多时候并不在于领导人的主观意念如何，而在于你是否具备客观条件和领导人能不能创造性地具备这样的客观条件。当时的中国共产党人要想改变这种对共产国际的依附关系，不仅有赖于政治上、军事上斗争经验的日益成熟，而且有赖于经济上一定要找到立足之地，这是最起码的

---

① 1911年12月蒙古王公在沙俄支持下宣告独立，1917年沙皇灭亡后复入中国版图。1921年蒙古人民党成立后，在苏俄红军的支援下夺取了政权，同年7月建立君主立宪政府。1924年11月26日废君主立宪，成立蒙古人民共和国。1945年美、苏、英3国首脑雅尔塔会议规定"外蒙古（蒙古人民共和国）的现状须予维持"，作为苏联参加对日作战的条件之一。1946年，当时的中国政府承认外蒙古独立。

条件，否则你是根本不行的。

就在李立三沉湎于"会师武汉，饮马长江"之时，蒋介石从河南前线向南京发出密电，要求立即发布武汉行营主任何应钦为"鄂湘赣三省'剿匪'总指挥"的委任令。同时嫡系教导第三师首先抽调南下。

中原大战尚未结束，蒋介石已经开始准备"剿匪"战争了。

对苏区旷日持久的"围剿"，由此拉开帷幕。

帷幕还未拉开，"立三路线"已经宣告结束。共产国际和斯大林对这位要求苏联停止五年计划准备支援中国的革命战争、要求外蒙古回归中国的李立三进行了快速而坚决的反击。

1930年，"立三路线"3个月后，李立三被解除政治局委员职务调往莫斯科，一去就是15年。其中有两年时间甚至在"世界无产阶级红色堡垒"的监狱中度过，品尝了苏联内务部人员对囚禁者从不手软的肉刑。

据李立三后来讲，他在苏联期间"终日提心吊胆，谨小慎微，以免触怒，但还是不免经常受到斥责"。即使这样，他仍然努力为党工作。

1935年初春，共产国际派他到接近新疆的阿拉木图建立交通站，负责国内方面来往人员的安排，了解新疆政治情况，更重要的是设法恢复与中共中央的电讯联系。

中共中央和共产国际的电讯联系是由他重新建立的。

完成这一重大任务的李立三，又被人忘记了。

他被忘记的地方何止一处。

中国共产党领导的早期工人运动中，最为成功的是安源路矿工人大罢工，"文化大革命"前说领导者是刘少奇，"文化大革命"中说领导者是毛泽东，自始至终一直在安源领导罢工的工人俱乐部主任李立三却无人提及。安源工人的歌谣"有个能人李隆郅"也被改为"有个能人毛润之"。改歌者还振振有词：不是为个别的真实，是为历史的真实。

丢掉了个别的真实，真的能够获得历史的真实吗？

遵义会议后，本来已经弄清楚李立三和王明有所不同，但为了照顾与共产国际和苏联的关系，近十年时间里，仍将"王明路线"称为"'立三路线'的残余"，李立三不仅因自己的错误受到了应有的或不应有的对待，而且要代人受过，把残酷斗争过他的王明的错误也担在身上。

这自然又是历史的需要。

李立三的命运就是这样，不断地为历史牺牲自己。

1946年，李立三终于从苏联回到东北，化名李敏然。一些单位不知道他就是李立三，请他去讲党史，他就自己选择介绍"立三路线"的错误，并分析形成的原因和领导者个人的责任，讲完后场上一片称赞。也有人听了以后疑惑不解："您怎么会知道犯错误的人心里想什么？"李敏然的回答令全场大吃一惊："我就是李立三。"

短暂的沉寂后，会场上突然响起了雷鸣般的掌声。许多人很多年以后还回忆说，听了那次课，才知道什么是老革命家的坦荡胸怀和自我批评精神。

李立三这种坦荡带来的问题是：至今我们都知道他的错误在哪里，却很少有人能说出他的功劳在何处。

于是也就弄不清什么是个别，什么是历史，弄不清为什么历史如此藐视个别。

这是中国革命中一位极富悲剧色彩的人物。几十年忘我奋斗无人知晓，3个月的错误却结结实实检讨了30多年。最初因为横冲直撞的性格被人称作"坦克"，最终却像绑缚山崖任苍鹰一遍又一遍啄食的普罗米修斯。

开国大典中，人们还可以清楚地看到李立三作为全国总工会的代表，站在毛泽东身边。

20世纪50年代末，他到东北考察后提出的"两参一改三结合"的工业管理原则,被毛泽东概括为"鞍钢宪法"。

1967年6月22日,"文化大革命"炉火正旺之际,李立三服用大量安眠药自尽。

1980年中共中央为他举行平反昭雪追悼会,他的骨灰早已无影无踪,被随便扔掉了。覆盖着党旗的骨灰盒里面,只装着他生前戴的一副老花镜。

李立三生前最喜欢明代爱国将领于谦的《石灰吟》,他的命运恰是如此:

>千锤万凿出深山,
>烈火焚烧若等闲。
>粉身碎骨浑不怕,
>要留清白在人间。

11. 毛泽东的艰难选择

陈独秀、李立三的选择，都想使这个党独立于共产国际，走一条中国的道路，都没有搞成，毛泽东同志为什么搞成了？这里面最大的一个区别在于，陈独秀和李立三在指导方针上脱离了中国革命的实际，尤其是李立三表现得更为严重，而紧密联系中国革命实际这一点恰恰是毛泽东最擅长的。

毛泽东在选择方针路线的时候，有一个非常大的特点——牢牢根植于脚下的土地。他没有到莫斯科去学习。他是从井冈山和江西苏区这块红土地上成长起来的。

毛泽东在八七会议之后组织了秋收起义，秋收起义原定的方向是打长沙。毛泽东一看这个队伍的实力，根本打不了长沙，就放弃了打长沙的计划，带领秋收起义的部队上了井冈山。

为此，毛泽东受到了撤销政治局候补委员的处分。

毛泽东是在八七会议中被增补为政治局候补委员的，刚刚开始进入中央的核心层就被撤职，撤职原因是：让你组织秋收起义主要是攻长沙，把长沙打下来。你没有打长沙，却带着队伍上了井冈山，属于右倾逃跑。

现在我们看上井冈山这件事。就当时中国革命的现状，毛泽东上井冈山恰恰是为中国革命找到了一条极其符合中国实际的道路，但是这个开端没有任何人褒奖，得到的反而是最严厉的处分。这也再次说明了我们中国革命道路选择之艰难和中国领袖成长之艰难。

那么，毛泽东在这块红色土地上搞了什么呢？工农武装割据，农村包围城市，最后夺取城市这样一条中国革命的正确道路。这条正确道路，在今天很多理论概括中，红色根据地、革命政权的广泛建立，在政治上开辟了中国共产党人自己独特的理论领域，而且军事上建立了中国共产党自己的武装力量工农红军。

但是我觉得有一点讲的是不够的，正因为在广大的农村实行工农武装割据，建立广泛的农村根据地，我们党才在经济上完全摆脱了对共产国际的依赖，摆脱了曾经一直束缚着陈独秀、李立三的经济绳索，让中国革命在一定范围内能够真正独立，这是毛泽东对中国革命的重大贡献。

中央苏区也好，地方苏区也好，都实行了打土豪、分田地这种政策，既是红色政权政治运动的基础，也是中国共产党人经济独立的基础。在中国共产党人最为困难的土地革命时期，我们说"砍头不要紧，只要主义真"，人人皆知。而中央苏区、鄂豫皖苏区派人一趟一趟给上海的党中央送经费、送黄金，我们今天有多少人知道呢？

今天我们还有不少人以为上海中央经费主要来源于苏联。当然，共产国际是提供了一些经费，但是从中央苏区、鄂豫皖苏区、湘鄂苏区等各个苏区建立之后，苏区的财政全部自给自足，苏区不需要共产国际的经济支持，苏区有独立的工商税收，有独立的田税。

苏区在这个基础上已经完全拥有了政权独立运作的模式。

红色首脑最先在发达的上海租界建立，在共产国际、苏俄的帮助下建立。红色政权最终在贫困落后的山区、边区扎根，这可以看作是中国革命一个非常大的特征。

如果当年红色首脑不集中在现代化的大城市，我们党不可能获得马克思列宁主义这样最先进的思想体系，也不会收获后来众多的精英的领导；如果红色武装不分散到最贫困落后的边区、山区，也就不可能得到充足的给养和顽强的战士。

所以正是从这个意义上讲，我们才讲到毛泽东道路的珍贵。毛泽东道路是马克思列宁主义与中国革命实际相结合，完全自己独立自主地开展武装斗争，农村包围城市，最后夺取城市的一条道路。

这条道路给我们揭示了什么呢？其实今天来看也是我们必须珍视的：中国革命不但要独立于敌人，而且要独立于友人。

第二章 探 索

　　毛泽东上井冈山，为中国革命找了一条符合实际的道路，但是这个起端没有任何人褒奖，得到的反而是最严厉的处分。毛泽东通过艰辛摸索，开创了一条完全独立的中国革命道路，不但独立于敌人，而且独立于友人；不仅政治独立，而且经济独立。

　　中国的红色政权为什么能够在内外干扰中取得辉煌的成功？蒋介石找过五个原因，但终生也没有弄明白。克洛泽把所有原因归结为一个最终的"运气"，也没有替蒋弄明白。回答者只有毛泽东。

12. 毛泽东如何步步探索正确的革命道路

从1927年大革命失败后的"心境苍凉"到八七会议后提出"枪杆子里面出政权",从秋收起义到井冈山斗争,毛泽东通过艰辛摸索,开创了一条完全独立的中国革命道路,不但独立于敌人,而且独立于友人;不仅政治独立,而且经济独立。事实证明,这条革命道路是中国共产党最终获得胜利的最主要的基础。

当别人都还认识不到建设苏区农村根据地的重要性的时候,毛泽东为什么能够找到这样一条道路呢?并不是说这条道路原来就存在于领袖的头脑之中,这是毛泽东同志在革命生涯中一个艰辛摸索的过程。

1927年大革命失败,毛泽东同志当时怎么形容自己的心情?"心境苍凉,一时不知如何是好。"他还并没有非常明确地认识到走这样一条工农武装割据、农村包围城市的道路。

1927年八七会议,毛泽东在这方面的思想开始比较成熟了。八七会议之前我们要注意一个重大的背景,八一南昌起义发生了,中国共产党人已经通过自己的武装打响了反抗国民党反动派的第一枪。8月7日在武汉召开的八七会议,毛泽东第一次提出了石破天惊的理论——"枪杆子里面出政权"。

到了1927年9月29日三湾改编,毛泽东提出支部建在连上。再到1927

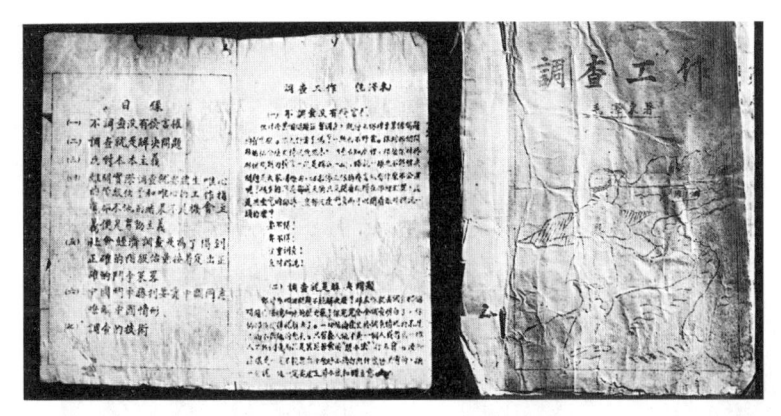

毛泽东《调查工作》一文手稿

年年底井冈山斗争提出建立巩固的农村根据地，实施工农武装割据。这就是毛泽东同志的思想脉络和发展的链路，这个过程在当年就已经论证了，就是我们现在讲的，实践是检验真理的唯一标准。

毛泽东对"工农武装割据，农村包围城市，最后夺取城市"道路的探索，并不是胸有成竹：我早就有这个思想，上了井冈山，我就是为这个东西而来的。不是的。当初，上井冈山也是不得已而为之，因为打长沙打不下来，只能上井冈山，上了井冈山怎么办？和井冈山上的山大王王佐、袁文才的队伍会合。那怎么夺取未来的胜利呢？

井冈山地处偏远，秋收起义的队伍主要是湖南的农军和留洋的学生，有一小部分武昌国民警卫团，力量很弱，再加上井冈山上的山大王王佐、袁文才的部队，这两股力量混合在一起，战斗力还是非常弱的。而且在当时的情势下，这支力量不被任何人看好，共产国际根本就不知道在井冈山还聚集了这样一股力量，更不可能想到这股力量最后能够颠覆中国所有白色政权，夺取全国政权。这在当时而言，是任何人都无法想象的。

中国革命道路是一步一步走出来的。我们先是政治独立，最终保障政治独立的是经济独立。经济独立的根源在哪里呢？就是建立广泛的

王佐　　　　　　袁文才

革命根据地，中央苏区、鄂豫皖苏区、湘鄂西苏区，各个苏区一起来，中国革命有了自己的雏形。毛泽东同志开创了这条道路——农村包围城市，最后夺取城市——使中国革命有了立足的最主要的基础。

1949年，新中国成立之后，毛泽东访问苏联，见斯大林的时候，周围的人都没有想到，毛泽东第一句话就是："我是长期受排挤打击的人，有话无处说。"东方两位革命巨人会见，何等非同一般的场所，毛泽东为什么这么说呢？长期没有按照共产国际交代的那一套去做，走了中国的独特的革命道路，这是独立自主带来的艰难曲折。毛泽东同志讲了这些话之后，斯大林回答："胜利者是不受指责的，这是一般公理。"

斯大林这位深刻改变了20世纪国际政治走向的历史巨人，在胜利的中国革命面前，也十分坦然地承认了中国革命的成功有自己的特色。他的言外之意是：你们中国共产党人胜利了，那么你们所选择的方针、路线、政策就是对的，就是不受指责的，而我以前的指导就是有问题的，这是我也承认的。

13. 中国的红色政权为什么能够存在（上）

在讲中国的红色政权为什么能够存在之前，我先讲一件发生在我身边的事。

我们国防大学有个国际问题交流班，这个国际问题交流班里世界各国军官都有，美国的、英国的、法国的、澳大利亚的、日本的，世界各国的军官在一起除了学习交流，就是在国内考察。我记得我们当时参观考察的第一站是山东地区，先看曲阜，就是孔子的故乡，再到惠民，看孙子的故乡，然后参观青岛著名的企业。

第一站参观完后，西方几个国家的军官提出一个请求，他们说："你们的参观项目都是事先安排好的，都是安排给我们看的，我们能不能看自己想看的？"这是个很好的建议，我们离开山东，一到上海，就把原定安排全部取消了，大家自由活动，交流班里的中国军官和几名外国军官结成小组，想看什么地方就去什么地方。

我当时负责为一名法国军官和一名德国军官带队，三个人组成了一个小组。从锦江饭店走出来，我就对法国军官和德国军官说："今天时间都在我们手里，你们说我们看什么地方，我们就看什么地方。"法国军官首先建议，他说："我们今天能不能看看中共'一大'会址？"他的建议吓了我一跳，我觉得我们今天很多中共党员到了上海都很难想到

中共"一大"会址

要看中共"一大"会址。这位法国军官刚到上海参观，就要看中共"一大"会址，我立即答应。

这个法国军官叫路易，在去中共"一大"会址的车上，我问路易："你怎么想起要看中共'一大'会址呢？"路易兴奋地说道："中共'一大'会址在当时是法租界呀，我们知道当时你们共产党很危险，到处有人在追你们，抓你们，要杀你们，法租界很安全，你们在法租界召开了中共'一大'，成立了中国共产党，你们中共现在取得这么大的成绩，不要忘记我们法国人啊。"

他这么一说，我才知道为什么他要看中共"一大"会址。实际上他要看的是他们法国当年对中共"一大"做出的贡献，就是说，是他们法国给我们中共提供了成立的地点。我对路易说："路易，你到了中共'一大'会址就知道了，你还得向我们道歉呢。"他感到非常吃惊，为什么要道歉？我说："你去中共'一大'会址看看就知道了。"

我们在中共"一大"会址参观，参观到最后，当路易了解了中共"一大"会议的整个过程，他脸上的自豪感就消失了。

中共"一大"是在法租界召开，但并不是说就受到了法租界的保护。当年参加中共"一大"的代表，基本上都是青年学生，没有地下斗争经验。会议开到五分之四时，突然有个人闯进来，闯进来后连忙说，走错了，又把门拉上走了。年轻的代表们当时没什么经验，以为真是有人走错了门，大家继续开会。幸好当时参加中共"一大"的共产国际代表马林，是个有着丰富地下斗争经验的荷兰共产党人，他当即提出不行，这个地点已经暴露了，立即转移。马林此语一出，代表们刚开始还有所犹豫，但新生的中共，只是共产国际的一个支部，共产国际代表马林的意见，在当时情况下是具有上级指示意思的，于是大家立即转移，决定把剩下的会议改在嘉兴南湖召开。中共"一大"代表刚转移不久，法国巡捕就冲进来抓人了。

我对路易说："你好好看看，法国巡捕冲进来抓人，你说我们党成立要感激你们，我说我们新生的共产党差点儿被你们一网打尽了。"他说："哎哟，还有这个事，我们真应该向你们道歉。"

从中共"一大"会址出来，我问那位德国军官："现在该你建议去看什么地方了。"没想到这位德国军官提议去的地方，其潜在目的竟和法国军官如出一辙。他说："我们能不能看看孙中山故居，孙中山是中国革命最早引进德国顾问的，你们中国革命的成功，今天中国建设发展成这样，不要忘记我们德国顾问曾经在这个过程中对你们做出的贡献。"

通过这两件事，两个外国人，两位外国军官——他们后来分别当了德国和法国的驻华武官——对我们党和我们党所取得的巨大成就是充分认可的。但我们可以想一想，如果我们党没有取得这样大的成就，如果我们失败了，如果我们垮台了，还会有人认可我们吗？显然，那位法国军官绝不会以中共在法租界成立为荣，那个德国军官也绝不以孙中山最早聘请德国顾问为荣。

十月革命一声炮响，给我们送来了马列主义，送来了组织指导，甚至送来部分经费，但没有送来武装割据，没有送来农村包围城市，没有送来"枪杆子里面出政权"。

布尔什维克党人最后占领冬宫之前，没有建立自己的政权。列宁在十月革命前夜，还不得不躲藏在俄国与芬兰交界的拉兹里夫湖边一个草棚里，离武装起义只剩下不到20天，才从芬兰秘密回到彼得格勒（即圣彼得堡）。

后来雨后春笋般出现的东欧社会主义政权，基本上都是扫荡法西斯德军的苏联红军帮助建立的。当苏联的支持——特别是以武装干涉为代表的军事支持——突然消失，厚厚的柏林墙便像一支廉价的雪糕那样融化掉了。

越南、朝鲜，基本上大同小异。古巴的卡斯特罗游击队也是在先夺取政权之后，才建立政权的。格瓦拉在南美丛林中和玻利维亚政府军捉迷藏时，也没有首先建立政权。

不是列宁不想，不是胡志明不想，不是卡斯特罗不想，不是格瓦拉不想，是没有那种可能。

为什么偏偏在中国就有这种可能？

1931年11月，中华人民共和国成立以前18年，毛泽东就在中华工农兵苏维埃第一次全国代表大会上宣布"中华苏维埃共和国"诞生。而在"中华苏维埃共和国"诞生之前，星罗棋布的红色政权已经在白色政权周围顽强存在，并有效地履行一个政权的全部职能了。

为什么在中国能够如此？

全世界没有哪一本百科全书能够诠释这个问题。

1975年蒋介石刚刚去世，美国作家布莱恩·克洛泽就出版了一本书 The Man Who Lost China。书名就不大客气，翻译为《丢失了中国的人》。书中说："对蒋介石的一生进行总结，蒋介石有自己的勇气、精力和领袖品质，他不仅是一个有很大缺陷的人物，而且从希腊悲剧的意义上讲，他也是一个悲剧性的人物。他的悲剧是他个人造成的……蒋介石缺少那些将军和政治家流芳百世的先决条件——运气。他的运气糟糕透顶。"

蒋介石数十年惨淡经营，竭力奋斗，仅仅被归结为"运气"二字，克洛泽过于轻率。

蒋介石想消灭共产党人的愿望终生不改。十年内战时期有"两个星期"理论，解放战争时期发展为"三个月"理论——"三个月消灭关里关外共军"，兵败台湾后又有"一年准备，两年反攻，三年扫荡，五年完成"，一辈子生活在扑灭燎原烈火的梦境之中。

中国的红色政权为什么能够在艰难困苦中顽强存在？

中国的红色政权为什么能够在白色恐怖中迅猛发展？

中国的红色政权为什么能够在内外干扰中取得辉煌的成功？

蒋介石找过五个原因，但终生也没有弄明白。克洛泽把所有原因归结为一个最终的"运气"，也没有替蒋介石弄明白。

回答者只有毛泽东。

14. 中国的红色政权为什么能够存在（下）

中国的红色政权为什么能够存在？

毛泽东早在1928年就做出了解答。

1928年10月，毛泽东写于井冈山的《中国的红色政权为什么能够存在？》充分回答了这个问题。这篇文章实际上是后来《毛泽东选集》四卷中一篇我认为非常关键的文章。只有真正地认识到你脚下这块大地的特点，和别人不一样的东西，你才能真正完成马克思主义普遍真理与中国革命具体实践的结合。

毛泽东是怎么破解中国的红色政权为什么能够存在的？

如果不看毛泽东是怎么破解的，我们自己先破解一下，自己先问一下，中国的红色政权为什么能够存在？我们今天把它作为一道考题来回答一下，一般会怎么回答？

第一，马克思主义的光辉指引；

第二，中国共产党的英明领导；

第三，工农红军的英勇奋战；

第四，人民群众的衷心拥护。

还可能有第五、第六，这些都是标准的模式化的答案。

当我们按照这种标准的模式化的方法回答完之后，翻开《中国的红色政权为什么能够存在？》这篇文章看一看，就能够明白，毛泽东当年如果按照我们今天这么回答，我估计中国的革命是不一定能搞得成的。

那么毛泽东是怎么破解的？

毛泽东全面分析了中国社会的特质，他在这篇文章中说，一国之内，在四围白色政权包围中，有一小块或若干小块红色政权的区域长期地存在，这是世界各国从来没有的事。这种奇事的发生，有其独特的原因。而其存在和发展，亦必有相当的条件。

毛泽东所讲的独特原因和相当的条件又是什么呢？毛泽东说，它的发生不能在任何帝国主义的国家，也不能在任何帝国主义直接统治的殖民地，必然是在帝国主义间接统治的经济落后的半殖民地的中国，因为这种奇怪现象必定伴随另外一种奇怪现象，那就是白色政权之间的战争。

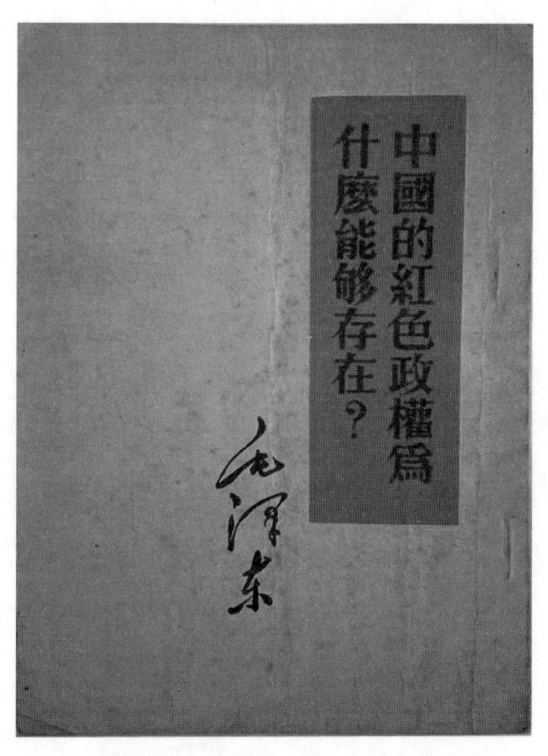

《中国的红色政权为什么能够存在？》

这就是"中国的红色政权为什么能够存在"最为关键的一条——白色政权之间的战争。

这也是毛泽东对中国的红色政权为什么能够存在而列的五条理由中最为关键的一条，其他四条都围绕这一条展开。

蒋介石在回答为什么"赤匪"能够有现在的猖狂时，也列了五条理由。在五条理由中，他认为"赤色帝国主义者之毒计"是根本的一条。

毛泽东的五条理由中，"白色政权之间的战争"即军阀混战是根本的一条。

毛泽东的认识之所以深刻，就在于他牢牢地根植于脚下的土地。

蒋介石在中国实施最严厉的白色恐怖，毛泽东却在这最严厉的白色恐怖下，在各个实行白色恐怖的政权连年混战中，为中国共产党人找到了最广阔的发展天地。

如此，我们可以看，后来革命发生的情况，我们各个苏区，湘鄂赣苏区、鄂豫皖苏区、湘鄂西苏区、川黔苏区等都是在白色政权之间的接合部，这就是毛泽东讲的奇怪现象，白色政权之间的战争给中国革命提供了一个充分发展、发育、成长的空间。

中央苏区就是广泛利用了蒋桂战争、蒋冯阎战争获得大幅度的发展。

红军长征，就是充分利用了白色政权之间的矛盾，在红色政权失去了根据地之后万里长征仍能够坚持下去。

这就是毛泽东对中国社会特质的充分掌握。

15. 军阀白崇禧因何为红军闪开一条路

中国工农红军开始万里长征,并最后得以存活和发展,就是充分利用了"白色政权之间的战争"——蒋介石与广东军阀陈济棠、广西军阀白崇禧、湖南军阀何键、贵州军阀王家烈、云南军阀龙云和四川军阀刘湘之间的错综复杂的矛盾。

长征出发通过前三道封锁线就是红军与陈济棠达成的秘密协议,第四道封锁线湘江之战,红军打得非常惨烈,损失过半。后来,我们很多著作中描绘了敌人如何凶残,我军如何英勇,当然这些都是客观情况,但是还有另外一个更重要的、隐含在历史帷幕后面的客观情况,就是国民党高级将领白崇禧为我们让开了湘江。

本身红军过湘江是非常困难的,到达湘江前,广西白崇禧的军队由南向北,湖南何键的军队由北向南,已经把湘江完全封死。按常理,红军不可能通过这样的封锁

李宗仁(右)和白崇禧(左)

线，可是在红军大队人马到湘江之前，白崇禧突然间调整战线，把封锁湘江桂系军队的南北战线陡然调整为东西战线。他这一调整，湘江一下闪开了一个百余里的缺口。白崇禧为什么突然间闪开这个口子？白崇禧在他桂系的高级军官会议上讲话，他说："老蒋恨我们比恨朱、毛更甚，如果把湘江完全堵住，红军过不了湘江，必然掉头南下进入我广西，红军进入广西，中央军就要跟进广西，中央军在解决红军的同时把我桂系也就解决了，所以不如留着朱、毛，我们战略回旋余地还大些，我们现在是既要防红军，更要防中央军。"

这就是毛泽东指出的"中国的红色政权为什么能够存在"。

这就是白色政权之间的战争。

那么白崇禧到底是一个什么人？

港澳台一带流行一种说法：中国有三个半军事家，两个半在大陆，一个在台湾。

在台湾的这个就是白崇禧。

1928年，国民党行政院院长谭延闿特写了一副对联赠白："指挥能事回天地，学语小儿知姓名。"从白崇禧在陈济棠面前对红军突围时间和方向的料算，人们就可知道，不只是共产党的杰出军事家们才可以被称作用兵如神。

1919年白崇禧任桂军模范营连长，赴左江流域剿匪。广西因为连年沿用招安政策，结果匪势日张，形成"卖牛买枪""无处无山，无山无洞，无洞无匪"的局面。模范营招安招到土匪200名，白崇禧力主将其中的80名惯匪就地枪毙，以绝后患。广西军阀陆荣廷自己就是被招安的土匪出身，闻讯大怒，坚决不许。

白主意已定，独断专行，坚决毙掉了这80名惯匪。

此后，广西对土匪的招安政策，改为进剿政策。

白崇禧这种秉性，在后来和蒋介石的关系中多次表露出来。

1927年的"四一二反革命政变"则是蒋、白配合的高峰。蒋在上海下定"清党"决心，白则出任上海戒严司令；蒋发表《清党布告》《清党通电》，白则在上海用机关枪向工人队伍扫射。当时，莫斯科百万人大游行抗议上海的白色恐怖，在"白"字下面，特地注明是白崇禧。

高峰之后，便是下坡了。而且因为成峰太陡，所以下坡也很陡。

"四一二反革命政变"后仅4个月，白崇禧就与何应钦、李宗仁联合，迫蒋第一次下野。后来蒋桂战争、蒋冯战争、蒋冯阎大战、宁粤之争，只要是反蒋，就少不了白崇禧的身影。

白反蒋，蒋同样反白。

1929年3月唐生智东山再起，白崇禧在北方无法立足，在一片打倒声中化装由塘沽搭乘日轮南逃。蒋介石获悉，急电上海警备司令熊式辉"着即派一快轮到吴淞口外截留，务将该逆搜出，解京究办"。

蒋介石必欲除之而后快之心情，溢于言表。

后来亏得熊式辉的秘书通风报信，白崇禧方得以逃一命。

白、蒋关系是民国史上的一只万花筒，战场上同生共死的关系瞬间就变成兵戎相见的关系，政坛上相依为命的关系眨眼就转为你死我活的关系。

但蒋介石那个庞大的湘江追堵计划，还是必须用白。桂军战斗力极强，又有白崇禧的头脑，很可能要唱主角。

白崇禧倾桂军全部两个军于桂北边境，以第十五军控制灌阳、全县（今全州县）一带，以第七军控制兴安、恭城（今恭城瑶族自治县），自己也带前进指挥所进至桂林，弹指之间，撒在湘江一带的大网形成。桂军完全一副在全、灌、兴之间与红军决战的架势。

但白崇禧还多了一个心眼儿。他在调动大军的同时出动空军，名曰侦察红军行踪，实则侦察蒋军的行动。与蒋打交道多年，他太了解此人了，所以一直怀疑中央军想借追踪红军之机南下深入桂境。桂系的主要原则依然是防蒋重于防共，对红军"不拦头，不斩腰，只击尾"，让开正面，占领侧翼，促其早日离开桂境。

台湾《中华民国史事日志》记载，1934年11月17日，"白崇禧赴湘桂边布置防务"。

他不是去布置战斗的，而是去布置撤退的。

白崇禧原来沿湘江部署的南北阵形，恰似一扇在红军正面关闭的大门。现在突然间被改为以湘江为立轴的东西阵形，似大门突然打开。尤其是全、灌、兴三角地带之核心石塘的放弃，更是令千军万马、千山万壑中出现了一道又宽又深的裂隙。

据湘军记载，桂军放弃全、灌、兴核心阵地的日子是1934年11月22日。

此时红军前锋距桂北已经很近。

完成这些布置后，白崇禧才带着刘斐去会刘建绪。刘建绪与白崇禧握手时，以为湘江防线业已被湘、桂两军衔接封闭，未料想恰是此时，桂军那扇大门却悄悄敞开了。

今天披露了蒋介石的日记，在蒋介石的日记里面，"四一二反革命政变"大屠杀共产党之前，要不要和共产党翻脸，他颇费踌躇，十分犹豫，因为他跟共产党翻脸，跟共产国际翻脸，势必要影响苏俄对中国北伐的武器和资金的援助，所以他犹豫再三，拿不定主意。最后，据今天放在美国胡佛研究所的日记记载是"勉强听取了白兄的意见"，就是白崇禧力主跟共产党翻脸，坚决要求屠杀共产党人，所以"四一二反革命政变"才开始。

接下来我们再看，到了1934年，湘江之战的时候，白崇禧在湘江放开一个缺口，他不是为了红军，他是为了他自己，为了保住桂系。毛泽东说，我们只需知道中国白色政权的分裂和战争是持续不断的，则红色政权的发生、存在并日益发展便是无疑的了。

毛泽东正是在这个基础之上提出来"星星之火可以燎原"。"星星之火可以燎原"不是说在任何的草原点个星火都能燎原的,他讲的是在中国这块草原点个火可以燎原,但别的地方就不行,为什么呢?我们在前面讲过,马克思、恩格斯最希望的德国革命始终没有发生,列宁、斯大林寄予很大希望的日本革命也没有发生,而从来不被人看好的中国革命却发生了。这就是毛泽东指出的"中国红色政权为什么能够存在",这就是因为有了白色政权之间的战争,这就是中国革命的特质。

16. 白色政权之间的斗争与分裂

红军过湘江，充分利用了蒋介石与桂系之间的矛盾。白崇禧在湘江边为红军让开一个口子，放红军过江，他做这些文章，也是很危险的，临战突然调整防线，这是难以交代的。

但白崇禧不愧为小诸葛，他当时给湖南军阀何键发了个电报，说，红军有大规模进入广西态势，我要全力防范广西，空出的战线请兄速派兵填补。

何键一看电报就火了，这战线在你广西境内，你空出这么大的范围，我的兵力使用已尽，我怎么帮你填补？

白崇禧为了补救，他又给蒋介石方面做了些工作。当时，蒋介石通过空中侦察，已经发现桂系在湘江闪出了一个缺口。蒋介石严令指责白崇禧。蒋介石在电报中仍称白崇禧为兄：兄做出此等事情，如果红军得以脱逃，兄将是千古罪人。

关键时刻，白崇禧为了应付蒋介石，他不得不打一下，所以当红军的后尾通过湘江的时候，白崇禧还是发动了攻击。

即便是在红军过湘江队伍还剩两三天的时候，白崇禧的桂军发动了攻击，也给红军的后尾造成了不小的伤害。

但是给红军造成最大伤害的，还是何键的湘军。

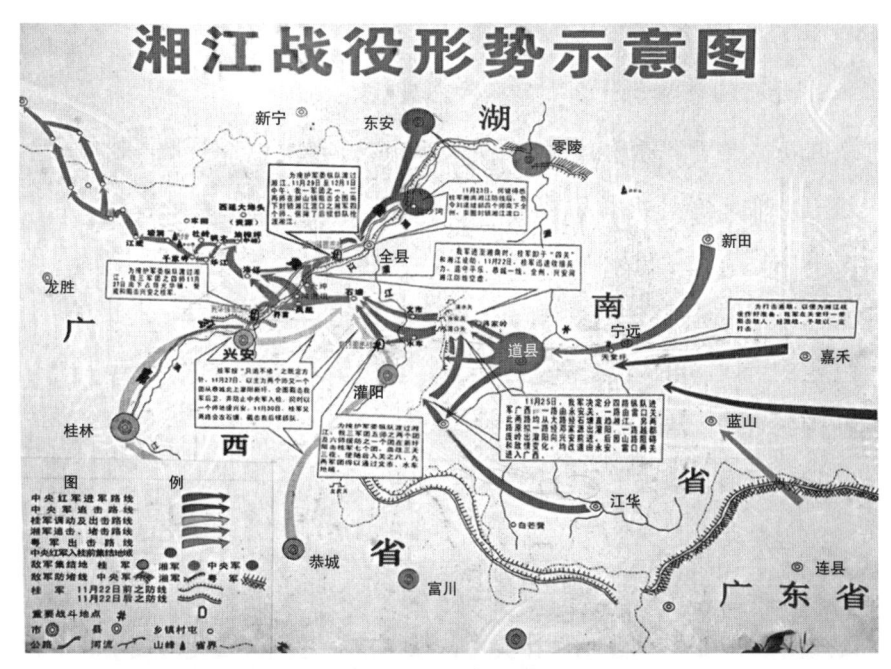

湘江战役形势示意图

其实，白崇禧当时发动攻击的主要目的还是驱赶，把红军赶出去。当时，桂系内部开会，还有一个击大尾还是击小尾的问题。就是红军通过湘江的时候，是在红军队伍剩四到五天，桂系发动攻击，还是剩两到三天，或者是一到两天发动攻击。这里边牵涉到桂系可能承担多大战争任务的问题，后来白崇禧决定，为了避免桂系更大的损失，剩两天的时候发动攻击，不要打大了，打大了桂系伤亡也大。

这就是白色政权之间的盘算。

那么当地方军阀这么盘算的时候，蒋介石就没有做这样的盘算吗？蒋介石也做了这样的盘算，当时追击红军的中央军，两个中央军的纵队，吴奇伟纵队和周浑元纵队都收到了蒋介石发来的电报，蒋介石要求追击纵队与红军队伍保持一到两天的行军距离。

蒋介石也在驱赶。

蒋介石这种驱赶式的追击，不要做大规模作战的追击，其意图已经很明显了。

蒋介石的想法是什么呢？蒋介石曾说，中国自古以来，未有（流寇）能成大事者。蒋介石认为红军已成流寇，脱离了根据地，已经成不了事了。他还讲，李自成就是流寇，灭亡了；石达开就是流寇，灭亡了。今天红军也是流寇，灭亡是迟早的事情，所以说不用那么着急，做驱赶式的追击，把红军追到哪里，就把地方军阀解决到哪里。

追到广西，解决白崇禧。

追到贵州，解决王家烈。

追到云南，解决龙云。

这就是蒋介石的盘算。

白色政权之间的战争，白色政权之间的分裂，其实就是白色政权之间的这个"心眼"。互相保存实力，互相盘算对方，因此形成了非常大的裂痕，这给中国革命的胜利提供了一个非常有利的外部条件。

第三章　枪　杆　子

最先给中国革命带进军事的是孙中山。最先给中国政治带进枪杆子的是袁世凯。而最先把枪杆子用到炉火纯青地步的是蒋介石。中国的革命和反革命，一开始便具有了与别国的革命和反革命不同的特色。蒋介石通过一次一次的事变，屠杀共产党人，让共产党人真正认识到什么叫枪杆子。

17. 解读"枪杆子里面出政权"的著名论断

2001年，我在美国讲学的时候，讲了40分钟，然后美国选他们军队的高级军官提问。美军航天司令部的一个上校提问，他说："你们的毛泽东讲枪杆子里面出政权，这是有问题的，政权应该是选票选出来的，你们怎么是枪杆子里出来的？你这个枪杆子出的政权它的合法性在哪里？"

他提这个问题，我是从两个层面回答他的。

第一，我先反问这位美军上校："据我所知，最初的美国只是美国东部的13个州，今天变成纵贯北美的这样一个美国，由13个州变成50个州。请你告诉我，你的13个州以外的其他那些州，从你第14个州开始，15、16、17、18、19、20……一个一个数下去，你哪个州是选票选出来的？你哪个州不是枪杆子打出来的？先打印第安人，再打墨西哥人，再打西班牙人，一个一个州打出来，你们不是枪杆子里面出政权吗？

"当然，你的路易斯安那州是通过钱从法国购买的，拿破仑政权当时急需金钱，所以把路易斯安那州很便宜地卖给你们了。那阿拉斯加州呢？俄国沙皇非常需要硬通货，又把阿拉斯加州非常便宜地卖给你们了。我说你们就是一个是枪杆子，一个是金钱，你们不是这样吗？"

当时，那位美军上校想答也答不出来。

第二，我说："我们中国人讲枪杆子里面出政权，实际上从我们这个政权里面来看，我们的对手蒋介石，他的枪杆子比我们多得多，如果枪杆子里面出政权的话，他那么林立的枪杆子，他有武装，共产党连武装都没有，但我们为什么能出政权呢？

"最关键的还是人民群众用脚杆子完成了他们的选择，脚杆子也是选票，人民群众用脚杆子站在了共产党这一边，小推车推粮食、运弹药，然后接收伤员、掩护部队，这是人民群众自己的选择。我们中国共产党人如果没有广大人民群众的拥护，仅仅靠枪杆子夺政权，也夺不到。对方的枪杆子比我们多得多，对方运用枪杆子的手段比我们要厉害得多，讲枪杆子里面出政权，最终凭的是什么呢？我们是依靠人民群众的拥护，通过武装斗争夺取政权，我们走的是这样一条道路。"

这是我在美国讲学时遇到的一件事，很有代表性。今天我们再来讲这段历史，那么到底是谁先给中国政治带进枪杆子的呢？

答案首先绝不是中国共产党人。

给中国政治带进枪杆子的第一人是袁世凯。

袁世凯最先通过枪杆子的纯熟运用，让不想接纳他的大清王朝最后不得不接纳他。清王朝知道他是一个力量很大的不好控制的大臣，想把他撤职，让他到家乡去休息，但是辛亥革命爆发还不得不把他请回来，让他镇压辛亥革命。后来大清王朝倒了，辛亥革命也不得不接纳他。孙中山只有把临时大总统让出来，让袁世凯出任中华民国首任大总统，其中最大的原因就是袁世凯的枪杆子厉害。

最先给中国革命带进军事的是孙中山。

最先给中国政治带进枪杆子的是袁世凯。

而最先把枪杆子用到炉火纯青地步的是蒋介石。

一次一次武装起义、筹款、购买武器、组织会党，然后组成革命团体，艰难地策划与发动，这是孙中山革命活动的主要组成部分。

一次一次事变，"中山舰事件""四一二反革命政变"；一次一次驱除、屠杀、围剿共产党人，从一个名声并不大的参谋人员变成国民党的党魁，变成校长、蒋委员长、中国社会首屈一指的独裁人物，这就是把枪杆子用到炉火纯青地步的蒋介石。

这就是当时中国真实的革命环境。它意味着中国的革命和反革命，一开始便具有了与别国的革命和反革命不同的特色。我们很少通过议会斗争，大庭广众之下辩论，投票表决，在这点上，枪杆子在里面扮演了相当重要的角色，而中国共产党人最先对枪杆子的认识，可以说是蒋介石教的。

蒋介石通过一次一次的事变，跟共产党人翻脸，屠杀共产党人，电报都是"见电立决""斩立决""立决"，让共产党人真正认识到什么叫枪杆子。

因此，当八七会议召开之时，毛泽东同志提出枪杆子里面出政权的时候，实际上毛泽东对枪杆子的认识是经历了一个过程的。

1919年之前的毛泽东还比较倾向于无政府主义，而不是马克思的无产阶级专政。

1919年之后受到五四运动的影响，毛泽东在长沙创办《湘江评论》，第一期的创刊宣言，由毛泽东亲自撰写，他在创刊宣言里写道：

第一，我们承认强权者都是人，都是我们的同类，滥用强权是他们不自觉的谬误，是旧社会、旧思想传染他们，贻害他们。

第二，用强权打倒强权，结果仍然得到强权，不但自相矛盾，而且毫无效率。

很显然，青年时期的毛泽东对暴力革命是颇不以为然的，所以他写的创刊宣言里倡导的是呼声革命、面包革命、无血革命，不主张起大扰乱，行那没效果的炸弹革命、有血革命。

如此，我们看毛泽东的思想经历了多么大的一个变化，那么这种变化是从何而来的？就是对手教的。对手手把手一步一步教会了共产党人怎么认识枪杆子，这种认识到了7年之后，到了1926年，毛泽东就开始讲，革命不是请客吃饭，不是做文章，不是绘画、绣花，不能那样雅致，那样从容不迫、文质彬彬，那样温良恭俭让，革命是暴动，是一个阶级推翻一个阶级的暴力行动。

从主张呼声革命、无血革命的毛泽东到主张暴力革命并最终提出枪杆子里面出政权的毛泽东，其间所经历的转变和洗礼，对我们党来说，同样是一个付出巨大、得之不易的珍贵过程。

18. 蒋介石教会毛泽东认识"枪杆子"

为什么说真正教会毛泽东认识"枪杆子"的是蒋介石？

有这样几个关键的事件：

一个是1926年的"三二〇中山舰事件"。

一个是1927年的"四一二反革命政变"。

蒋介石在共产党人面前把枪杆子的威力表现得淋漓尽致。当时，共产党怎么办？一忍再忍，一让再让，对蒋介石的忍让实际上是对实力的忍让，对枪杆子的忍让。

蒋介石亲自指挥"围剿"红军

"四一二反革命政变"之后不久，我们党的主要负责人总书记陈独秀十分悲痛地说，我们一年余的忍耐、迁就、让步，不但是一场幻想，而且变成了他屠杀共产党的代价。这个"他"指的就是蒋介石。

毛泽东在"四一二反革命政变"蒋介石背叛革命之后，描述自己"心境苍凉，一时不知道如何是好"。这种无奈，是共产党人对枪杆子的深刻认识，没有枪杆子，在枪杆子威逼面前，除了后退，除了让步，除了缴枪，除了把性命赔上去，就没有别的办法了。

到了党的八七会议，中国共产党决定武装反抗，从此才真正找到了一条武装斗争的道路。毛泽东在发言里面讲：从前我们骂孙中山专做军事运动，我们就恰恰相反，不做军事运动，专做民事运动。蒋介石、唐生智都是枪杆子起家的，我们独不怪，现在虽已注意，但仍无坚决的概念，比如秋收暴动非军事不可，此次会议应重视此问题，湖南这次失败可以说完全由于书生主观错误，以后要非常注意军事，须知政权是由枪杆子中取得的。

毛泽东的"枪杆子里面出政权"，关键来源就是他这句话：须知政权是由枪杆子中取得的。

蒋介石在西安城南王曲军官训练团讲话

毛泽东和蒋介石在重庆

　　毛泽东剖析了中国红色政权客观存在的条件后提出，我们的主观还要加上这条，枪杆子里面出政权，这才构成了一个完整形态的中国革命。

　　中国共产党人的思想一步一步走向成熟，最终找到一条"工农武装割据，农村包围城市，最后夺取城市"的正确道路。那么工农为什么能武装割据？因为白色政权之间的斗争。农村包围城市最后夺取城市，那么怎么样实现农村包围城市？就是枪杆子里面出政权。

　　蒋介石从反面教会了共产党人认识枪杆子，他使共产党人认识到必须建立自己的工农武装。

　　我们的政权不仅需要主义，需要人民群众的拥护，需要对中国社会特质的了解，我们还需要武装起来，就像斯大林曾经有过一段描述："武装的革命反对武装的反革命。"这是中国的特点之一，也是中国革命的优点之一，这是一系列历史人物对中国革命的破解，其中毛泽东同志所起到的关键性作用至关重要。

19. 孙中山是否曾选定蒋介石作为接班人

毛泽东不是共产国际选定的领导人，同样，蒋介石也不是孙中山选定的领导人。

毛泽东解决了"中国红色政权为什么能够存在"这一重大命题，蒋介石实际上完成了国民党对整个中国政权的控制。这是中国近代以来两个非同寻常的重要人物身上共同的一个特点，他们都不是被他们所谓的上级组织所认定的领导人。

很多人原以为蒋介石是孙中山选定的接班人。

于是就说，接班人选错了。

蒋介石也常以"总理唯一的接班人"自居。原因是据说孙中山临终时口中直呼"介石"，情之深切，意之难舍，痛于言表。

可惜此说来自蒋介石自己修订的《蒋公介石年谱初稿》。

当年寸步不离孙中山病榻的床前侍卫李荣的回忆是：

"（1925年3月11日）至晚8时30分钟止，（孙）绝终语不及私。12日晨1时，即噤口不能言。4时30分，仅呼'达令'一声，6时30分又呼'精卫'一声，延至上午9时30分，一代伟人，竟撒手尘寰，魂归天国。"

临终的孙中山呼唤了宋庆龄，呼唤了汪精卫，却没有呼唤蒋介石。

孙中山1925年3月去世。该年7月1日，中华民国国民政府在广州成立。所谓"总理唯一的接班人"蒋介石既不是其中的常务委员会委员，不是国民政府委员，也不是国民党中央执行委员会委员，甚至连候补委员也不是，他还只是一个没有多大影响的人物。

孙中山至其临终，也没有指定自己的接班人。

蒋介石1905年在东京由陈其美介绍认识孙中山。但孙中山倚为股肱的军事人才，先是黄兴、陈其美，后是朱执信、邓铿、居正、许崇智和陈炯明。陈其美殉难，孙中山说"失我长城"；朱执信病逝，孙中山说"使我失去左右手"。

孙中山对陈炯明寄予厚望："我望竞存（陈炯明）兄为民国元年之克强（黄兴），为民国二年后之英士，我即以当时信托克强、英士者信托之。"

他依靠的不是蒋介石。所以很长一段时间，他未委派蒋重要的军事职务。

最先欣赏蒋介石的倒是陈炯明，他发现此人的才能绝非限于参谋方面。蒋介石在陈部干了一段作战科主任，要辞职，陈炯明竭力挽留，向蒋表示"粤军可百败而不可无兄一人"。

陈炯明说对了。最后他果真败于蒋介石之手。

蒋介石与陈炯明关系不错。1922年4月，陈炯明准备叛变，向孙中山辞粤军总司令和广东省省长之职。孙中山照准。蒋介石不知陈意，还想找

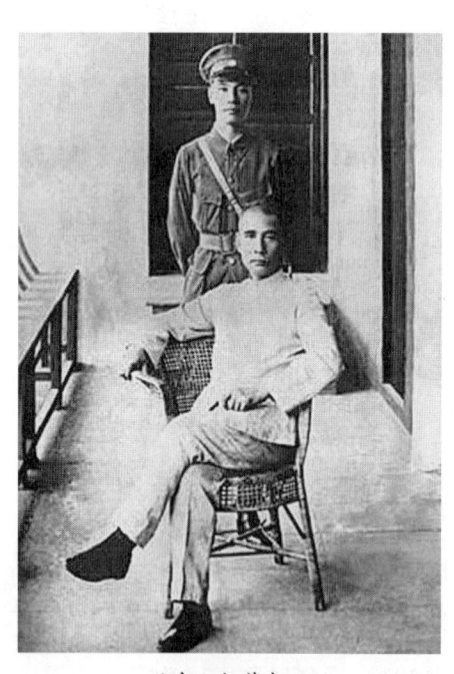

孙中山与蒋介石

孙中山为陈说情。不成，便也辞职。在回沪船上还给陈炯明写信："中正与吾公共同患难，已非一日，千里咫尺，声气相通。"

但陈炯明一叛变，蒋立即抛弃与陈的友谊，站到孙中山一边。

孙中山正是因为陈炯明的叛变，第一次对蒋介石留下了深刻印象。蒋介石后来在《孙大总统广州蒙难记》序言中写道："介石赴难来粤入舰，日侍余侧，而筹策多中，乐与余及海军将士共生死。"

1924年11月13日，孙中山启程北上。国民党党史记载，北上前两天，"总理令（黄埔）新军改称党军，任蒋中正为军事秘书"。这是孙中山给蒋介石的最后一个职务。孙中山北上至去世4个月时间内，再未给蒋介石任何信函和指令。

蒋介石1963年11月在台湾回忆说："我是21岁入党的，直到27岁总理才对我单独召见。虽然以后总理即不断地对我以训诲，亦叫我担任若干重要的工作，但我并不曾向总理要求过任何职位，而总理却亦不曾特派我任何公开而高超的职位。一直到我40岁的时候，我才被推选为中央委员。我开始入党，到担任党的中央委员，这中间差不多相距了20年之久……"

言语之间，饱含当年的不遇与委屈。孙中山不曾派蒋任何公开而高超的职位，何人派蒋任何公开而高超的职位呢？蒋介石上台就其必然性来说，将是一部现代史著作；就其偶然性来说，则该归于苏联顾问鲍罗廷。

蒋介石在国民党内之所以能达到这样的职务，离不开共产国际这位重要人物鲍罗廷，他是第一个把蒋介石推上权力高峰的人。蒋介石登上历史舞台，给中国近代革命带来很大影响，实际上打开这个潘多拉盒子的就是共产国际驻中国总代表鲍罗廷。

前不久，我们很多杂志推出了对近代中国影响最大的100人，鲍罗廷名列其中。这100人包括爱因斯坦，包括白求恩，包括很多人物，很多人对鲍罗廷是完全不了解的，但这是个对中国大革命影响非常大的人物。当时是苏联驻中国大使加拉罕把鲍罗廷推荐给孙中山的，孙中山接受鲍罗廷为大革命时期的顾问，孙中山那时候还专门发布了一个委任状，委任鲍罗廷为国民党组织教练员。这个教练员跟我们今天的体育运动教练员完全不一样，他实际上是国民党改组的总设计者，是他一手把蒋介石推上了中国近代史的舞台。

20. 共产国际顾问鲍罗廷助国民党确立建党模式

在国际上有这样一个比喻，对20世纪思想产生重大影响的三位思想巨人都是犹太人：马克思、爱因斯坦和弗洛伊德。对中国革命产生重大影响的也有两位犹太人：一是米夫，米夫在中共党内发现了王明；一是鲍罗廷，鲍罗廷在国民党内发现了蒋介石。当然，鲍罗廷能够认识蒋介石，能够把蒋介石推到高位，与鲍罗廷在国民党中居于关键地位是很有关系的。

鲍罗廷是苏联驻华代表加拉罕介绍给孙中山的。加拉罕没有叫鲍罗廷去改造国民党。鲍罗廷也想不到，他到中国干的第一件事，也是后来影响最为深远的一件事，是主持了对国民党的改造。

在鲍罗廷来到中国之前或者之后，被派到中国来的共产国际或苏俄革命者，没有一人能如他那样，富有创造性地执行共产国际和斯大林的指示；也没有一人能如他那样，对中国革命的进程发挥如此巨大的影响。

孙中山称鲍罗廷为"无与伦比

共产国际代表鲍罗廷

孙中山

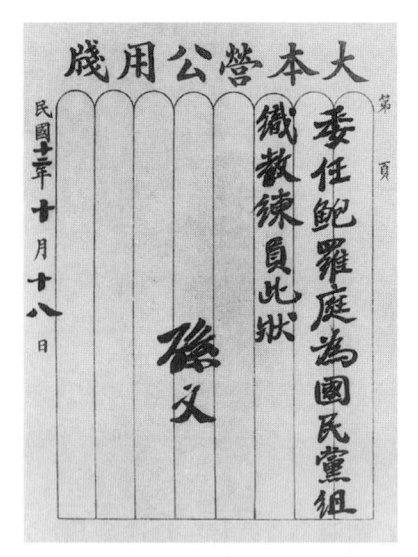

孙中山委任鲍罗廷的委任状

的人"，但这都是后话。

鲍罗廷刚到广州时，孙中山对鲍罗廷这个顾问的认识还不是很深，认为苏共来了个顾问，他能起到多大作用呢？鲍罗廷到广州以后不久，跟孙中山进行了一次长谈，他告诉孙中山，国民党在政治上、组织上和理论上都无法算作一个政党。

孙中山非常吃惊，他搞同盟会、兴中会，搞了几十年，搞武装起义搞了几十年，搞政党搞了几十年，鲍罗廷来了告诉他，你这个国民党，你这一摊子事儿，政治上、组织上、理论上都无法算作一个政党，因为你没有明确的纲领，没有严密的组织，没有一个成文的章程，而且你没有选举，你没有定期会议，甚至你连有多少党员都是一笔糊涂账。

鲍罗廷之前，国民党作为一个政党，内部组织构建相当混乱。据说党员有30 000名，注册的却只有3000名，缴纳党费的又是6000名。这非常怪异，所有数字都对不上号。当时，党员入党要打手模向孙中山个人效忠，但连孙中山也弄不清到底有多少"党员"，这些党员又都是谁。

所以，鲍罗廷告诉孙中山，作为有组织的力量，国民党并不存在。

这句话对孙中山刺激太深了，以前从来没有人对他说过这样的话——你领导一个组织，你这个团体不管是同盟会也好，国民党也好，不算个什么玩意儿。孙中山大为震动，下决心对国民党进行改造。

这一回他看好了鲍罗廷。他对鲍罗廷说："老党员不行了，新党员还可以。"孙中山下决心"以俄为师"，依靠鲍罗廷，运用苏俄无产阶级政党的建党经验，改造国民党。

鲍罗廷像一部精细严密、不知疲倦的机器那样高速运转起来。他严格按照俄国共产党的组织模式，依靠中国共产党人和国民党左派，对国民党开始了彻底改造。国民党第一次全国代表大会那份至关重要的"一大宣言"，就是布尔什维克党人鲍罗廷亲自起草、共产党人瞿秋白翻译、国民党人汪精卫润色的。

鲍罗廷死去将近40年后，一直到了20世纪90年代中期，我记得大约1995年、1996年，台湾的李登辉成为国民党主席，西方资深评论家称李登辉使国民党彻底摒弃了列宁的建党模式。当时，全世界都吃了一惊，原来几十年来天天喊"打倒共产党"的国民党，竟也用了列宁的模式建党。

鲍罗廷在国民党内所具有的地位就是他完成了国民党的改造后才奠定的。他陪孙中山北上，到天津、北京，陪孙中山会谈。孙中山当时身体不好，住在医院里。他在孙中山的周围干了大量事情，与冯玉祥会谈，布置将来的北伐，怎样完成军阀转换。

孙中山在北京去世，鲍罗廷回到广州，在国民党内他就是顾问，他就是教练员，他提出的所有东西都是建议：我建议你们这么做，我建议你们那么做。实际上他的每个建议几乎都是命令国民党人心悦诚服地服从他的命令。他已经成为一个任何人都难以撼动的、在国民党内居于至高无上地位的人物，被称为"广州的列宁"。

见过鲍罗廷的人都对他印象深刻。他目光敏锐，思想深刻，而且极富个人吸引力。他讲话时手不离烟斗，对任何事物都极其敏感，不管面对什么样的记者，都能以自己的远见卓识将他们征服。只要他一出现，就能控制住在场的人，成为他们的中心。苏联顾问切列潘诺夫回忆说，鲍罗廷能够看到局部现象的历史意义，能够从一系列广泛的、相互交错关联的事件中综合出局势的发展趋向，而别人在这些事件面前却只能感到眼花缭乱。

这正是他最为吸引人的地方。

他又非常注重中国的传统、习惯和礼节。他的房间不挂列宁像，只挂孙中山像。凡与他接触的人，都对他的非凡气质和征服听众的能力印象深刻。他协调不同派系的能力极强。只要他在，广州的各种势力基本都能相安无事。各派的人有事情都愿意找他商量解决，他也总能提出恰如其分的办法，让人满意而去。时间一长，他的住地便自然形成一个人来人往的中心。李宗仁回忆说，当时人们都以在鲍公馆一坐为荣。

鲍罗廷给广州带来了一股清新空气。他的风格深深地感染了周围的听众，他的名声传遍了远东地区，革命者称他为"广州的列宁"，上海租界则说他是"红色首都"的"红色猛兽"，西方评论家则说他正在广东重复俄国革命的历史。

孙中山去世，鲍罗廷在广州拥有了这么大的权力，才可能把所中意的人物推上主要的领导岗位。那么他最看好的人物是谁呢？

就是蒋介石。

21. 鲍罗廷如何将蒋介石推上国民党权力的巅峰

鲍罗廷重看蒋介石，与他轻看中国共产党同时发生，而且互为因果。

他看好蒋介石，正因为不看好中国共产党能搞成什么事儿。他曾经十分轻蔑地说，中国共产党"总共只有40人"，"研究翻译成中文的共产国际提纲是他们的全部活动"，罢工之类的事件"临时把它抛到面上，否则它就会待在自己的小天地——租界里，事后从那里发指示"。

鲍罗廷尤其藐视在上海的中共中央。他在中国工作三年，不仅把"国共合作"变成了"国苏合作"，更热衷于把这种合作推向与孙中山、汪精卫、蒋介石个人之间的合作，中国共产党反而成为他与国民党要人讨价还价的筹码。

然而，在当时的情况下，即便有鲍罗廷这个有着巨大能量的人物的支持，蒋介石想要成为国民党内强有力的人物，几乎也是不可能的事。

在蒋介石前面位高权重、资格又老的人比比皆是，至少有三个根本无法逾越的障碍：军事部部长许崇智、外交部部长胡汉民、财政部部长廖仲恺。军权、财权、政权全在这三人之手，从一般规律上看，蒋介石是不可能越过这些障碍的。

但不可能发生的事情在几个月内却发生了。

1925年8月20日，廖仲恺被刺于国民党中央党部。廖仲恺被刺，谁动的手？怎么办？怎么调查这个事情？廖仲恺在国民党内的影响非常大。当天，国民党中央执行委员会、国民政府委员会和军事委员会召开紧急会议，众人的目光都集中向鲍罗廷。

孙中山死后几个月里，鲍罗廷成了广州主要的掌权人物。表面上所有决议都由几个国民党领导人共同决定，实际是鲍罗廷说了算。他在广州的权势和影响如日中天。他的住宅楼上经常坐满广州政府的部长们、国民党中央执行委员们和中国共产党人；楼下则是翻译们忙碌的天地：将中文文件译成英文或俄文，再将英文或俄文指令译成中文。印刷机昼夜不停，各种材料、报告、指示从这里源源而出。

鲍罗廷实际已成为国民党中央的大脑。

他在这个至关重要的会议上，提出了一条至关重要的建议：以汪精卫、许崇智、蒋介石三人组成特别委员会，授以政治、军事和警察全权。

鲍罗廷设想，这是一个类似苏俄"契卡"的组织，目的是用特别手

黄埔军校

段肃清反革命。他自己则担任特别委员会的顾问。

他的建议实际就是决议。建议被迅速通过。

"授以政治、军事和警察全权"的特别委员会三人中，汪精卫本身是国民政府主席，许崇智是政府军事部部长，唯有蒋介石未任过高于粤军参谋长和黄埔军校校长以上的职务，他第一次获得如此大的权力。

魔瓶最先被鲍罗廷开启。

被授予政府、军事、警察全权的三个人中，汪精卫作为国民政府主席，许崇智作为国民政府军事部部长，这两个人经常不到特别委员会来，所以主要干事的就成了蒋介石。

我们经常讲人生重要的只有几步，而凡在关键时刻能有特别作为的，必有其长期的准备和异于常人的独特地方。

蒋介石就一直准备着，而他最为独特的地方就是，利用危机的能力非常强。

巴斯德说机遇偏爱有准备的头脑。

蒋介石为这一天的到来做了充分准备。

他运用这个突然降临到手中的"政治、军事和警察全权"是毫不犹豫的。

军事机器立即开动。

第一个对准的人便是掌握军权的军事部部长许崇智。

蒋介石利用他在特别委员会中的职务，马上动用黄埔党军，包围了还是军事部部长的许崇智，指责他涉及廖案。许崇智当然扯不清，仓皇逃亡至上海。

一块石头搬倒了。

然后就是胡汉民，第二块石头。

胡汉民之弟胡毅生与廖案有瓜葛，蒋介石抓住这一点，不管你是不是元老，一律拘留审查，胡汉民后被迫出使苏联。

如此，廖仲恺光荣体面地下葬，许崇智被赶到上海，胡汉民被迫出使苏联。

一件廖案，蒋介石一石三鸟。

三个夺取权力的障碍一扫而光。

半年以后鲍罗廷才明白自己打开了魔瓶。

1926年2月，鲍罗廷在北京向将赴广州的以布勃诺夫为团长的联共政治局使团得意扬扬地说："当你们去广州时，你们自己会确信，华南的思想势力范围乃是我们的影响……还有什么问题我们解决不了呢？一旦我们宣传什么，一旦我们提出什么建议，人们就会很认真地听取，并将我们的政策、我们的决定，以极大的成功希望来加以贯彻执行。"他十分有把握地说，"军队领导人已完全处在我们的影响之下"，蒋介石等四个军长"完全可靠"。在鲍罗廷的主观意识主导之下，联共中央政治局也认为，中国革命的任务是"强调作为民族解放思想最彻底最可靠的捍卫者的国民党的作用，并将其提到首要地位"，中共必须向国民党右派和中派让步。

但这位权术大师很快要开始尴尬了。

许、胡、廖三人消失之后，他已经不能按照原来设想的那样遏制蒋介石了。他帮助蒋介石迈出了夺取政权的决定性一步，却严重低估了蒋介石的能力。埋葬了廖仲恺，赶走了胡汉民、许崇智后，蒋介石还剩下最后三个障碍：前台的国民政府主席汪精卫，后台的国民政府政治顾问鲍罗廷，他心目中的死敌中国共产党。

到了1926年3月，"中山舰事件"中，蒋介石又是一石三鸟，打击的重点就是中共、苏联顾问团和汪精卫。从这一系列事件来看，蒋介石作为中国近代的政客，其手腕相当了得。

22. "中山舰事件"后蒋介石如何排挤共产党人

1926年3月发生的"中山舰事件",是一个到今天来看都没有完全清理、梳理得非常清楚的事件。非常典型的事例是蒋介石指责中山舰舰长李之龙是共产党人,他要劫持蒋介石,是个反革命事件。策划这个事件的是中共,是苏联顾问团,是汪精卫。

"中山舰事件"大致的脉络是这样。

1925年8月,廖仲恺被刺,是个意外事件,令蒋介石一石三鸟。

1926年3月,"中山舰事件",是个人为事件,是蒋介石一手炮制的事件,又是一石三鸟。

只不过,蒋介石将这后一个一石三鸟推后了7个月。

国民党被鲍罗廷由一个松散的组织造就为一个虎虎有生气的组织,在这个组织的全部力量转到自己门下之前,蒋介石需要鲍罗廷的力量和影响,更重要的是时间,来消化这些力量。

西山会议派攻击他将鲍罗廷"禀为师保,凡政府一切重大计议,悉听命于鲍","甚至关于党政一切重要会议,概由鲍召集于其私寓,俨然形成一太上政府",他不但不在意,反而说作为总司令,只有法国福煦元帅的地位可同鲍罗廷相比。他反复引用孙中山曾说过的话——鲍罗廷的意见就是他的意见。因此,追随鲍罗廷就是追随孙中山。

他在等待时机。

时机来了。

第二次东征大捷使蒋介石军功威名如日中天。返归广州途中沿途男女老幼观者如堵，道为之塞，至汕头盛况空前。社会各团体整齐列队欢迎，民众簇拥，万头攒动。一路军乐悠扬，鞭炮毕剥，工会前导，次枪队，次步兵，次汽车，卫队为殿，连孙中山当年也没有如此之风光。

广州的汪精卫、谭延闿、伍朝枢、古应芬、宋子文联名电蒋："我兄建此伟功，承总理未竟之志，成广东统一之局，树国民革命之声威，凡属同志，莫不钦感。东征功成，省中大计诸待商榷，凯旋有日，尚祈示知，是所祷企。"

国民政府要员站成一列，以前所未有的谦恭，向军权在握的新秀蒋介石致敬。

事情并未到此为止。

1926年1月广州举行国民党"二大"，到会代表256人，选举中执委时，有效票总数249张，蒋介石得票248张，以最高票数当选中央执行委员。

这就是蒋介石后来说的，21岁入党到40岁当上中央委员，相距了20年之久。

这一年蒋介石40岁。

会议代表中共产党员占100人左右，基本都投了蒋的票。

差的一票也许是他未投自己？起码给人以这样的印象，反而显得更加谦虚。

248强于249。

得票245张的宋庆龄在国民党"二大"讲话中赞扬东征胜利之后的广东形势："此间一切的政治军事都很有进步，而且比先生在的时候弄得更好。"

一句"比先生在的时候弄得更好"从宋庆龄口中说出来，便是最高的夸赞。

国民党"一大"连张入场券都未弄到的蒋介石，个人声名在国民党"二大"达到顶点。

广州第一公园大门口出现一副对联，上联"精卫填海"，下联"介石补天"。

人们再也不记得还对什么人有过这种夸赞。

声名达到顶点后，他便动手了。

1926年3月，"中山舰事件"来了，鲍罗廷恰巧不在。

广州的苏联顾问全部被软禁，再用"整理党务案"把鲍罗廷架空。什么叫作"整理党务案"？就是把共产党加入国民党权力核心的全部清退，尤其是把共产党在国民党军队中的影响，全部清除。"整理党务案"完成，中国共产党人被迫退出国民党中央，被迫退出蒋介石掌握的最核心的军队黄埔党军第一军。在第一军内，要么是共产党你就退出，要么是国民党你才能够保留。国民党中央也是这样。

架空鲍罗廷，清除共产党，两个任务完成。

第三个就是汪精卫了。

汪精卫后来回忆："3月20日之事，事前中央执行委员会政治委员会丝毫不知道。我那时是政治委员会主席，我的责任应该怎样？3月20日，广州戒严，军事委员会并不知道。我是军事委员会主席，我的责任应该怎样？"

他斥责蒋介石的行动是"造反"。

但斥责完之后，他也只有闭门谢客，悄然隐藏起来。

军权全部在蒋介石手中掌握着，汪精卫虽是军事委员会主席，但手里没兵，也没有办法。

4月初，汪精卫便以就医为名，由广州去了香港，再由香港去了马赛，躲了起来。

蒋介石当时指责汪精卫与中共串通要把他劫持到海外，所以他发动了"中山舰事件"。汪精卫倒不用蒋介石劫持他，自己就悄悄地跑掉了。自此，再没有人能够阻挡蒋介石攫取国民党的军政大权了。

革命斗争中并不排除充分利用矛盾、施展纵横捭阖之术，但这一切必须建立在依靠和壮大自己力量的基础上，鲍罗廷恰恰丢掉了这一点。

"中山舰事件"再次成为鲍罗廷与蒋介石的权力交易。通过这次交易，表面上鲍、蒋二人之间的信任达到了别人无法代替的程度，但鲍早没了昔日权势，成了一个摆设。蒋在北伐前夕谈到后方留守时，提到两个人可以托付，除了张静江，就是鲍罗廷，称鲍罗廷是"自总理去世以来我们还没有这样一个伟大的政治活动家"。但这位伟大的政治活动家已经开始预感到情况有些不妙了。

1926年8月9日在广州与共产国际远东局委员会会晤时，鲍罗廷说出了他规划的"让蒋自然灭亡"的策略：鲍罗廷想借用北伐，用保定系来压制黄埔系。

当时，除第一军军官主要是黄埔军校毕业生之外，其他各军的军官主要是保定军校毕业生，而蒋与"保定派"之间的矛盾是不可调和的。鲍罗廷甚至预言只要进行北伐，保定系在中国保定军校毕业的这批人，会在北伐胜利推进的过程中，把黄埔系，就是年轻的、刚从黄埔军校毕业的人压制住。保定系压制黄埔系就是压制蒋介石，"加速他在政治上的灭亡"。

结果，哪个派系也抑制不住蒋介石。保定系不行，湖南讲武堂、云南讲武堂更不行。这时的共产国际远东局，已经不信任这位权术大师了。

近代中国是个大舞台，这个舞台演绎了多少兴衰、美丑、胜败。原先默默无闻者，可以在这个舞台上大放异彩；大放异彩者，最终又在这个舞台上黯然失色。发现、提携蒋介石的鲍罗廷就在1926年到1927年一年的跌宕演变中，由蒋介石所谓"自总理去世以来我们还没有这样一个伟大的政治活动家"，变成了一个要立即捉来枪毙的"煽动赤色革命、企图颠覆政权的阴谋家"。

政治人物往往瞬息之间出现沧海桑田的演变，完成让人瞠目结舌的思维转换。

鲍罗廷不像蒋介石想象的那样复杂，蒋介石也不像鲍罗廷想象的那样简单。这个前日本士官生内心深处还是钦佩那些直面反对他的人，却深恶痛绝那些他以为要利用他的人。

当年反对鲍罗廷独用蒋介石的加伦将军回国后，1938年10月在苏联肃反运动中被捕。蒋介石接到驻苏大使杨杰的报告，还想保加伦一命，要孙科以特使身份赴苏转告斯大林，请派加伦至中国做蒋的私人顾问。但苏联的肃反运动行动太快了，加伦从被捕到被枪决仅有1个月时间。斯大林告诉孙科的，已是加伦的死讯。

想保加伦性命的蒋介石，却一直想要鲍罗廷的性命。

加拉罕当年给孙中山的礼物，是鲍罗廷。蒋介石最后给鲍罗廷的礼物，是通缉令。

第四章　火　　种

　　朱德1922年在上海找到陈独秀想入党，被陈独秀婉拒，陈独秀把朱德归为军阀。朱德后来参加了八一南昌起义，但他在南昌起义中的地位并不重要。

　　在这个中国革命最关键的时刻，八一南昌起义的火种，28 000多人的八一南昌起义队伍最后上井冈山的只剩800余人。

　　这800余人能不能保留下来？

　　对丧魂落魄者来说这800余人是残兵败将。

　　对胸怀大志者来说这800余人是一堆可以燎原的火种。

　　人数都放在这儿了，作为领导、革命者，你怎么认识这个队伍？

　　很多人动摇了，很多人撤走了，很多人转移了，很多人放弃了。在最关键时刻站出来的是朱德，在天心圩的军人大会上，朱德首先站出来稳住了这支队伍。

23. 南昌起义背后的偶然与必然

蒋介石教会了共产党人对枪杆子的认识，共产党人运用枪杆子、认识枪杆子的第一件事就是八一南昌起义，它打响了武装反抗国民党的第一枪。

但是从当时来看，八一南昌起义具有极大的偶然性，这种偶然性就是共产党人已经认识到了国民党枪杆子的厉害，蒋介石枪杆子的厉害，而自己也必须拿起枪杆子来，但是怎么拿？

当时，一支枪杆子都没有，怎么办？

大革命失败了，"四一二反革命政变"蒋介石在上海背叛了革命，"七一五反革命政变"汪精卫在武汉分共。原来的所谓国民党左派汪精卫也与共产党人完全翻脸了，在武汉的中央和所有的革命力量只有从武汉沿江而下被迫转移到上海。南昌起义就是中央各种力量从武汉转移到上海过程中的一个产物。

当时，中共临时中央的主要工作是，部署党组织转入地下和中央机关经九江撤退到上海。为此，李立三和中央秘书长邓中夏被先期派去九江，部署中央撤退的同时，考察利用张发奎的"回粤运动"，打回广东以图再举的可能性。

李立三到九江后，三下两下把筹划撤退的任务变成了组织武装起义。

南昌起义前的周恩来

7月20日，李立三与谭平山、邓中夏等在九江举行会议，认为依靠张发奎的"回粤运动"成功的可能性很小。即使回粤成功，也由于我党开始实行土地革命的总方针，同张发奎的破裂同样不可避免。因此应该搞一个自己的独立的军事行动，"在军事上赶快集中南昌，运动二十军与我们一致，实行在南昌暴动，解决三、六、九军在南昌之武装。在政治上反对武汉、南京两政府，建立新的政府来号召"。

这是举行南昌起义的最早建议。

第一次九江会议举行前，中央已经确定了武装反抗国民党的总方针。但如何武装反抗，在何时、何地举行何种起义，没有进一步的计划。李立三在这次会议上果断提出南昌暴动，是一个不可抹杀的重大历史功绩。

会议一结束，李立三、邓中夏立即上庐山，向刚刚到达的鲍罗廷、瞿秋白、张太雷汇报。

鲍罗廷沉默不表态。

瞿秋白、张太雷则完全赞成。

此时，共产国际新任代表罗米那兹到汉口，汉口传来要召开紧急会议的消息。李立三立即请准备去汉口开会的瞿秋白将此意见面告中央，请中央速做决定。

中央指示未到，李立三照样行动。他7月24日下山后立即搞了第二次九江会议，决定叶、贺部队于28日以前集中南昌，28日晚举行暴动。然后再次电请中央从速指示，大有箭在弦上不得不发之势。

周恩来在武汉首先得到李立三报告。中共中央两次召开会议讨论南昌起义问题，最后同意举行暴动，并派周恩来立即自汉口赴九江。

周恩来7月25日来到九江，召集第三次九江会议，在会上传达：中央常委和国际代表同意在南浔①一带发动暴动，然后由江西东部进入广东会合东江农军。

李立三坚决主张把暴动区域选在南昌——九江地区军阀部队聚集，于我不利；同时叶、贺部队已经陆续开往南昌，南昌起义势在必行。

周恩来同意李立三在南昌举行暴动的意见。

至此，南昌起义被最后确定下来。周恩来、李立三等从九江出发奔赴南昌成立前敌委员会。前敌委员会决定7月30日晚上举行暴动。

一波才平一波又起。排在第一号的中央常委张国焘于7月27日晨到达九江，带来中央最新意见，要起义推迟。30日晨，前敌委员会在南昌一所女子职业学校举行紧急会议，由张国焘传达中央精神，要求对起义重新讨论。

张国焘话音未落，李立三蓦地第一个站起来，兴奋地说："一切都准备好了，哈哈！为什么我们还要重新讨论？"

周恩来接着说："国际代表和中央给我的任务是叫我来主持这个

---

① 南浔即南昌、九江，九江旧称浔阳。

运动，你的这种意思与中央派我来的意思不符。不准起义，我辞职不干了！"周恩来事后对别人说，这是他一生中第一次拍桌子。

张国焘看出李立三是门大炮，扳倒他就好说服别人，会后便立即与他个别谈话。说来说去李立三就是一句："一切都准备好了，时间上已来不及做任何改变！"

无奈的张国焘最后只得服从多数。

起义时间定在8月1日凌晨举行。

八一南昌起义是中国革命处在生死存亡的危急关头，中国共产党人不能不毅然拿起武器，反抗国民党血腥屠杀政策的武装暴动。它是中国共产党独立领导武装斗争的开始。

李立三在此时刻，决然提出并果断坚持南昌暴动，率先实践用武装的革命反对武装的反革命，对中国革命贡献巨大。

由此，我们今天再回过头来看中国人民解放军建军的八一南昌起义，它并不是顺理成章的，不是中央决定在这儿暴动就在这儿暴动，在那儿暴动就在那儿暴动。它既有极大的偶然性，更有我们这一批革命领导人革命的积极性、主动性和创造性，以及充分地认识到枪杆子对中国共产党的重大意义。从李立三果断坚持南昌暴动开始，周恩来、贺龙、叶挺、朱德、刘伯承等同志，他们在大革命遭到失败之后，怀着满腔热血，依靠强大的革命信念、精神和行动能力，坚持把革命的火种继续点燃下去，并驱使这种偶然变成了必然。

24. 南昌起义中朱德发挥了怎样的作用（上）

朱德在整个革命队伍中，你说他的路程很顺吗？

实际上他并不是很顺利。

朱德1922年在上海找到陈独秀想入党，陈独秀当时婉拒，婉拒还是很客气的说法，事实上是把他推到门外去了。

陈独秀送走了朱德，跟身边的同志讲："我们党绝对不能让军阀参加。"

陈独秀把朱德归为军阀这一类。朱德当年当过滇军的旅长，属于高级军官了，所以被陈独秀归入军阀这一类。

但是朱德想参加革命的这种热情是相当顽强的，上海没有入党，后来到法国，到德国，追旅欧支部。当时，周恩来是中共旅欧支部的负责人，朱德一直追到德国，由周恩来和当时一名叫张申府的党员，两个人共同介绍朱德加入了中国共产党。

朱德后来参加了八一南昌起义，但他在南昌起义中的地位并不重要。

当时，南昌起义的总指挥前委书记是周恩来，前委委员里面有张国焘，有李立三，有叶挺，有刘伯承，有聂荣臻，甚至郭沫若都是前委委员，而朱德却不是前委委员，因为朱德兵力少，担负的任务也简单。

红军时期的朱德

周恩来作为南昌起义的总指挥前委书记,他讲过这么一句话,他说朱德同志是一个很好的参谋和向导。我们从周恩来这句话里也能知道朱德当时的地位和作用。

很好的参谋和向导。

南昌起义之后,部队南下,朱老总走在队伍的最前面,他担负的任务就是在前面开路。因为前面阻挡南昌起义部队的基本上都是滇军,就是云南的部队,朱老总当过滇军的旅长,所以让朱老总走在最前面开路,让挡道的滇军把路让开,这就是朱老总南昌起义之后在这段时期所担负的任务。

一个军队在开进的时候怎么可能让你的主要领导人走在最前面开路呢?

朱德后来回忆说:"我从南昌出发,就走在前头,做政治工作、宣传工作,寻找粮食……和我在一起的有彭湃、恽代英、郭沫若,我们只带了两连人,有一些学生,一路宣传一路走,又是政治队,又是先遣支队,又是粮秣队。"

到了三河坝分兵,主力南下作战,朱老总又成殿后的了,最麻烦的任务和最不出彩的任务都由朱老总担负。可是,就是通过这一个角色,朱老总通过殿后,为南昌起义这些部队留下了至关重要的火种。

25. 南昌起义中朱德发挥了怎样的作用（下）

1927年9月，南昌起义部队在三河坝兵分两路。

在三河坝，部队留下二十五师，主力由周恩来、叶挺、贺龙、刘伯承等同志率领南下，直奔潮汕，夺取海陆丰这一带，争取获得一个港口接受可能来自共产国际或者苏联的军火援助。

朱德率领部分兵力留守三河坝，阻击国民党抄袭起义军的后路，阻击几天之后，可以南下和主力会合。

这就是著名的"三河坝分兵"。

朱德率领的这"部分兵力"，是第十一军二十五师和第九军教育团，共计4000余人。经过三天三夜的阻击，部队伤亡很大，撤出三河坝时仅剩2000多人。

朱老总完成了三河坝的阻击任务，准备南下与主力会合。

这时候，南下一些失散的官兵跑回来告诉朱老总，主力南下作战失败，只有1200余人进入海陆丰地区，领导人分散突围。

这是非常严重的消息，周恩来、聂荣臻去了香港，叶挺去了南洋，贺龙去了湖南，刘伯承去了上海。当时，从南部跑回来的一些官兵讲："主力都散了，我们不是主力还在这儿干什么？我们也散伙算了。"

部队面临一触即散的架势。当时，如果没有朱老总，这支队伍很可能就溃散了。

在关键时刻，首先站出来的是朱德。

朱德说队伍不能散，主力打散了，但我们不能散，我们还有人，还有枪，有人、有枪就有办法。

后来很多当时留在三河坝的同志回忆，部队勉强听取了朱德的意见，非常勉强。因为部队不是他的，是叶挺的二十五师，朱德只是负责指挥。叶挺主力在南下作战中全军覆没，二十五师走投无路，这个老同志说他有办法，大家姑且跟他干干，看他有什么办法。

队伍勉强没有散。

南昌天气非常热，部队虽然摆脱了追敌，但常受地主武装和土匪的袭击，不得不在山谷小道上穿行，在林中宿营。起义队伍穿短衣短裤，跟着朱老总走，一直走到10月底，走到江西安远天心圩，队伍还是短衣短裤，没有装备、没有食品、没有药品、没有弹药、没有给养，越走人心越散，越走队伍越散。

杨至成上将后来回忆说："每个人都考虑着同样的问题：现在部队失败了，到处都是敌人，我们这一支孤军，一无给养，二无援兵，应当怎样办？该走到哪里去？"

各级干部纷纷离队。

一些高级领导干部，有的先辞后别，有的不辞而别。

七十五团团长张启图后来在上海写了一份《关于七十五团在南昌暴动中斗争经过报告》，向中央陈述当时的情况："师长、团长均逃走，各营、连长亦多离开。"

2000多人的三河坝队伍走到最后只剩下800余人。后来中央接到报告，报告中写到南昌起义部队的窘境，师长、团长均逃跑，各营、连长直接离开。师以上军事干部只剩朱德一人，政工干部一个不剩，团级军事干部只剩王尔琢，政工干部只剩陈毅，队伍面临一哄而散之势。

在这个中国革命最关键的时刻,八一南昌起义的火种,28 000多人的八一南昌起义队伍,最后上井冈山的只剩800余人。

这800余人能不能保留下来?

对丧魂落魄者来说这800余人是残兵败将。

对胸怀大志者来说这800余人是一堆可以燎原的火种。

人数都放在这儿了,作为领导、革命者,你怎么认识这个队伍?

很多人动摇了,很多人撤走了,很多人转移了,很多人放弃了。

在最关键时刻站出来的又是朱德,在天心圩的军人大会上,朱德首先站出来稳住了这支队伍。

26. 周恩来如何总结南昌起义的经验与教训

南昌起义在军、师两级设立了党代表，团、营、连三级设立政治指导员。这一体制到1927年10月底崩溃，所有师以上党的领导人均已离队，只剩一个团级政治指导员陈毅。

军事干部也是如此。师团级军事干部只剩一个七十四团参谋长王尔琢。

领导干部如此，下面更难控制。

营长、连长们结着伙走，还有的把自己部队拉走，带一个排、一个连公开离队。

剩下来的便要求分散活动。

林彪带着几个黄埔四期毕业的连长找陈毅，现在部队不行了，一碰就垮，与其等部队垮了当俘虏，不如现在穿便衣，到上海另外去搞。

后来人们把这段话作为林彪在关键时刻对革命动摇、想当逃兵的证据，其实言之过重了。在当时那种局面下，地位比林彪高且不打招呼就脱离队伍的人比比皆是。很多走的人都如林彪所想，不是去上海便是去香港"另搞"。若说都对革命前途悲观失望也许太重，起码对这支行将溃散的武装能有多大作为不抱信心。

1927年10月3日，前敌委员会的流沙会议，是轰轰烈烈的南昌起义的最后一次会议。

会议由周恩来主持。他当时正在发高烧,被人用担架抬到会场。郭沫若回忆说,周恩来"脸色显得碧青。他首先把打了败仗的原因,简单地检讨了一下。首先是我们的战术错误,我们的情报太疏忽,我们太把敌人轻视了;其次是在行军的途中,对于军队的政治工作懈怠了;再次是我们的民众工作犯了极大的错误"。

可以想见,当时周恩来是怎样一种心情。

别人的心情也是一样。周恩来报告后,"叶、贺部队"的叶挺说:"到了今天,只好当流寇,还有什么好说!"党史专家们后来解释,叶的所谓"流寇",是指打游击。贺龙则表示:"我心不甘,我要干到底。就让我回到湘西,我要卷土重来。"

这样的表态也没有搞完,村外山头上发现敌人尖兵,会议匆匆散了。

分头撤退途中,队伍被敌人冲散。连给周恩来抬担架的队员也在混乱中溜走了,身边只剩下叶挺和聂荣臻。三个人仅叶挺有一支小手枪,连自卫的能力都没有。若不是遇到中共汕头市委书记、周恩来的老朋友杨石魂搭救,三位真是生死难卜。

聂荣臻回忆这段经历时说:"那条船,实在太小,真是一叶扁舟。我们四个人——恩来、叶挺、我和杨石魂,再加上船工,把小船挤得满满的。我们把恩来安排在舱里躺下,舱里再也挤不下第二个人。我们三个人和那位船工只好挤在舱面上。船太小,舱面没多少地方,风浪又大,小船摇晃得厉害,我们站不稳,甚至也坐不稳。我就用绳子把身体拴到桅杆上,以免被晃到海里去。这段行程相当艰难,在茫茫大海中颠簸搏斗了两天一夜,好不容易才到了香港。"

新中国成立后,周恩来在总结南昌起义经验与教训时,讲过几段话,"南昌起义后的主要错误是没有采取就地革命的方针,起义后不该把军队拉走,即使要走,也不应走得太远,但共产国际却指示起义军一定要南下广东，以占领一个出海口，致使起义军长途跋涉南下，终于在优势敌兵的围攻下遭到失败",“它用国民革命左派政府名义，南下广东，想依赖外援，攻打大城市，而没有直接到农村中去发动和武装农民，实行土地革命，建立农村根据地，这是基本政策的错误"。

这就不仅是当年所说的"战术错误""情报疏忽""政治工作懈怠"和"民众工作犯了极大的错误"了，而且涉及方向和道路的选择问题。

1965年毛泽东会见印度尼西亚共产党主席艾地时，也谈到南昌起义。他对周恩来说，你领导的那个南昌起义，失败以后，部队往海边撤退，想得到苏联的接济，那是"上海"，不是"上山"，那是错了。周恩来马上接过来说，是错了，主席上了井冈山，是正确的。

应该再补充一句：幸亏南昌起义的部分部队也上了井冈山。想得到苏联接济的起义部队主力，在"上海"过程中失败了。但"上山"的那部分力量，则成为中国工农红军战斗力的核心。

27. 朱德如何保存革命火种

天心圩军人大会是保留八一南昌起义队伍最关键的一次会议。这次会议实际上相当于把最后走到天心圩的800余名军人，做最后的整编。

在天心圩的军人大会上，朱德首先站出来，他在大会上讲，大革命失败了，我们的起义军也失败了，但我们还是要革命的，同志们要革命的跟我走，不革命的可以回家，不勉强。

朱老总当时专门举了一个例子，他说：我们今天革命就像俄国的1905年一样，俄国人1905年革命失败了，1917年他们就成功了，我们今天就是俄国的1905年，我们也有我们的1917年，现在是我们最关键的时刻。朱老总还讲，中国革命现在失败了，但黑暗是暂时的，我们只要保存实力，革命就有办法。

朱老总的信仰像火焰一样点燃了剩下来的干部、战士的信心，坚定了剩下的干部、战士的信仰。

后来陈毅讲，朱老总讲了两条纲领：第一，共产主义必然胜利；第二，革命必须自愿。这两条纲领成为后来革命军队政治工作的基础。这800余人就在朱德激情和信心的鼓舞之下最后稳住了，由丧魂落魄者眼中的残兵败将变成了一堆可以燎原的"火种"。

后来，参加井冈山早期斗争的谭震林说了句非常深刻的话。他说留

朱德

陈毅

在三河坝的那部分力量假如不能保持下来上了井冈山，而井冈山只有秋收暴动那一点力量很难存在下去，因为秋收暴动的主力是湖南的农军和留洋的学生，战斗力不行，军事素质比较差。谭震林没有参加八一南昌起义，他在井冈山秋收起义的队伍里。

所以，谭震林经常讲，八一南昌起义队伍上井冈山之前我们在井冈山都是守势，守住山头就不错了，下山去打这个打不过，打那个也打不过，战斗力非常弱。而八一南昌起义队伍一旦上山，因为带来起义军的队伍，军官大多数是黄埔军校毕业，士兵都是北伐时铁军的队伍，军事素质好，作战有一套办法，使井冈山战斗力大增。

朱毛会师上井冈山之后，井冈山的队伍战斗力上来了，当大家都万念俱灰的时候，当大家都不信革命能够成功的时候，朱德这种信心和信仰，最终发展成为支撑八一南昌起义队伍最关键的力量。

我们可以想象，如果八一南昌起义队伍没有朱老总个人的这种威望，个人的信仰号召，这800余人散掉了，八一南昌起义整个队伍荡然无存，整个成果就没有了，这对中国后来革命的影响是无法想象的。

所以，《中国人民解放军战史》做了这样一个评价。上面写道，八一南昌起义队伍在极端困难的情况下，能够保存下来，朱德、陈毅为中国革命事业做出了重大贡献。

我觉得这个评价是恰如其分的。

再看看1955年中国人民解放军授衔的时候，当时排列十大元帅之首的朱德，排列十大元帅之三的林彪，排列十大元帅之六的陈毅，排列十大将之首的粟裕，1927年10月都站在天心圩800余人的队伍里面。

我们从这支了不起的队伍里产生了那么多著名的高级将领就知道，天心圩整编的800余人是中国共产党和中国工农红军到中国人民解放军埋葬蒋家王朝的基本班底之一。从这个意义上看，朱德在中国革命中的重大贡献彪炳千秋。

28. 对朱德的一些认识，包括一些非议

火种保留了下来，再也没有熄灭。

为了反抗国民党的屠杀政策，从1927年4月中旬的海陆丰农民起义开始，中国共产党人先后发动了上百次武装起义。历次起义——包括规模最大、影响最大的南昌起义——都失败了。

但因为保留下来了革命火种，它们又没有失败。

这支部队后来成为中国人民解放军建军的重要基础，战斗力的核心。

蒋介石兵败大陆，其军事力量主要被歼于东北战场和华东战场。指挥东野的林彪，指挥华野的陈毅、粟裕，1927年10月皆站在天心圩被朱德稳定下来的800余人的队伍中。

粟裕回忆说，当时队伍到达闽赣边界的石经岭附近隘口，受敌阻击。朱德亲率几个警卫员从长满灌木的悬崖陡壁攀登而上，出其不意地在敌侧后发起进攻。当大家怀着胜利的喜悦，通过由朱德亲自杀开的这条血路时，只见他威武地站在一块断壁上，手里掂着驳壳枪，正指挥后续部队通过隘口。

是朱德而不是别人，为这支失败的队伍杀出了一条血路。对这支队伍的战略战术，朱德也做出了极大贡献。天心圩整顿后，他便开始向部队讲授新战术，讲授正规战如何向游击战发展。

朱德对游击战争的认识和实践都很早。辛亥革命后,率部在川、滇、黔同北洋军阀部队打仗时,他就摸索出了一些游击战法。

1925年7月,他从德国到苏联的东方劳动大学学习。几个月后去莫斯科郊外一个叫莫洛霍夫卡的村庄接受军事训练。受训的有40多名来自法国、德国的中国革命者,主要学习城市巷战、游击战的战术。教官大多是苏联人,也有来自罗马尼亚、奥地利等国的革命者。朱德当队长。教官问他回国后怎样打仗,他回答:"我的战法是'打得赢就打,打不赢就走,必要时拖队伍上山'。"

十六字诀游击战术的核心出现了。

南昌起义部队南下攻打会昌时,朱德奉命指挥第二十军第三师进攻会昌东北高地。他首先命令三师教导团团长侯镜如,挑选几十人组成敢死队,追击正向会昌退却的钱大钧部。他动员大家说:"你们都是不怕死的中华健儿。可是,今天我要求你们一反往常猛打猛冲的常规,只同敌人打心理战。你们要分为数股,分散活动,跟在敌人后面或插到敌人两翼,向敌人打冷枪。要搅得敌人吃不下,睡不着,这就是你们的任务。"

50多年后,侯镜如回忆这一段战斗经历时说,"会昌战斗中,朱总指挥我们和钱大钧作战,就采用了游击战法。敌人退,我们跟着进;敌人驻下了,我们就从四面八方打冷枪,扰乱敌人,不让他们休息。这就是'敌退我追,敌驻我扰'"。

"在这一点上,我起了一点儿带头作用。"朱德后来只说了这么一句。

不说,也是无法否认的历史地位。

没有朱德,南昌起义的最后火种能够保留下来吗?

没有三河坝分兵,朱德也跟着南下潮汕,又会是什么结局?

历史中确实有很多东西难以预测。

南昌起义诸领导者1927年10月底纷纷分散撤退的时候,很难有人想到留在三河坝的朱德,与毛泽东一道成为中国人民解放军的主要创建者和领导人。起义部队的主力都在潮汕溃散了,更难设想留在三河坝殿后的"部分兵力",最后会成为中国人民解放军建军的中流砥柱。

历史又正因为不可预测,所以才充满机会。面对不可预测的历史,能够凭借的,只有自身的素质与信念,领导者的素质与信念,最终汇聚成历史的自觉。

历史是一条奔腾不息的长河,给予个人的机会极其有限。朱德从南昌起义队伍领导层的边缘走到了"朱、毛红军"的核心,最后成为中国人民解放军总司令。没有义无反顾投身革命、舍生忘死追求真理的精神,是无法获得这样深刻和敏锐的历史自觉的。

有一句名言说,人的一生虽然漫长,但关键时刻只有几步。个人如此,集团、国家同样如此。能够在关键时刻支持领导者做出关键判断、采取关键行动的那种发自内心召唤的历史自觉,不但是伟人之所以成为伟人的必备条件,更为见风使舵者、见利忘义者、投机取巧者所永远无法获得。

"文化大革命"时期,造反派给朱德扣的帽子是"大党阀""大军阀""黑司令"。朱德上天安门进到休息室,休息室内的军队高级将领,各大军区的领导纷纷起立,因为军队同志形成了这样一个习惯,总司令来了全部站起来,是对总司令的崇敬。

当时,朱德上天安门,北京一位著名的造反派端坐在沙发上纹丝不动,说:"朱德算什么总司令,你们给他站起来?"我觉得那个造反派在当年造反的时候,以为真理尽在他手,以为可以呼风唤雨,以为世界都是他的了。经过历史的淘汰,经过历史的筛选,在"文化大革命"初期,你那造反算什么?与朱德的地位比较起来,你算什么?历史承认朱德是一座巍峨的泰山,你只不过是山脚下一抔黄土而已。什么叫历史?这就是历史。什么叫历史检验?这就是历史检验。

还是"文化大革命"期间，有很多造反派提出要改掉中国人民解放军建军节，说不是八一南昌起义建军，是秋收起义建军，是三湾改编建军，所以要求把八一南昌起义的八一建军节定为九三〇建军节，就是9月30日，三湾改编那天。

最后还是毛泽东一锤定音。毛泽东说建军节依然是八一，八一南昌起义是中国人民解放军建军节这一点不能改。毛泽东通过肯定八一南昌起义，对朱德、周恩来在这其中起到的作用进行了绝对的肯定。

当年的造反派，现在也白发苍苍了。那个见总司令不起立的人，白发苍苍了也许还不知道，1928年4月，朱、毛井冈山会师时，心情兴奋的毛泽东特地换下穿惯的长布衫，找人连夜赶做灰布军装，只为能够穿戴得整整齐齐，会见大名鼎鼎的朱德。

萧克上将回忆井冈山斗争时说，朱德在部队中有很高的威信，部队对朱德带点神秘式的信仰。这种"很高的威信"和"带点神秘式的信仰"，印证着总司令的地位。它不仅来源于中央军委一纸简单的任命，也不仅来源于红军将士在军纪约束下的服从。

共产党人在最为困难的时刻，在被追杀、被通缉、被"围剿"环境中锻造出来的坚定性，是那些不知天有多高、地有多厚、人能吃多少碗干饭的人永远感悟不出来的。

西方的领导科学认为领导力的形成依赖三大要素。一曰恐惧。什么叫恐惧？你不好好干我撤了你，这是恐惧。二曰利益。利益就是你好好干我提拔你，这就是利益。三曰信仰。恐惧迫使人们服从，利益引导人们服从，信仰的产生是发自内心的。

朱老总在八一南昌起义后形成了领导的核心，树立了领导的权威。他就是通过自己坚定的信仰驱散了人们内心的失望和恐惧，从而成为这个队伍当之无愧的领导人。

第五章 真　　人

　　毛泽东表现的历史自觉，大量通过对党的路线、方针、政策的制定来体现；朱德在革命最困难时期的革命坚定性、坚决性，表现出了他的历史自觉；周恩来同志的历史自觉，体现在他对中国共产党所提供的组织协调。毛泽东、朱德、周恩来的配合是中国共产党的万幸。

　　他们之所以能成为伟人，是因为他们是真人。说真话，办真事，行真理，义无反顾地追求心中的理想，而且为了这样一个理想不惜抛头颅洒热血，这是他们给我们今天留下的最珍贵的精神财富。

29. 周恩来的历史自觉 在革命中的作用

毛泽东表现的历史自觉，大量通过对党的路线、方针、政策的制定来体现；朱德通过对革命的信心与信仰，尤其在革命最困难时期的革命坚定性、坚决性，坚信革命能够成功，表现出了他的历史自觉。那么，周恩来同志大量的历史自觉是通过什么表现的？

是他对中国共产党所提供的组织协调。

我们经常讲周恩来同志是一个很大的谜，他这个人非常大的一个特点是牺牲个人、维护组织，这个特点表现得非常明显。那么周恩来到底是个什么样的人？尼克松对他有一段评价。尼克松20世纪70年代初访问中国，多次与毛泽东、周恩来有过接触。尼克松说："毛泽东是一团烈火，周恩来是一个控制火势的人。"这个说法沾点边，但并不是太贴切。

我自己想了这么一个比喻：打开一个手电筒去照射的时候，顶多十几米光线就散了；而要是一束激光，几公里之外可能都能烧穿一块钢板。激光的能量来源于哪里？来源于它的高度聚焦。

周恩来在我们党内大量的组织协调工作的实质就是"高度聚焦"。

首先中国共产党是由这么多人组成的一个党。尤其是党的领袖集团成员，兴趣各异、脾气各异、爱好各异，各人有不同的观点，各人有不

遵义会议会址

同的主张。这样一个环境中，周恩来通过大量的工作，使大家心往一块儿想，劲往一块儿使。

周恩来在党内无人可替代。我在这儿给大家举一个例子。

长征之初，博古是中共中央负总责的人，有传言说他在长征的时候不想带毛泽东走，想把毛泽东留在苏区。其实这个问题今天已经讲清楚了，不是博古不想带毛泽东走，而是长征之前毛泽东给博古写了一封信，他在信上提出来，他自己不想走。这封信毛泽东主要讲了这么几点：

首先，他与第一、三军团的领导交换过意见，第一、三军团的部分领导都同意留下来，和他在中央苏区坚持斗争；

其次，要求红九军团留下一个师，这样毛泽东带着第一、三军团的少部分领导人和红九军团的一个师坚持苏区斗争；

最后，欢迎中央再回来。

当然，这里面有这样几层意思：

第一点，毛泽东不想和上海来的中央诸位领导同志在一起。因为这些同志从上海一来，很快就把毛泽东的军事指挥权撤掉了，而且很快中央苏区反"围剿"也失败了。以毛泽东的个性，他不愿和这些吃过洋面包的人在一起，觉得有点格格不入，所以他提出来他不走。

第二点，当时叫战略转移，不叫长征，谁也不知道离开苏区后，就一去不回了，走了二万五千里都不知道。当时，战略转移最直接的目标是去湘鄂西与贺龙、萧克领导的二、六军团会合。

在这几个重要的因素之下还有第三点，毛泽东对蒋介石要一举拿下中央苏区的决心有所低估。

我们可以想，如果毛泽东要留在苏区，后果不堪设想。留在苏区的瞿秋白、贺昌、刘伯坚都纷纷牺牲了，能活下来的也九死一生。而且长征如果没有毛泽东参加，那又会是一种怎样的长征？红军还能不能走出来？我们还有没有遵义会议……

这就是在长征最初的时候，毛泽东表示他留下来不走的原因。

那么后来怎么样？谁劝说了毛泽东跟着部队一起走？

这个人就是周恩来。

30. 周恩来与毛泽东改变中国命运的谈话

我们上节讲到毛泽东给中央写了封信，他要留下来坚持在苏区斗争，欢迎中央再回来。当时，中央的总负责人博古，非常年轻，大约28岁，看见这封信以后不知道怎么办，便拿着这封信直接去找周恩来，他说："老毛提出不走，你看怎么办？"周恩来迅速看完这封信，跟博古讲了一句话："我去找他谈。"

周恩来当天骑着马从中央所在地瑞金赶到了毛泽东的住地找他谈话，核心就是劝毛泽东跟着走。那个谈话进行了一晚上，那天晚上周恩来与毛泽东之间谈了些什么，谁都不知道。

当天的警卫回忆当夜雨下得很大，雨水顺着屋檐往下流，流到斗笠上，斗笠湿了，从斗笠流到蓑衣上，蓑衣湿了，蓑衣的雨水流到绑腿上，绑腿湿了，鞋子湿了。

领导人在里面的谈话迟迟谈不完。他们开门进去给领导倒水，门一开，两位领导同志一句话都不说了，就看着他们，等他们倒完水退出去，门关好了才又开始说。所以警卫也没有听见这两位领导同志在里面谈了什么。

一直到第二天凌晨，周恩来骑马返回瑞金，见到博古，就讲了一句话："他同意跟着走了。"

周恩来在黄埔军校时的照片

我觉得这句话虽然非常简单,却意义极其重大,是改变中国命运的一句话。我们可以设想,毛泽东如果不跟着走,在苏区能保证他的安全吗?而如果毛泽东不走,那我们的长征是什么样的长征?红军能不能从困境中走出来?我们的结局又将如何?

恩格斯讲过一句话:"历史的必然通过大量的历史偶然去实现。"不是说社会主义必然胜利,它就是必然会成功,在这个过程中会经过许多路口,需要跨过许多急流险滩。

我们从这个问题上看周恩来,他不是对党和军队的命运做出了极大的贡献吗?而且像这样的事情周恩来终生对任何人都没有讲过。

周恩来晚年病重的时候,叶剑英元帅当时就认定:周总理肚子里要说的话很多,你们身边工作人员一定要随时准备好笔,把他说过的话一一记录下来,哪怕在昏迷中说的话也要记下来。周恩来身边的工作人员,确实按着叶帅的要求准备好了纸笔,要把周恩来说的任何话都记下来。

结果一直到周恩来去世,警卫也好,护士也好,他们准备的笔都没动过，纸还是一张白纸，一个字都没有记录。周恩来一辈子都是这样以组织为核心，以组织的生命为核心，以组织的利益为核心。

他完全牺牲了自己。

这么多年，我们一直讲周恩来同志的贡献，但一直都讲得不够。

周恩来勤勤恳恳、任劳任怨、鞠躬尽瘁、死而后已，这是称赞他。但也不光是称赞，诋毁周恩来的话也有，像周恩来的"世故主义"，周恩来如何如何"不讲原则"，周恩来如何"和稀泥"，这方面讲的人也很多。

我觉得不管是称颂的或者是诋毁他的人，都没有认识到在中国革命若干重大历史事件关头，周恩来做出的关键性贡献。当时的党中央不知道少了毛泽东的长征会是一个什么样子，当时的毛泽东同样也不知道自己留下来会是一个什么样的结果。

所谓的历史真实，不是有一只看不见的手安排好了的，我们走到这就是遵义会议，走到这就是延安，走到这就是天安门，没有这样的安排。全是什么？全是人的努力、奋斗、牺牲。

共产党一步一步这么走过来，在这其中周恩来表现了极大的历史自觉。他通过组织，通过协调，把党的力量最大可能地凝聚在一起，把一个散射的手电筒的光芒变成一束激光。

组织协调工作当然不光是周恩来一个人做的，但是周恩来是党内最杰出的组织协调工作者。这点，我觉得是毫无疑问的。在长征之前那个晚上周恩来与毛泽东的谈话，它的结果决定中国革命命运。

31. 周恩来巧解博古心结，
毛泽东获真正领导权

在长征的过程中周恩来与博古还有一次重要的谈话。

博古当时是我们党内很年轻的领导者，他出任中共中央临时总负责人时还不到25岁，很年轻，长征的时候博古也就是二十八九岁的样子。这样一位年轻的领导者，当然在有些事情的处理上，思虑还不够周全。

因此，博古在指挥反"围剿"的过程中，在指挥红军长征的过程中，有一些失误。那么到了遵义会议的时候，就有一个更换领导权的问题。博古在当时不太适合继续担任中共中央临时负责人了，要做一个调整。当时倾向于由张闻天来负责，但是还没有完全地明确。

由于这个原因，遵义会议开过之后，中央的两个挑子，一个是中央的印章，一个是中央的文件，这两个挑子还跟着博古。从内心来说，博古还是有些疙瘩没有解开，思想上还存在着问题。这种情况一直到遵义会议开过20天之后。

1935年2月5日，在云南威信地区一个叫"鸡鸣三省"的地方，中央常委讨论分工问题，正式决定由张闻天代替博古担任党中央书记，在党内负总责。周恩来那天晚上在那个地方与博古有一次彻夜长谈。

我们前面讲的周恩来与毛泽东的那次彻夜长谈，没有只言片语留下

毛泽东和周恩来与博古（右一）在延安

来。那么这次周恩来与博古的谈话是有东西留下来的。博古同志在1946年因飞机失事牺牲了。因为周恩来那次跟他的谈话令他印象至深，他把这个谈话的内容告诉了潘汉年，潘汉年也做了一些记录，后来就流传下来了。

实际上那天晚上，周恩来没有一句批评博古的话，他完全用现身说法告诉博古，你我都是吃过洋面包的，你是留俄的，我是留日留法的。吃过洋面包的人都有一个大缺点，就是对中国的国情不是那么了解。

周恩来说，自从我领导的南昌起义失败后，我就知道中国革命靠我们这些吃过洋面包的人领导不行，我们要找一个真正懂中国的人，这个人才有资格领导中国革命，而且只有他才能够把革命搞成功。老毛就是这样的人，他懂中国。你我都当不成领袖，老毛行，我们共同辅佐他，大家齐心协力把这个事情搞成。

这是周恩来推心置腹跟博古的谈话。

第二天一早,博古就把中央的印章和中央的文件全部交出来了。

后来博古在党内一些重大问题的斗争中,都坚决地站在中央这边,比如说与张国焘的分裂倾向的斗争。博古后来在牺牲前多次回忆周恩来与他那天晚上的谈话,可见对他印象之深。

这难道不是周恩来对中国革命的重大贡献吗?周恩来在中国共产党领袖层里的这种非常复杂的组织协调工作中,做出了无人取代的独特贡献。

所以从这个意义上讲,中国革命有毛泽东、周恩来、朱德这样的领导同志配合,我觉得中国革命是万幸的。如果说是有运气的话,这是中国共产党人的幸运。就像小平同志讲的那样,毛泽东思想是全党智慧的结晶。

在这个智慧结晶背后一次又一次发挥着重要作用的人,就是周恩来。

32. 毛、周、朱的结合是中国共产党的万幸

我们说中国共产党人的幸运是毛泽东、周恩来、朱德的结合，但不是说这个结合从一开始就紧密无间，不是说他们互相之间一点儿疙瘩都没有，一点儿矛盾都没有。

比如说毛泽东和朱德，朱毛会师之后，在关于领导权的问题上，在有关红四军到底怎么发展的问题上，两个人就是有矛盾有分歧的。尤其是在1929年红四军的"七大"和"八大"上，经过民主选举，把毛泽东选下去了。陈毅取代了毛泽东成为军委书记，后来陈毅到上海去汇报工作的时候，朱德又成为军委的代书记。当时，红军的领导工作，实际上就是朱德把毛泽东取代了。

到了中央苏区，中央局于1932年10月上旬召开宁都会议，撤销了毛泽东红一方面军总政委的职务，由周恩来担任红军总政委。周恩来也把毛泽东的指挥权给替代了。

在我们党进行路线方针政策选择的时候，有些争论，对于真正的共产党员来说，是不避讳的。比如说在红四军的"七大""八大""九大"上，毛泽东与朱德和陈毅发生了比较大的争论。在我们党发展的历程中，有过一些不成熟的阶段，正是因为有这些不成熟，她才有一个从不成熟走向成熟的过程。

当初，红军内部发生比较激烈争论的时候，毛泽东36岁，朱德43岁，陈毅也就30岁出头。大家当时都是在一个最富有创造力的年龄。在这个年龄，大家的这种激情和见识不一定完全一样。虽然革命必然成功这个目标和信念是一样的，但是个人的思想、脾气、性格是不一样的，对形势的认识也不一样，这种碰撞就是在所难免的。在那个为了理想流血牺牲的年代，领导层中间、个人之间产生了一些隔阂，但并不妨碍他们为了一个共同的目标，心往一块儿想，劲往一块儿使，这是中国共产党人最为珍贵的地方。

毛泽东、朱德、周恩来的配合是我们党的万幸。1976年，周恩来1月份去世，朱德7月份去世，毛泽东9月份去世，他们三个伟人在同一年离开。这仿佛又是历史巧合。

有的领袖为党提供思想，有的领袖为党提供意志，有的领袖既为党提供思想又为党提供意志。这种结合无法取代，无人取代。这就像什

毛泽东（中）、朱德（右）、周恩来（左）在延安

么？普列汉诺夫讲过一个问题，什么叫发起人？就是成为历史上一个重大运动的发起人。

普列汉诺夫说，只有伟人才能成为发起人，因为他们的见识要比别人远些，他们的愿望要比别人强烈一些。

但是所有伟人又都是普通人，毛泽东、朱德、周恩来都是普通人，普通人有普通人的感情，普通人会犯普通人的错误。从这个角度来说他们都是普通人。他们又是不普通的，为什么他们又不普通呢？就像普列汉诺夫说的这句话，因为他们的见识比别人要远些，他们的愿望比别人强烈一些。

面对中国革命不断出现的挫折困境，面对中国共产党成长路上的艰难险阻，甚至还要面对内部的争论不休和复杂矛盾，不少人都退缩了。而毛泽东、朱德、周恩来，他们没有，他们还在继续追求。所以我们说，中国共产党人是万幸的。

当然，中国共产党领袖集团的形成是"万幸"，对蒋介石来说，就是大不幸。

33. 蒋介石的大不幸是与毛泽东同时代

　　毛泽东领导的中国革命能取得最终成功，不是共产国际的选择；蒋介石能在一个时期之内所向无敌，形式上统一全中国，也不是孙中山的选择，他们都是历史的选择。

　　毛泽东、蒋介石二人，心头皆有主义，手中皆有枪杆。历史选择他们代表各自的阶级和政党，用手中的枪杆和心中的主义在现代中国猛烈碰撞，成与败，幸与不幸，都是历史的选择。

　　中国政治舞台上，从古至今十八般武器，蒋介石样样会使，而且每一样都烂熟于心，有硬的，有软的，有正面作战的，有暗地收服的。原本不太拿这个奉化人当回事的众多风云人物，纷纷被他如挑滑车一般弄翻在地。赶走许崇智，软禁胡汉民，孤立唐生智，枪毙邓演达，刺杀汪精卫，用大炮机关枪压垮冯玉祥、阎锡山、李宗仁、白崇禧、陈济棠，用官爵和"袁大头"买通石友三、韩复榘、余汉谋。兵力比他多的人，实力比他强的人，人才比他多的人，最后都没有搞过他，一个一个在他面前倒下。

　　为什么？

　　1930年，蒋、冯、阎大战。阎锡山在北平第八次总理纪念周上给反蒋派打气，说蒋介石有四必败：

一曰与党为敌；

二曰与国为敌；

三曰与民为敌；

四曰与公理为敌。

被称为"十九年不倒翁"的阎锡山所言极是。很长时间之内，没有人比阎锡山对蒋介石的总结更为准确、更为精辟、更为深刻了。

但蒋纵横捭阖，就是不败。

对众多北洋老军阀和国民党新军阀来说，此谜也是终生不解。

就客观因素来讲，他们不明白蒋代表着比他们更为先进的势力，与衰亡的封建残余更少粘连，与新兴的资产阶级更多关系。

从主观因素来说，他们也忽视了这个人的精神底蕴。

这就是原因。

阎锡山忽略了蒋介石这个人本身。

1906年，不满20岁的蒋介石进入陆军速成学堂学习（保定军官学校前身），有日本军医教官讲卫生学，取一土块置于案上，说："这一块土，约一立方寸，计可容四万万微生虫。"停片刻该医官又说，"这一立方寸之土，好比中国一国，中国有四万万人，好比微生虫寄生在这土里一样。"话音未落，课堂内一学生怒不可遏，冲到台前将土块击飞，大声反问道："日本有5000万人，是否也像5000万微生虫寄生在八分之一立方寸土中？"军医教官毫无准备，稍许缓过劲来，发现是学生中唯一不留辫子的蒋介石，便指其光头大声喝问："你是否革命党？"该事在陆军速成学堂掀起轩然大波。

1908年，刚20岁出头的蒋介石第一次读到邹容的《革命军》，而邹容已在3年前病死狱中。蒋对《革命军》一书"酷嗜之，晨夕览诵，寝则怀抱，梦寐间如与晤言，相将提戈逐杀鞑虏"，革命与造反的情怀难以言表。

1912年，已经24岁的蒋介石在日本创办《军声》杂志社，自撰发刊词，并著《征蒙作战刍议》一文。当时，沙俄引诱外蒙古独立，蒋十分愤慨，"甚思提一旅之众，以平蒙为立业之基也"。

不可否认这个人青年时代一以贯之的极强的精神气质。

这个人在中国近代史上具有相当的能量，如果没有毛泽东领导的这样一个集团和这样一支队伍，中国近代史就可能属于蒋介石这个人了，没有人能弄过他。从这个意义上来说，蒋介石的大不幸在于他和毛泽东处在同一个时代。

剿灭共产党，是蒋介石一生追求的目标。在"西安事变"的时候，他认为自己只差了两个星期，不然就可以把红军全部消灭了。当然，这是一种错误的判断。到了解放战争的时候，蒋介石说3个月就可以消灭关内关外的所有共产党部队。最后他被赶到台湾去了。就是在台湾，他还搞"一年准备，两年反攻，三年扫荡，五年完成"的反攻大陆计划。蒋介石一辈子就想战胜共产党，一辈子没搞成，最后败了，就败在毛泽东手下。

为何而败？是败于主义，还是败于枪杆？是败于对历史的把握，还是败于对未来的规划？蒋介石也许终生不解。美国作家布莱恩·克洛泽在 *The Man Who Lost China* 中把蒋介石一生归为运气，这在前面已经提到过。

蒋介石一辈子生活在扑灭燎原烈火的梦境之中。要说"运气"，那么蒋之大不幸，在于他与中国共产党人的杰出代表毛泽东生活在同时代。

当然，共产党人在一段时期内被他追杀、被他围剿，有很多人被他收买，叛变。好几个时期，蒋认为共产党已经不是他的对手了，不过最后他还是真正认识到了这个党的力量。到了解放战争进行到中后期的时候，蒋介石对他的部下讲了一句话，他说，我的好学生都死光了，只剩下你们这些人。他这是什么意思？他的好学生是什么？当年蒋介石黄埔建军的时候在军校大门上贴的对联是"升官发财，请走他路；贪生怕死，莫入此门"。他的意思是说，当年那些不为升官发财、只为事业的好学生都死光了，抗战胜利之后就剩你们今天这些人，房子、票子、车子到处捞、到处贪，整个队伍腐败了。

34. 一代伟人予后人留下最珍贵的精神财富

什么叫真人？我的理解就是说真话、办真事、行真理。我们党内就有一批这样义无反顾追求真理的真人，包括一些犯过错误的同志。

比如陈独秀，你说陈独秀不是真人吗？陈独秀在大革命时期犯了错误，哪怕他是按照共产国际的指示执行，犯了右倾机会主义的错误。但是陈独秀毫无疑问是个真人，敢爱、敢恨、敢骂、敢作敢为。当然，陈独秀也有他的另一面，有在党内实行家长制领导的问题，但是这个人在追求真理的时候是义无反顾的。

1932年10月，他在上海被捕，国民党江苏省高等法院审讯他，著名律师章士钊自告奋勇为他辩护。为了替陈独秀脱罪，章士钊说，陈独秀是三民主义的信徒，议会政治的政客，组织托派也是为反共等。章士钊辩护词未完，陈独秀拍案而起："章律师之辩护，全系个人之意见，至本人之政治主张，应以本人文件为根据。"

他所说的"本人文件"，即审讯前两个月写好的《陈独秀自撰辩诉状》：

予行年五十有五矣，弱冠以来，反抗清帝，反抗北洋军阀，反抗封建思想，反抗帝国主义，奔走呼号，以谋改造中国者，于今三十余年。前半期，即"五四"以前的运动，专在知识分子方面；后半期，乃转向工农劳苦人民方面。盖以大战后，世界革命大势及国内状况所昭示，使予不得不有此转变也。

…………

唯有最受压迫最革命的工农劳苦人民与全世界反帝国主义反军阀官僚的无产阶级势力联合一气，以革命怒潮，对外排除帝国主义之宰割，对内扫荡军阀官僚之压迫，然后中国的民族解放，国家独立与统一，发展经济，提高一般人民的生活，始可得而期。工农劳苦人民解放斗争，与中国民族解放斗争，势已合流并进，而不可分离。此即予五四运动以后开始组织中国共产党之原因也。

陈独秀的老朋友、国民党元老柏烈武后来对陈独秀最小的儿子陈松年说："你父亲老了还是那个脾气，想当英雄豪杰，好多朋友想在法庭上帮他忙也帮不上。给他改供词，他还要改正过来。"

1942年5月，陈独秀病逝于四川江津，死前贫病交加，但风骨不改。已是国民党官僚的当年北大学人罗家伦、傅斯年亲自上门给他送钱，他不要，说："你们做你们的大官，发你们的大财，我不要你们救济。"这一番话弄得二人十分尴尬。

国民党交通部部长、当年在北大教德文的朱家骅赠他5000元支票一张，他拒之；朱托张国焘转赠，又拒之；张国焘再托郑学稼寄赠，还是不收。他在江津住两间厢房，上无天花板，下是潮湿的泥地，遇大雨满屋是水。屋内仅有两张木床、一张书桌、几条凳子和几个装满书籍的箱子。

唯一的装饰，是墙上挂着的一幅岳飞写的四个大字的拓片——"还我河山"。

早年陈独秀家里是非常殷实的。

陈独秀是安徽安庆人，出生在一个大家族，家里很有钱，尤其是他二叔。但他二叔当时没有后嗣，所以打算将来把资产都留给陈独秀。当时家里曾经派了两个伙计到北京来找在北大当文科学长的陈独秀，就是告诉陈独秀，他二叔的这笔资产将来要留给他。

今天如果我们比较一下，谁来找我们说有笔资产要过继给我们，我们肯定大喜过望，这是相当于天上掉馅饼的好事。但是陈独秀听了后很不高兴，他说，你们回去吧，我跟他没什么关系。当时的陈独秀就是一门心思要革命。

这两个伙计看陈独秀是这个样子还不甘心，他们说：少东家你先别发火，东家在北京还有几处铺面，你是不是先到北京几处铺面看看再说。陈独秀听后勃然大怒，说，你们给我滚，我要消灭私有制。

我觉得我们今天很少有人能够做到像他这样。

当时的这批人完全就是义无反顾地追求心中的理想。

这是我们当时共产党一批人的骨气。

我们今天这个局面是他们开创的，他们这批人真是为了心中的主义和心中的理想，义无反顾地追求。

中国有句老话，叫作"盖棺论定"。一个人死了，装进棺材钉住，他的历史便完结了。既不会爬出来为将来增添什么，也不可能把过去再减少一点，可以对其一生功过是非做评定了。

这也是理想。

凡在历史上产生过重大影响的人物，往往在"盖棺"很久之后，人们仍在对他争论不休。陈独秀就是这样的人。他最先鼓吹革命，后来又走上另一条道路。中国的大革命为什么失败，他犯了什么错误，负有怎样的责任，中国社会究竟是怎样的性质，中国革命究竟是怎样的性质，中国革命到底应该怎样革……他以不惑的气概迎接这个世界，又带着一个又一个不解之思索，离开了这个世界。

陈独秀生前说："我愿意说极正确的话，也愿意说极错误的话，绝对不愿意说不错又不对的话。"

"文化大革命"中，因墓碑早毁，四周杂草丛生莫辨，陈独秀免受了如瞿秋白墓地那样掘骨扬灰之灾。1979年开始重新评价陈独秀，中共中央批准安庆市政府拨款重修陈独秀墓地。

简朴的碑石正面只有五个大字：陈独秀之墓。

这位中国一代青年学子的思想启蒙者、向旧营垒冲锋陷阵的英勇斗士，随着"大江东去，浪淘尽，千古风流人物"的滔滔江流，最终回归到了自己的出生地。

张爱萍的儿子张胜写了一本叫《两代军人的对话》的书。其中张胜用一句话概括他父亲张爱萍，我看完以后印象非常深。他概括他父亲是一个天真的共产主义者。干了一辈子革命，浴血奋战了一辈子，最后被他儿子概括为天真的共产主义者。

这个概括的深层含义是什么？就是他一辈子为了心中的梦想，一辈子这个梦想没有毁灭，哪怕与现实不符了，但是他还是忠于自己的梦想。

这些我觉得都是标准的真人。

我前不久看到这么一句话，你用一种理想主义的状态去办一个公司，那么十有八九会遭到失败，但如果成功必定是一个伟大的公司。我把这句话改了，就是怀抱理想主义者去做事业，多数时候会头破血流，但是如果能够成功必定是个伟大的成功。

任何伟大的事业，其中必然包含有理想，如果事业是一个伟大的事业，没有理想是不可能的。这种理想使人超越现实，使人超越物质，使人能够穿透时空。我觉得这是这一代共产党人表现出来的最珍贵的东西。

毛泽东、朱德、周恩来，他们是伟人，他们也是真人，真正要做到伟人，你必须是真人。毛泽东和朱德，都有一个非常近似的地方，都是从边缘走到了中心。毛泽东在党内长期处于边缘地位，长期不被重视，而且长时间没有进入中央的领导层,他是一步一步非常艰难地走到了中国革命中心的位置。

朱德同志在军队中也是这样。

他们之所以能成为伟人,是因为他们是真人。

说真话,办真事,行真理,义无反顾地追求心中的理想,而且为了这样一个理想不惜抛头颅洒热血,这是他们给我们今天留下的最珍贵的精神财富。

第六章　严酷的筛选

从世界政党史上你很难找到，甚至根本找不到，哪一个政党像中国共产党这样，领导层像割韭菜一样，一批一批被对方屠杀。这就是中国革命和其他革命都无法类比的空前残酷性。大量的牺牲，国民党的屠杀政策，确实吓倒了我们一批人，从而让中国的革命道路充满了艰辛。中国革命也有很多人投机，甚至是数量不少的人投机，但是投机中国革命，要走到底太难了。因为中国革命的这种生死考验太多了。

35. 叛徒与奸细让中国革命无比艰辛

从世界政党史上你很难找到，甚至根本找不到，哪一个政党像中国共产党这样，领导层像割韭菜一样，一批一批被对方屠杀。正是在这样的情况下，有一批伟人，一批真人，在追求真理的道路上艰难成长起来，同时也付出了极大的艰辛。

1927年大革命失败，中国共产党遭受严重损失。

1934年第五次反"围剿"失败，红军被迫长征，中国共产党遭受严重损失。

在这两次大的损失面前，有两个很鲜明的特征。一方面，一批共产党人尸横遍野，血流成河；另一方面，大量的叛徒，为了自己的苟安，为了自己的个人私利，抛弃自己的理想，甚至出卖自己的同志。

"四一二反革命政变"就是这样。

"四一二反革命政变"的"清党""宁可错杀，不可错放"，共产党人尸横遍野、血流成河。李大钊、罗亦农、赵世炎、陈延年、李启汉、萧楚女、邓培、向警予、熊雄、夏明翰、陈乔年、张太雷等多名领导人相继遇害。在严酷的白色恐怖中，组织被打散，党员同党组织失去联系。彷徨动摇者纷纷脱党，有的公开在报纸上刊登反共启事，并带人捉拿搜捕自己的同志。

中共早期领导人之一罗亦农

江苏省委书记赵世炎就是被江苏省委秘书长出卖的,并且是叛徒亲自带人上门抓的。

赵世炎被捕牺牲,陈独秀的大儿子陈延年继任江苏省委书记,又被江苏省委的交通员带人上门抓捕。

"四一二反革命政变"中牺牲的最高领导人是罗亦农,罗亦农是被谁出卖的?是被朱德的前夫人贺治华出卖的。贺治华做过朱德夫人,后来离开了朱德,又找了党内另外一位同志叫何家兴。贺治华和何家兴两个人合谋把罗亦农出卖了,其目的是到德国定居,两张到德国的护照和3000美元的奖金,就把政治局常委、政治局组织局主任罗亦农出卖了。

而且贺治华竟然带人上门抓捕罗亦农。罗亦农当时本来有脱逃的机会,因为贺治华带领巡捕来抓时,他还没有回来,他夫人急中生智,把门口的一盆花给推倒,已经发出信号了。但是那天下着蒙蒙细雨,罗亦农打着伞,低头躲雨没有看见门口的信号,进门就被抓了。

那天还有一个险情,本来罗亦农约邓小平谈话,邓小平晚到了几分钟。如果邓小平早到几分钟,那我们改革开放的总设计师又在哪里?

从这些事例来看，中国革命何其艰难，而且也有很大的偶然性，就像恩格斯讲的那样，历史的必然通过大量的历史偶然去实现。

邓小平后来向周恩来报告，贺治华叛变。周恩来当时非常谨慎地说，我们还要调查，还要了解贺治华是不是叛变。最后，证实了贺治华叛变，贺治华的丈夫何家兴被打死在床上，贺治华在床上也挨了一枪，没有被打死，被打瞎了一只眼睛。

列宁被捕流放过两次。

托洛茨基被捕流放过两次。

布哈林被捕流放过三次。

加米涅夫被判处终身流放。

加里宁多次被捕流放。

捷尔任斯基多次被捕流放。

奥尔忠尼启则多次被捕流放。

古比雪夫多次被捕流放。

斯维尔德洛夫先后被关押和监禁达十二年之久。

斯大林被捕流放竟然达到七次之多。

若沙皇尼古拉二世也成为蒋介石，布尔什维克党中央能存几人？谁又将去领导改变了整个20世纪的十月革命？

在中国，共产党人只要一次被捕，便很难生还。中共中央总书记向忠发被捕后本已叛变，蒋介石也只让他活了三天。蒋记政治词汇中充满了"枪决""斩决""立决""斩立决""见电立决"，根本没有"流放"这个字眼。

这就是中国革命和其他革命都无法类比的空前残酷性。大量的牺牲，国民党的屠杀政策，确实吓倒了我们一批人，从而让中国的革命道路充满了艰辛。

36. 中国革命对共产党人严酷的筛选

拿中国革命与俄国革命类比，列宁、托洛茨基、斯大林等都多次被捕流放。俄国沙皇尼古拉二世如果采取蒋介石的屠杀政策，俄国革命是难以达成的，领袖基本都会被杀掉。

中国革命呈现出空前的惨痛性。

中央红军长征后，共产党仍旧面临着这样的局面。

红十军团军政委员会主席方志敏、红十军团团长刘畴西、中华苏维埃教育人民委员瞿秋白、赣南军区政治部主任刘伯坚等人，都被敌人捕获枪杀。

中华苏维埃工农检察人民委员何叔衡（何叔衡与毛泽东同志同为中共"一大"湖南的代表）、中央军区政治部主任贺昌等人，在战场上牺牲。

新中国同龄人都记得这三部作品，方志敏的《可爱的中国》、瞿秋白的《多余的话》、刘伯坚的《带镣行》，都是他们在铁窗中对中国命运的思索。

是文学，也是历史，更是一腔热血。

国民党南昌行营有如下记载：

"截至本月底（注：1935年3月底），江西清剿军先后在于都、会昌

方志敏

俘红军六千余人，步枪手枪两千余支，机关枪五十余挺。在瑞金俘红军三千余人，掘出埋藏步枪枪身八千支，机关枪二百余挺，炮身十余门，迫击炮十余门，图书三十余箱，铜锡两百余担。"

与牺牲伴随的是工农红军转移前后一批人的叛变，历史作为洪钟，默默接纳着，又默默展示着这千千万万令人惊心动魄的嬗变。

我们看看从1930年到1934年期间所出现的叛徒。中共中央总书记向忠发被捕叛变，中央特科负责人顾顺章被捕叛变，上海中央局负责人李竹声、盛中亮被捕叛变。这些叛徒可绝不仅仅是一般的人物。这些人都是中央政治局以上的人物。

中央红军在1934年进行战略转移的前后：

中央军区参谋长龚楚叛变；

红十六军军长孔荷宠叛变；

湘赣省委书记陈洪时叛变；

闽浙赣省委书记曾洪易叛变；

闽北分区司令李德胜叛变；

闽赣分区司令宋清泉叛变；

赣粤分区参谋长向湘林叛变；

闽赣分区政治部主任彭佑叛变；

红十军副师长倪宝树叛变；

瑞金游击司令部政委杨世珠叛变。

我们可以看到，中央苏区军以上干部叛变的也不少，这就是我们讲的任何革命都有投机。

中国革命没有投机吗？中国革命也有很多人投机，甚至是数量不少的人投机，但是投机中国革命，要走到底太难了，因为中国革命的这种生死考验太多了。

这些人坚持到了这么高的职务，最后还是坚持不住，纷纷叛变。中国革命所呈现的这种大浪淘沙，可能超越任何国家。

这就是新中国奠定的时候带出的是一支非常精锐的队伍的原因。这种筛选太厉害了，是非常严酷的筛选。

37. 红军第一叛将龚楚的
人生悲喜剧

在所有叛变中，最为严重的就是中央军区参谋长龚楚的叛变。龚楚何许人也？

龚楚是广东乐昌人，1924年在广州加入中国社会主义青年团，1925年转为中国共产党党员。早在1925年6月，他就受中共广东区委派遣，赴广东省农民协会从事农运工作，后来又回到自己的家乡乐昌，成为在该地区有重要影响的共产党人。

1927年年底到1928年年初，朱德、陈毅率南昌起义军余部想辗转于粤北进入湖南，遇见的第一个共产党员，就是龚楚。

朱德回忆说："我们脱离范部，从韶关北上，计划去湘南找一块根据地。这时龚楚已来到我们部队，便由他引路带我们到了宜章县的杨家寨子。"

井冈山斗争时期，有军民运动经验又有军事工作经验的龚楚，成为红四军前委委员、二十九团党代表，其威望和

龚楚

地位在红军中也算屈指可数。

1928年6月，湖南省委致信红四军军委，前委书记由毛泽东担任，常务委员会由三人组织——毛泽东、朱德、龚楚。有一段时期，中央和湖南省委给红四军前委的信都是称"朱、毛、龚"的。这就是龚楚当时的地位。

龚楚不但在井冈山与毛泽东、朱德建立了很深的合作关系，在百色起义时又与邓小平建立了很深的合作关系。1929年12月龚楚参加广西百色起义。起义后即宣布成立红七军，军长张云逸，政治委员邓小平，参谋长是龚楚。由于龚楚是从井冈山过来的，熟知红军的建军经验及政治工作制度，给红七军的建设的确带来不小帮助。龚楚后来担任的职务也闪闪放光：他继李明瑞之后任红七军军长，然后是粤赣军区司令员、红军总部代总参谋长、赣南军区司令员。

红军主力长征后，陈毅起初连个明确的职务都没有，龚楚却出任了中央军区参谋长。

这样一个人物的叛变，对红军长征后中央苏区留守力量的严重影响可想而知。

龚楚的叛变出现得很突然。1935年2月，他奉命率一部分红军去湘南开展游击战争。5月在湖南郴县黄茅地区遭到粤军袭击，随后叛变投敌。陈济棠给他一个少将"剿共游击司令"的职位，调一支40多人的卫队归他指挥，要他到赣粤边去诱捕项英、陈毅。龚楚将自己的叛变隐蔽得很巧。10月中旬，他把卫队扮成红军游击队，在北山龙西石地区和粤军余汉谋一支部队假打一阵，"击溃"了"敌人"，在龙西石出了名。

贺子珍的哥哥、北山游击大队大队长贺敏学原来是中央军区司令部的科长，听说老首长龚楚参谋长拉起了游击队伍，便赶紧派人去联系。

龚楚说，他需要马上见到项英、陈毅，接他们去湘南加强领导。中共赣粤边特委机关后方主任何长林等人热情帮忙，建议龚楚写一封信给项、陈。信写好后，何长林也在上面签了名。特委秘密交通员很快把信送到了项英、陈毅手里。

当时，留在中央苏区的这些游击队，最缺乏的就是胜利，到处被围剿。项英看到龚楚的信大喜过望，马上想和龚楚见面。他并不了解龚楚这个人，但当时陈毅对龚楚还是非常了解的。

龚楚自恃资格老，井冈山斗争时期骄傲自大，除了毛泽东，他便目中无人。毛泽东在苏区的威望无人可比。今天，他怎么变得谦虚起来，要项英、陈毅去"加强领导"呢？陈毅告诉项英，斗争残酷，人心难测，还是过一段时间再去见龚楚。

就是这"过一段时间"，使龚楚现了原形。只见信走不见人来，他怕时间长了狐狸尾巴露出来，决意先下手为强，先把北山地区游击队一网打尽。龚楚果断行动，把当时规模很大的北山游击队带到包围圈内开会，贺敏学等重要干部都参加。待这些游击队员和干部觉察到不妙时，龚楚的叛徒嘴脸露出来了。

这个中央军区参谋长开始撕下脸面，赤裸裸地劝他原先的部属们投降。

贺敏学第一个跳起来，举枪边打边往外冲。他身中三弹，硬是翻滚下山，冲出包围。其余的只有八九个人带伤冲出会场，50多名游击队员和干部当场牺牲。特委机关后方主任何长林也是个软骨头，一看大势不好，未及走脱被捕，马上叛变。

这就是长征留下来的部队突围到赣粤边后，损失最大、性质最严重的"北山事件"。

后来项英、陈毅才知道龚楚是彻底叛变了，幸亏当时没有去见他，否则将会给革命带来更大的损失。

龚楚没有抓到项英、陈毅，不甘心。他熟悉红军活动的规律，布置军队日夜搜查，通往各地的大小道路都被严密封锁，连一些大山和羊肠小道上也设置了暗哨、密探。何长林则把与游击队发生过关系的群众统统指出来，很多人被敌人杀害。

1935年10月，龚楚引导国民党三个师向湘南游击区发动进攻，使湘粤赣游击支队受到严重损失，方维夏壮烈牺牲，蔡会文重伤被俘后壮烈牺牲。中共湘粤赣特委书记陈山负伤被俘。

就是这个"朱、毛、龚"的"龚"，虽然在红军队伍中做出过一些贡献，一旦叛变，竟然为敌人做出了更大"贡献"。

为敌人做出更大"贡献"的龚楚，一直到1949年，在中国人民解放军解放大陆的时候，他在干什么呢？他当时是广东国民党一个中将的随属官员。我们党从事"农运"的最早领导人，最后当国民党中将的随属官员去了，这种变化差异太大了。

但是在1949年，龚楚面对全国解放的态势，被迫请罪。向谁请罪？向他当年在红军中的下级的下级的下级林彪请罪。

龚楚当红军主要领导者的时候，林彪只是一个连长，级别相差甚远。但是龚楚请罪，想见一下林彪都见不着，林彪的下级的下级的下级，仅仅一个师长就把他解决了。

林彪是共产党第四野战军百万大军的统帅，龚楚不过是国民党一个行政督察专员兼保安司令，林彪如何能去见他？派一个下级的下级的下级就像掸掉一只跳蚤一样，处理掉这个给党和革命带来巨大损失的叛徒。

所以龚楚投诚后觉得非常没有面子，就跑到香港去了。

降将可纳，叛徒难容。古往今来，任何政治集团皆是如此。

这一点龚楚倒是十分清楚。

他在香港写了一本书叫《我与红军》，谈起在红军中的高级人物，谈起现在新中国某某领导过去是我的同级，某某是我的下级，某某当年是如何如何……谈起自己未叛变时在中共的日子他便眉飞色舞，对时隔久远的人和事也记忆清晰，颇有几分资本的心情见诸笔端；对叛变之后，脱离红军的经历则缄口不言，避而不谈；其余的，便多是感大江东去之慨了。

38. 红军叛将龚楚如何度过落魄余生

佛家称，世界从生成到毁灭的过程为一劫。万劫，言时间之漫长。万劫不复，意为永远不能复原。《景德传灯录·韶州云门山文堰禅师》云："莫将等闲空过时光，一失人身，万劫不复，不是小事。"

1990年9月13日，广东乐昌县长来镇悄悄来了一位年过九旬、双目失明的老先生，从海外返回定居。老先生姗姗来迟。他离开大陆前，曾是国民党军官。

别说一般军官，就是国民党代总统李宗仁不也照样回来了吗？中国大陆改革开放那么多年，国民党内地位比他高的人来来去去多少个，谁也不像他这么谨慎多虑。

他必须谨慎多虑，如果人们知道他的真实身份的话⋯⋯

他就是当年的大叛徒龚楚。

龚楚到香港后，似乎觉得有几分不保险。后来他被子女接往美国的亚特兰大。对共产党领导的那片土地，他要离得越远越好。

位置越远，感情越近。

身体越远，灵魂越近。

龚楚是片落叶，身居海外，却一直紧紧盯着那片布满他喜怒哀乐的土地，一直盯到双目失明。

他一直在等待，等待得既无言，又长久。他眷恋自己的故乡，又深知自己给共产党带来的伤害。看着别人先后返乡，他心潮难平。一直到中华人民共和国最高人民法院宣布不再追究新中国成立前国民党原军政人员刑事责任之后，他才下了回乡的决心。

1990年9月13日，年过九旬的龚楚回到故乡广东乐昌。63年前的1927年，他在这里组织农民运动，担任中共乐昌支部书记；41年前的1949年，他却在这里担任国民党的保安司令，率残部向共产党投诚。

63年过去了，41年过去了，现在乐昌市人民政府在长来镇为他修建了一幢两层楼房。他住进去后写了三封信，一封给邓小平，一封给杨尚昆，一封给王震。海外归来的龚楚，在信中向当年红军中的这些同事、今天中华人民共和国的重要领导人表示敬意和问候。他还给邓小平单独发了一封电报，报告他已返回故乡。他从百色起义开始就与邓小平一起共事。邓小平任红七军政委时，龚楚先任红七军参谋长，后任红七军军长。

《羊城晚报》海外版报道，邓小平在北京亲自给他挂了电话。

龚楚当年曾在自己的家乡给朱德、陈毅带路寻找根据地，那是一个共产党员给自己的队伍带路。他后来又给陈济棠、余汉谋带路诱捕项英、陈毅，那是一个共产党的叛徒给敌人带路。

"朱、毛、龚"中的朱、毛都不在了，项英、陈毅也不在了，陈济棠、余汉谋同样不在了，剩下他龚楚。

入党与脱党，忠贞与叛变，打白军与打红军，投降与再投降，出走与回归，人生90年对他来说，变成了一剂难以下咽的至苦之药。

失明的龚楚什么也看不见了，却能颤抖地紧握着话筒，听着话筒那边当年红七军政委、现在中国改革开放总设计师邓小平的声音，涕泪纵横。

1995年7月，95岁的龚楚在故乡乐昌县长来镇家中去世。

一个人的生死，不过一劫，万劫不过是形容而已。"一失人身，万劫不复，不是小事。"有些禅语听来竟像警钟。

39. 张国焘相对毛泽东的"巨大优势"

我们前面讲到了大叛徒龚楚，这里再讲党内的另一个大叛徒——张国焘。张国焘在党内的任职、资历比龚楚还要高很多。

毛泽东在中央苏区取得了农民出身将领的衷心拥护，张国焘在鄂豫皖苏区也取得了农民出身将领的衷心拥护，两个人领导的苏区都获得了很大的发展。中央苏区在毛泽东领导下，鼎盛时期红军兵力超过10万人，张国焘领导的鄂豫皖苏区转移到川北苏区时达到了8万多人。两个人还有一个共同点，就是讲话都极富鼓动力，毛泽东的讲话，语言直入普通将士、普通民众的心里，张国焘也是这样。

张国焘刚开始在北大当学生的时候，据他回忆，他演讲是不行的。他在北大上学时就担任讲演部部长。五四运动中一次街头演讲，听众一开始有100多人，张国焘和同学喊得声嘶力竭、满头大汗，只有位老牧师站在一旁一直耐心听到最后，约他们去其住处传授演讲技术。他单刀直入地告诉这些疲惫不堪的学生，他们的讲词不够通俗：你们只讲了主义，只讲了信仰，只讲了你们心中的东西，没有和民众的切身利益联系起来，所以民众不听你们的。没有从大众的切身问题说起，也没有将人民受痛苦的根源和爱国运动联系在一起，因此卖力不小，听众却不一定完全领悟。

毛泽东（右）和张国焘（左）在延安

就是这位老牧师使张国焘第一次明白，演讲不仅要靠激情，还要靠技巧。这对张国焘影响至深。

张国焘和毛泽东还有一个非常相像的地方，就是两人都要走中国特色的革命道路。此前我们党的领袖陈独秀、瞿秋白、李立三等，可以说都是在共产国际笼罩下进行工作，始终没有摆脱共产国际的指示、电文。毛泽东要走适合中国国情的自己的道路，张国焘也是如此。

两人早年曾在北大相遇，比较起来，张国焘在北大的地位比毛泽东要高得多。

毛泽东1919年进入北大，当时还是他的老丈人杨昌济把他介绍给李大钊的。毛泽东被安排在北大图书馆当助理员，同时正在争取旁听生的资格。张国焘不但是北大理工预科三年级学生，而且是学生中的风云人物，后来还成为北大学生会主席，正在发起组织"国民杂志社"[①]。每天晚上，他的房间都是"左翼"同学聚集的中心。

毛泽东后来对斯诺回忆说："由于我的职位低下，人们都不愿同我来往。我的职责中有一项是登记来图书馆读报的人的姓名，可是他们大多数都不把我当人看待。在那些来看报的人当中，我认出了一些新文化运动的著名领导者的名字，如傅斯年、罗家伦等，我对他们抱有强烈的兴趣。我曾经试图同他们交谈政治和文化问题，可是他们都是大忙人，没有时间听一个图书馆助理员讲南方土话。"

张国焘也是无时间与这个图书管理员交谈的人之一。他对毛泽东的最早记忆不是来自北大图书馆，而是来自毛泽东从北大返回长沙后创办的《湘江评论》[②]，当时，这份刊物在南方影响很大。政治上极其敏锐的张国焘虽然感觉到了几千里之外一个叫毛泽东的人所显示的思想能量，却错过了在安静的北大图书馆与毛泽东会面和交谈。

毛泽东与张国焘的第二次相遇是1921年7月在上海召开的中共"一大"上。

这一次张国焘同样优势很大。"南陈北李"都没有来，张国焘成了中国共产党第一次代表大会的实际主持人——大会执行主席。毛泽东在中共"一大"上担任会议记录。他原来就在北大图书馆一个一个记下读者姓名，现在又一个一个记下每个人的发言。

[①] 五四时期的社团之一。1918年10月20日，由当时的全国学生团体学生救国会创建于北京大学。其宗旨是："增进国民人格，灌输国民常识，研究学术，提倡国货。"1919年1月，该社组织出版《国民》杂志，进行反帝爱国宣传。张国焘是杂志社的活跃分子，担任首届总务股干事，负责募集经费、编辑出版、组织发行等事务。

[②] 五四时期时事政治性周报，湖南学生联合会机关刊物。毛泽东主编。在长沙出版。1919年7月14日创刊，8月上旬被军阀政府查封。共出五期，第二期附有《临时增刊》，第五期未发行。

"一大"当时选举出来三个核心人物：陈独秀、张国焘、李达。陈独秀是总书记，张国焘负责组织，李达负责宣传。后来成立中国劳动组合书记部，主任是张国焘，毛泽东在湖南分部当主任。

从中国共产党成立之日起，张国焘长期居于中共中央的核心领导地位。在中共"一大""二大""三大""四大""五大"等会议上，他一直是中央的核心层，一直是中共中央政治局委员。这是一个在中共党内资格极老的人物。项英因斯大林赠送一支小手枪而自豪不已，把手枪别在腰上随身不离；张国焘则面对面与列宁谈过话，当面聆听过列宁教诲，其资格1927年以前只有陈独秀能与之相比，1927年以后则只有周恩来能与之相比。

毛泽东虽然也是"一大"代表，但是在早期中国革命的领导人中，他是一个被边缘化的人物，他长期没有进入中央的核心层。而张国焘资格如此之老，却又比毛泽东年轻4岁，内心的优越感即使不说出来，也是巨大的。

40. 中共缔造者与叛变者张国焘的人生丑剧

前面我们讲到张国焘早期在党内的任职以及以往的一些巨大优势，但他到最后为什么会叛党而去呢？

张国焘1979年病死在加拿大的多伦多养老院，他为什么走上这条路？

张国焘作为四方面军的重要领导人，一、四方面军会师的时候，可以说是张国焘人生的顶峰。

一、四方面军会师发生在1935年6月，当时张国焘是四方面军当之无愧的领导人。后来很多四方面军的老同志回忆这一幕时说，四方面军与一方面军会师，当时一方面军不叫一方面军，叫中央红军。四方面军与中央红军会师之前，很多四方面军的同志都对中央红军怀抱神秘的感觉，认为中央红军很神秘、很伟岸、很高大。

但是两军会师后，四方面军很多同志感慨，走过来的是中央红军吗？他们衣衫褴褛，枪支长短不齐。

中央红军长期征战，经过非常艰苦的战斗，和四方面军会合时，中央红

张国焘在延安

军连一门山炮都没有了，最后一门75毫米火炮，在一渡赤水的时候被扔到赤水河里去了。

一渡赤水完成之后，中央红军最重的火力是60炮，就是前膛装炮弹的60炮，后膛炮一门都没有了。整个装备比四方面军相去甚远，人数比四方面军也相去甚远。

6月25日会师大会后，张国焘看似不经意地问周恩来，一方面军有多少人？周恩来坦率地告诉他，遵义会议时有3万多人，现在可能不到了。实际上，当时一方面军只剩下1万多人。周恩来说得很委婉，没有告诉张国焘真实的数字。

1972年6月周恩来回忆这一幕时，依然印象深刻。他说，张国焘一听，脸色就变了。张国焘太懂得数字里面的含义了。这就意味着两个方面军会合后总兵力10万人，百分之八十以上都是四方面军的人。

那一刻，张国焘开始了自己的打算。

张国焘开始思考如何把这个比例带进中革军委，然后再带入政治局，其个人野心就这样膨胀了起来。旧中国的军阀，谁人多枪多，谁的势力就大。但是，红军不应该把实力带进争论中，不管是军事上的，还是政治上的争论。

7月9日，张国焘控制的川陕省委又向中央提出改组中革军委和红军总司令部的人员名单，要陈昌浩出任总政委，敦促政治局"速决速行"。

7月10日，毛、周、朱致电张国焘，切盼红四方面军各部速调速进，分路迅速北上，"勿再延迟，坐令敌占先机"，并望他速到芦花集中指挥。

同日，张国焘致电中共中央，亲自提出"宜速决统一指挥的组织问题"。

这实际上就是一种半摊牌的表示，不解决组织问题，一、四方面军便很难联合行动。张国焘利用其在四方面军中举足轻重的权威，要求进行组织调整，要求在领导集体中处于主导地位。

一方急着北进，一方毫不着急，"王顾左右而言他"。

情况越来越紧急。

7月16日，中央红军攻下毛儿盖。张国焘不仅不执行计划，按兵不动，并再次提议由四方面军政委陈昌浩担任红军总政委。

陈昌浩是留苏的"二十八个半布尔什维克"之一，回国后为鄂豫皖根据地的建设也做出了很大贡献。

7月18日，陈昌浩致电中共中央，提出由张国焘任中革军委主席，朱德任前敌总指挥，周恩来兼参谋长，"中政局决大方针后，给军委独断专行"，不这样"集中军事领导"，便"无法顺利灭敌"。

在这种情况下，毛泽东也准备做些组织调整。

这段时间毛泽东很少说话，很少表态，分外谨慎。他面对的不是红军长征前博古、李德这样对中国革命规律毫不知晓、对中国社会基本不太了解的人物。毛泽东与他们斗争，游刃有余。但张国焘通晓中国社会的情况，而且对根据地建设做出了很大贡献，还领导着一支强大的武装力量。这种情况与毛泽东当时在担架上与王稼祥、张闻天商量怎么开一个会议，改变博古和李德的错误领导而积极进行活动的形势完全相反。

张闻天的夫人刘英1986年回忆说："毛主席当时的想法是，既要尽量考虑满足他的要求，但军权又不能让他全抓去。所以考虑让张国焘担任红军总政委的职务，当时同担任总政委的恩来商量时，恩来一点儿也不计较个人地位，觉得这么安排好，表示赞同。"

总政委是一个非常关键的位置，权力很大。在红军领导体制中，总政委具有最后决定权。方面军的总指挥拟订了作战方案，总政委最后予以核准，也可以推翻，重新拟订方案。毛泽东曾长期担任红一方面军的总政委，其权威非常大。

周恩来再一次为大局负重。既然四方面军人多枪多，既然张国焘认为不做人事调整无法顺利灭敌，无法北进，为顾全大局，周恩来让出了红军总政委一职。

这个让步是很大的。

遵义会议后、鲁班场战斗前成立的"三人军事领导小组"即毛、周、王三人团至此终结。

芦花会议是一个新的分歧点。

张国焘在会上表情严肃。"国焘同志担任总政治委员，军委的总负责者。"他清清楚楚地知道：实力正在发挥作用。张国焘在会上提出要提拔新干部，中央委员会还要增加新人。毛泽东说提拔干部是需要的，但不需要这么多人集中在中央，下面也需要人，张国焘便不再坚持自己的要求。

张国焘不用坚持，他相信实力会继续产生作用。

对实力的依赖，会把他带向哪里呢？

两大主力红军刚刚会师的时候，红军总兵力达10余万，士气高昂。《红星报》以《伟大的会合》为题发表社论，称两军会师"是历史上空前伟大的事件，是决定中国苏维埃运动今后发展的事件""是五次战役以来最大的胜利""是中国苏维埃运动新的大开展的基点"。

谁能想到前面等待的，竟然是一个前所未有的分裂局面？

当红军走到毛儿盖的时候，张国焘召开紧急干部会议，宣布中央执行的是"机会主义"路线，要求将四方面军的十几个干部分别批准为中央委员、政治局委员及书记处书记；同时指责遵义会议是调和主义，要求博古退出书记处与政治局，周恩来退出军委，不达目的不进兵。

矛盾空前尖锐化，张国焘想摊牌了。

分裂已成定局。

红军长征经过那么多艰难险阻才与四方面军会合，谁也没有想到新的危机产生了——一、四方面军分裂。

在一、四方面军的分裂中毛泽东讲了一句话，张国焘是个实力派。

张国焘后来犯错误，最根本的原因，就是一切从实力开始。中央红军与四方面军会合，政治局委员的比例、中央委员的比例、中革军事委员会的比例都要体现在实力上，这是造成一、四方面军分裂的重要原因。

当然，说张国焘一开始就想让四方面军与中央红军分裂，一开始就想另立中央，我觉得这也不是实事求是的，也不是客观的。

41. 毛泽东做好了去与苏联接近的地方求生存的准备

1935年6月是张国焘人生的顶峰，张国焘在香港写回忆录，把一、四方面军会合的场面记得非常清楚。

当年，张国焘骑一匹白色骏马，在10余位警卫的簇拥之下，飞驰两河口。

当年，毛泽东率领政治局全体委员走出三里路，立于蒙蒙细雨中恭候他。

毛泽东什么时候出门欢迎过党内同志？为数甚少。毛泽东这一次之所以这么做，是充分考虑到了张主席的地位。张主席在中共中央高层长期任职，能力、威望和实力都非常强。

会师的场面对张国焘没有震动吗？张国焘震动很大，当时很感动。

张国焘在回忆录里写道，他骑马过来，看见政治局诸位委员站在雨中恭候他。张国焘翻身下马，冲上前去和众位委员一一紧紧拥抱。当然，激动之余就发现问题了，一方面军怎么搞成了这样，人数怎么这么少？

1935年10月5日，张国焘在四川松岗卓木碉召开高级干部会议，宣布另立"临时中央""中央委员会""中央政治局""中央书记处""中央军事委员会"和"常务委员会"，自封为"主席"，并通过了"组织决议"，决定"毛泽东、周恩来、博古、洛甫应撤销工作，开除中央委员及党籍，并下令通缉。杨尚昆、叶剑英应免职查办"。"撤销""开除""通缉""查办"，张国焘的自信和气焰由此可见一斑了。

毛泽东讲张国焘是实力派。一、四方面军的分裂，表面看是因为战略方针的问题，到底是北上，还是南下，实际则是张国焘的作用。张国焘要求在中央委员会、中央政治局、中革军委都体现实力，中央红军指挥也应该体现实力。张国焘最终被他手中所掌握的实力害了。

一、四方面军分裂是红军二万五千里长征中最严重的事件。

张国焘率领四方面军南下，走向失败，走向黑暗。

毛泽东率领一方面军一路北上，走向胜利，走向光明。

现在看是这样，可在当时历史场景中，这是何其艰难的一步。

张国焘率领83 000余名红军南下。

毛泽东仅率领7000名红军北上，这是中央红军当时最为严重的局面。

毛泽东在率领7000名红军北上途中，1935年9月，召开俄界会议，会议对当时的形势做了最严重的估计，7000人能搞多大的局面呢？毛泽东在俄界会议做出了被敌人打散的最坏设想，到与苏联接近的地方求生存。毛泽东当时甚至做了队伍一旦被打散就去做白区地下工作的准备。

那是中国革命最严重的危急时刻。

9月27日，政治局在榜罗镇召开常委会议，决定改变俄界会议确定的"首先在与苏联接近的地方创造一个根据地，将来向东发展"的方针，改到陕北去，在陕北保卫与扩大革命根据地，以陕北苏区来领导全国革命。

艰难困苦，玉汝于成。从1934年10月10日长征开始，战略目标由最初的湘西，到黎平会议的川黔边、遵义会议的川西北、扎西会议的云贵边、两河口会议的川陕甘、俄界会议的"与苏联接近的地方"，一直到榜罗镇会议，终于确定为陕北。

一年来无数牺牲和奋斗，不尽实践与探索，战略目标的选择最终完成。

脱离根据地一年、长途跋涉两万余里的中央红军，终于找到了落脚点。

这个过程可以用邓小平所讲的"摸着石头过河"来形容。

1935年10月，陕甘支队过岷山，毛泽东心情豁然开朗，作《七律·长征》诗：

> 红军不怕远征难，万水千山只等闲。
> 五岭逶迤腾细浪，乌蒙磅礴走泥丸。
> 金沙水拍云崖暖，大渡桥横铁索寒。
> 更喜岷山千里雪，三军过后尽开颜。

最黑暗的时候过去，前面是中国革命的崭新局面了。

俄界会议的决议在榜罗镇会议上很快被翻了过来。它的关键点在哪里？榜罗镇会议最终确定了陕北为我们最终的根据地，那么这又是怎么选定的呢？

42. 陕北根据地最终是怎么选定的

中央因为在俄界会议上对形势做出了非常严重的估计，甚至到了要去与苏联接近的地方求生存了，直到榜罗镇会议，总算是柳暗花明又一村了。

在榜罗镇会议上，最终确定了到陕北建立陕北根据地。

1935年9月，红军打下榜罗镇，缴获了榜罗镇邮局的报纸。

毛泽东召见侦察连连长梁兴初、指导员曹德连，要他们到哈达铺找些"精神食粮"，只要是近期和比较近期的报纸杂志都找来。

侦察连从当地邮局搞到了这样的报纸，主要是七八月间的天津《大公报》。上面登载着阎锡山的讲话："全陕北二十三县几无一县不赤化，完全赤化者八县，半赤化者十余县。现在共党力量已有不用武力即能扩大区域威势。"报纸还进一步披露了红二十五军、红二十六军的一些情况：刘志丹的红二十六军控制了大块陕北苏区根据地，徐海东的红二十五军已北出终南山口，威逼西安。

阎锡山为共产党做了一回好的情报员。毛泽东、张闻天、博古读到后，那种"山重水复疑无路，柳暗花明又一村"的兴奋心情无法用言语形容。陕北不但有红军、有游击队，而且发展迅速，颇似1931年的江西苏区。毛泽东在俄界会议做出的被敌人打散的最坏设想不但可以避免，

徐海东

而且中国革命有望依托这块新的根据地获得更大发展!

那么中央红军到陕北时发现的是什么呢?就是红二十五军实际上已经把陕北完全掌控了。红二十五军是从鄂豫皖苏区直接打到陕北的部队。从战斗序列上来说,红二十五军是四方面军的部队,也就是在张国焘领导之下的部队。

红二十五军的主要指挥者是徐海东,徐海东与毛泽东从未谋面。

徐海东可以说是四方面军的一员战将,而且是张国焘的老部下。

毛泽东心里打鼓了。

徐海东能不能服从中央红军的领导?

张国焘当时已经另立中央了,徐海东到底是听中央的还是听张国焘的?

如果徐海东听张国焘的,中央红军在陕北的处境也是极其困难的。

当时，毛泽东内心确实没有把握，他试探性地给徐海东写了一封信，这封信上讲了中央红军极度困难，向红二十五军借一千大洋。当然，这封借钱信，一方面是中央红军确实需要帮助，另一方面则是一种试探。

徐海东接到毛泽东的信后，没有考虑，立即把供给部部长找来，说不是借，而是给中央红军五千大洋。同时复信说，红二十五军完全服从中央红军的领导。毛泽东等中央领导拿到五千大洋和徐海东的信后，一块儿落泪。

从这段历史来看，这是我们中国革命史上最艰难曲折的一段。我们中国革命之所以能够胜利，不仅仅是因为有正确的主义、正确的路线、正确的方针和纲领，我们还有一大批像徐海东这样忠于主义、忠于信仰的战将。

徐海东与毛泽东素未谋面，而且指挥序列还不是中央红军的。但是中央来了之后，他坚决服从中央的领导，忠于主义、忠于信仰，我觉得这是我们革命能够胜利的一个重大原因。这样一批人的存在，与我们党的正确路线、方针、政策一样，对中国革命至关重要。

所以后来，毛泽东同志反复说徐海东是对中国革命有大功的人。徐海东同志到了抗日战争后期，因为伤病无法再指挥作战了，整个解放战争时期，徐海东都是在大连养伤中度过的，没有参加解放战争。

1955年授衔的时候，徐海东说鉴于自己没有参加解放战争，长期没有进行军事指挥，不评衔都可以。毛泽东却直接指示，徐海东不但要评大将，而且大将里面要排第二，仅次于粟裕，这充分体现了对徐海东作用和地位的高度评价，尤其是体现了对当年中央红军所处的绝境中徐海东杰出贡献的充分肯定。

第七章 狂飙突进

那是一个热血澎湃、狂飙突进的时代。中国共产党的一批年轻人浴血奋斗，国民党的一批年轻人也在拼命奋斗，共产国际的一批年轻人也在奋斗。这是一个年纪轻轻就干大事的时代，也是一个年纪轻轻就丢掉性命的时代。列宁去世的时候不到54岁。斯大林42岁当上总书记。蒋介石39岁出任国民革命军总司令。李大钊就义时还不到38岁。毛泽东34岁上井冈山。周恩来29岁主持南昌暴动。博古24岁出任中共中央临时总负责人。没有一个人老态龙钟，没有一个人德高望重，而且没有一个人研究长寿、切磋保养，都是主义、奋斗、牺牲、救亡。这样的现象应那个时代而生，也应那个时代而完成。

43. 蒋介石的救命恩人陈赓为何弃蒋而去

陈赓是黄埔一期毕业的。当时有"黄埔三杰"之说，比较公认的说法是蒋先云、陈赓和贺衷寒。陈赓在黄埔毕业后一直受到蒋介石的赏识。因为陈赓在东征作战中战绩卓著，担任连长的时候就攻无不克。当时，蒋介石把陈赓这个连调为总司令部的警卫连，陈赓担任连长。

1925年10月第二次东征期间，有一次第三师和广东军阀林虎的队伍相遇，在华阳附近被围，情况危急。蒋介石命连长陈赓去传令：不许撤退。几个月前蒋介石与廖仲恺曾共同签署连坐法令，规定"如一班同退，只杀班长。一排同退，只杀排长。一连同退，只杀连长。一营同退，只杀营长。一团同退，只杀团长。一师同退，只杀师长"。但第三师在敌人压迫下已处于全线动摇之中，连想杀的人都找不着。

兵败如山倒之时，蒋还站在那里大声叫喊，陈赓见状上去背起蒋就跑，一直跑至河边上船摆渡过了河，方才脱险。

蒋后来感慨道："幸仗总理在天之灵，出奇制胜，转危为安。"话虽这么说，却也知道是陈赓实实在在救了他一命。

但陈赓从内心看不起蒋，为什么看不起蒋呢？

1949年退到台湾的一位国民党军人——一位退役后的老将领——曾经给陈赓的家里来了一封信，他说，我的老班长当年就看不起蒋，蒋介

陈赓早年照片

石在作战指挥间隙打开收音机听上海的股市，他认为蒋不是一个真正的革命者。

"升官发财，请走他路；贪生怕死，莫入此门。"当年的陈赓是一门心思革命，进入黄埔军校。进入军校就是革命，就是解放，就是救亡。但当他看见蒋校长在一边指挥作战，一边听上海的股市时，就知道蒋不是真正的革命者，不是他要跟的人，所以最后弃蒋而去。

陈赓离蒋而去时编了一个什么理由？就像我们惯常的理由一样，老母病重，需要照顾。蒋微微一笑，批准了陈赓离开。实际上蒋也知道陈赓要离开了，要走了，但是蒋没拦陈赓，知道拦也拦不住，陈赓就这样走了。

据陈赓后来回忆，以蒋介石那么聪明的脑瓜子，我编这个理由，他是不相信的，是骗不住他的。

1931年陈赓在鄂豫皖苏区作战，身负重伤，鄂豫皖苏区没有办法治好他的伤，只好把他秘密转移到上海，在一个跟我们党有关系的医院里治疗。

可是非常不巧，也非常倒霉，正好赶上了顾顺章叛变，顾顺章把陈赓给指认了，陈赓在上海被捕。

蒋介石一听说把陈赓抓了，大喜过望，下令给陈赓好好治伤，另外把他劝过来，不要跟着共产党干了，陈赓丝毫不为所动。

一天，蒋身边的人兴奋地跟陈赓说，校长要来看你。陈赓坚持不见。来人说，委员长已经走到门口了，你不见也得见。蒋介石进来后，陈赓在病房里抓起一张报纸挡住脸。蒋介石见陈赓有意挡住脸不想见他，便走到陈赓的右面，陈赓把报纸移到右边，蒋介石又走到陈赓的左边，陈赓又转过来把报纸移到左边。

蒋明白了，陈赓不想见他。蒋只有离开，跟身边人说了一句，好好给他治伤。

陈赓最终能从上海脱逃，今天，我们比较公正地审视那段历史，可以看见，是蒋介石放了陈赓一马。如果蒋介石不放陈赓，陈赓是无法脱逃的。蒋介石杀共产党人无数，连与蒋长期共事，先后任黄埔军校教育长、国民革命军总司令部政治部主任的邓演达，本不是共产党人，只是什么"第三党"，且还有陈诚在一边说情也不能幸免，坚决杀掉。如此腾腾杀气，对被捕的共产党人来说，他的电报就是斩立决，唯独放了陈赓，为什么？

当然，一个原因是陈赓当年救过他的命，蒋还是念这个旧情的；第二就是陈赓不仅在共产党军队中影响很大，他在黄埔一期，包括二期、三期的学员中，也具有重大影响力。在这种情况下，蒋介石是不得不顾忌的，如果他把陈赓杀了，他在整个黄埔系中的威望都要受影响。

我们从这些历史来看，比较起徐海东与毛泽东的素未谋面，坚决服从，陈赓和蒋介石则相互熟悉，陈对蒋有救命之恩，蒋对陈又是如此欣赏，如此想提拔，如此想重用，可是陈赓因心中之共产主义信仰仍弃蒋而去。中国近代以来，没有哪一个政治团体像中国共产党这样，拥有这么多的为了胸中主义和心中理想抛头颅、洒热血、舍生忘死的有志之士。这批人，他们不为官、不为钱、不怕苦、不怕死，只为主义、只为信仰便可用一生去奋斗。

44. 陈昌浩如何从一名留苏 学生成长为一代将领

陈昌浩这个人的经历也是在革命战争年代非常具有典型意义的。他是留苏的，曾经与王明关系很近。当时，所谓的"二十八个半布尔什维克"，陈昌浩是其中之一，他是苏联中山大学王明这一派的，回国以后就进入了鄂豫皖苏区。

陈昌浩是个典型的知识分子。但是这个知识分子非常不一样的地方在哪里呢？他融入根据地特别快，能和根据地的很多农民出身的将领迅速打成一片，身上没有一点儿知识分子的架子。

而且陈昌浩还有个非常大的特点，就是能迅速进入军事指挥。像博古、张闻天、王稼祥，基本上终生没有太多涉及军事指挥，而陈昌浩不但能进入军事指挥，而且无师自通地迅速在军事指挥方面变成一个红四方面军的杰出指挥员。

陈昌浩在军事指挥中表现出了很大的悟性，所以他在红四方面军担任总政

陈昌浩

委这一角色。这个政委的角色跟今天不太一样,政委比总指挥还具有最后决定权。他迅速进入指挥者角色以后,在四方面军反"围剿"的作战中指挥了很多次战斗,而且打得都不错。所以这样一个知识分子出身的人在四方面军工农出身的将领中具有了相当的威望。

1934年,红四方面军攻打红安前,缴获了国民党一架高级教练飞机,这是红军拥有的第一架飞机,被命名为"列宁号"。这个"列宁号"也参加了战斗,这个战斗很有意思,也是工农红军进行的第一次空战。

红四方面军攻打红安,敌人做梦也没想到红军也会有飞机。当时,红军缴获了飞机,而且把国民党的飞行员也俘虏了。这个国民党飞行员叫龙文光。龙文光是四川人,经过红四方面军的教育,他表示愿意为红军服务,开飞机轰炸敌人的阵地。

其实当时大家都没有把握,飞机让龙文光开走,他开上天了谁能指挥他?他开跑了不回来了怎么办?必须得有人上飞机监视他。谁去监视?

27岁的红四方面军总政委陈昌浩亲自出马,飞行员在前舱,陈昌浩拿把手枪在后舱监视。

飞机飞到了红安上空,通过表情看,飞行员还是很可靠的,坐在后舱的陈昌浩就往下扔传单,又从座舱里一枚一枚地朝敌人阵地上扔手榴弹。

这就是陈昌浩,我们从中可以看出他的果敢与勇猛——一线指挥员身先士卒,亲自上飞机,监视飞行员开飞机,再自己往下扔手榴弹,今天来看,都是难以想象的。

当然,陈昌浩后面又犯有错误,但是我们仍可以看到这是一个忠勇的将士,这个人一心一意为了中国革命,毫无怨言。这是中国共产党一笔非常宝贵的财富。

45. 一段跌宕起伏的历史为何由年轻人创造

20世纪20年代到40年代，是一个热血澎湃的时代，一个狂飙突进的时代。中国共产党的一批年轻人浴血奋斗，国民党的一批年轻人也在拼命奋斗，共产国际的一批年轻人也在奋斗。

列宁1924年去世，去世的时候不到54岁。斯大林42岁当上总书记，蒋介石39岁出任国民革命军总司令，从今天来讲就是年轻的。可蒋介石觉得不行，他觉得总理对他任用得太晚了。

这是一个年纪轻轻就干大事的时代，也是一个年纪轻轻就丢掉性命的时代。

中国共产党的创始人之一、北大教授李大钊1927年就义，那时他还不到38岁。因为李大钊同志留着胡子，我们有些电视片把李大钊拍得老态龙钟，好像李大钊同志是五六十岁的样子，实际上他就义时还不到38岁。

毛泽东34岁上井冈山，周恩来29岁主持南昌暴动，共产国际的代表米夫25岁在共产国际提出了中国民族资产阶级的软弱性。当然，米夫后来犯了很多的错误，但是米夫在共产国际首先提出的中国民族资产阶级的软弱性这个观点，后来在中国革命中被广泛地加以应用。而且米夫指出了，中国新民主主义革命就是中国民主革命的性质。米夫后来虽然欣赏并支持了王明，犯了很多的错误，但是他最早认识到了这一点，贡献也是相当大的，而提出这一点的时候，他才25岁。

博古24岁出任中共中央临时总负责人。

中国共产党1921年在上海诞生，我们说上海是中国共产主义的发源地。那么日本法西斯主义的诞生地实际上也是在上海。1906年，日本法西斯鼻祖北一辉在上海，清水加米饭，炮制了日本的法西斯主义——《国体论及纯正社会主义》，这年他才23岁。到了1919年，他返回日本的时候，这套理论已经完全成熟，使日本走上了法西斯的道路。

当时，各种力量中都聚集着一批年轻人。

今天的国歌作曲者聂耳，他为《义勇军进行曲》谱曲的时候，还不到23岁。今天每一位中华人民共和国的公民，从孩子到白发苍苍的老者，当国歌响起的时候，都要站立倾听，感受当时一个年轻人对中华民族的血脉在危机与苦难中迸发出来的辉煌精神。

写《革命军》的邹容20岁就去世了。《革命军》什么时候写的？邹容18岁的时候写的。邹容的《革命军》打动了中国近代史上两个极其重要的人物：一个是毛泽东，毛泽东看了邹容的《革命军》夜不能寐；另外一个是蒋介石，蒋介石也是一样，看了邹容的《革命军》夜不能寐。

陈天华去世时是30岁。

那是一个充满了热血的时代，一个年纪轻轻就干大事、年纪轻轻就丢性命的时代，没有一个人老态龙钟，没有一个人德高望重，而且没有一个人研究长寿、切磋保养，都是主义、奋斗、牺牲、救亡。

那是一个对我们的后世产生极大影响的时代，那个时代中华民族是跌宕的激流，不像今天是宽阔的、平稳的缓流。当然，在激流中我们讲也是泥沙俱下，有年纪轻轻干革命的，也有年纪轻轻就反革命的，这样的现象应那个时代而生，也应那个时代而完成。

46. 首个入党的黄埔学生为何要首个退党

在著名的黄埔军校，有两个年轻人，都是早期的共产党员，最后都脱了党。

一位是国民党第十师师长李默庵，另外一位是国民党第三十六师师长宋希濂。

李默庵，黄埔一期毕业，毕业后秘密参加中国共产党。

第三十六师师长宋希濂，黄埔一期毕业，也是毕业后加入了中国共产党。

两人的入党时间都在1925年，都与黄埔一期中大名鼎鼎的共产党人陈赓关系极深。

李默庵19岁被陈赓带到广州陆军讲武学校。后来陈赓从该校转入了黄埔，李默庵也跟着转入黄埔。

宋希濂与陈赓是湖南湘乡同乡，17岁入黄埔军校，18岁由陈赓介绍加入中国共产党。

李默庵

李默庵是湖南长沙县人，出身穷苦，从小帮助父母卖柴、养猪，眼见穷人逃荒避难、颠沛流离，国家内战外患、水深火热，青年时就深受共产党理论的吸引。进入黄埔军校后，他便与很多共产党人发生密切联系。共产党员李之龙、蒋先云都给他很大影响，使他很快成为"青年军人联合会"的积极分子。

　　李默庵军校毕业秘密参加中国共产党后，与校政治部主任、中共"一大"代表包惠僧也相当熟。留军校政治部工作期间，他几乎每天晚上10点都要到包惠僧宿舍参加碰头会。第二次东征时，作为第一军第六十团党代表，他又与团长叶剑英相处甚好。

　　宋希濂与李默庵比较起来，家境就较为宽裕，不似李默庵自幼为柴米奔忙。宋希濂中学期间恰逢五四运动，他与同学曾三合作创办《雷声》墙报，撰写声讨帝国主义侵略和军阀祸国殃民的文章。湖南军阀赵恒惕杀害工人运动领袖黄爱、庞人铨，宋希濂立即在《雷声》撰文，猛烈抨击当局。

　　这两个人又都在"三二〇中山舰事件"后，退出了共产党。

　　李默庵退党最初起因于谈恋爱。他与黄埔女生队的一学生相好，经常借故不参加党组织的会议。当时，他所在支部的支部书记、黄埔一期生许继慎狠批了他一顿，说："你就为了会女朋友不参加会议。"从此许继慎不通知他开会。李默庵也心存芥蒂，你不通知，我就不来了。就这样，李默庵在无形中脱离了党组织。

　　这很显然是李默庵找的借口。即便许继慎继续通知他参加活动，他对共产党所组织的活动也没有兴趣了。共产党动辄强调流血牺牲，此时李默庵已从黄埔一期毕业了，从总的趋势来看，他感觉到了一种能够当官、能够发财、能够光宗耀祖的可能。作为第一期的高才生，他对在校长蒋介石麾下干一番事业表现出更大的兴趣。

　　李默庵在黄埔一期自我感觉甚好，黄埔一期中有"文有贺衷寒，武有胡宗南"之说，他自己则添上一句"能文能武是李默庵"。当然，作为黄埔一期的高才生，李默庵的学习成绩、实践考核肯定都是不错的，蒋介石很欣赏他。他觉得在蒋校长的麾下，干一番大事，这是更有价值的；跟着共产党干，共产党动辄流血牺牲，有点儿受不了。

1926年爆发"三二〇中山舰事件"。蒋介石要求第一军中的共产党员要么退出国民党和第一军，要么退出共产党。当时，已经公开身份的共产党员250余人退出了国民党和第一军，只有39人退出共产党。

这39人中，第一个发表退党声明的，就是李默庵。

初入黄埔时，见到广州一些腐败现象，他还气愤地发誓："不当官，要革命。"现在正式加入国民党行列，他已经不想革命，而要当官了。

出于对共产党人的了解，在和红军的作战中，他基本上没有吃过大亏。

还是老同学陈赓给了他一个深刻教训。

1932年6月对鄂豫皖苏区"围剿"期间，李默庵的第十师作为中路军第六纵队的前锋，向红军根据地核心黄安进击。8月13日在红秀驿附近，突然遭到陈赓、王宏坤、倪志亮三个师夹击，其前卫三十旅陷入红军包围，战斗异常激烈。为使三十旅免遭被歼，第六纵队司令卫立煌亲临前线督战，到李默庵师部指挥，李默庵则移至最前沿。战斗最激烈时刻红军冲到离师部仅500米处，卫立煌的特务连都投入了战斗，才保住师部。李默庵师死伤1500人以上，而且与卫立煌险些当了红军的俘虏。

从此，李默庵与红军作战更加谨慎。

第五次"围剿"中，李默庵率部进至泰宁县建宁间的梅口附近时，被红军主力重重包围。他将全师两个旅四个团近1万人龟缩一处，再集中数百挺轻重机枪死守一狭小阵地。战斗于黄昏发起，激战通宵，尽管红军四面围攻，李默庵阵地也无一被突破。次日天明，红军撤围而去，李部虽有损失，但总算避免了被歼厄运。

在红军长征之后，宋希濂的三十六师加入了李默庵的队伍，共同占领了红色首都瑞金。这是我们讲的嬗变，红色首都瑞金，是被两位前共产党员带领的国民党军队占领的。

一直到1949年，李默庵在香港与44名国民党高级军政人员通电起义。不久，北京电邀起义人员北上进京。李默庵没有去。他感觉到了眼前宽阔奔腾的历史洪流，却藏下胸中千曲百折的难言之隐。他亲率国民党军队占领红都瑞金，如今又要去北京庆祝中华人民共和国的诞生，个中滋味，实在难平。

台湾他也去不成，在香港就遭到蒋介石的通缉。

1950年11月，他举家移居南美的阿根廷。1964年秋，又移居美国。

晚年时，李默庵参加黄埔军校同学会又回来了。

47. 宋希濂倒行逆施的一生

宋希濂参加共产党时，在党内的活动还不像李默庵那么活跃；退出共产党时，也不像李默庵那样绝情。他在"中山舰事件"后说，"在当今中国，国民党和共产党都是革命政党，目标是一致的。由于军队方面要求军官不要跨党，为避免发生不必要的麻烦，我打算不再跨党"，又说"我可以保证，决不会做有损于国共合作的事"！

蒋介石命令办过《雷声》墙报的宋希濂做的事情，他一件也没有少做。

这位发誓不做有损国共合作的事的宋希濂，拖到1933年8月，才参加对苏区的第五次"围剿"。一旦参加，就作战凶猛。他率部驻扎抚州，兼该城警备司令。3个月后，与奔袭敌后的彭德怀红三军团和寻淮洲红七军团在浒湾相遇。当时，蒋介石正在抚州。宋希濂率三十六师与其他几个师拼死作战，给红三军团和红七军团造成很大伤亡。

之后宋希濂参加平定"闽变"。第一次战斗便一举攻克天险九峰山，使驻守延平的十九路军不得不开城投降。蒋介石亲自写一封信空投给他："三十六师已攻占九峰山，使余喜出望外。"原来蒋介石只让三十六师担任牵制对方兵力的助攻，连火炮支援也没有分配给他们，没有想到助攻部队竟然打下了天险主峰。当晚蒋介石通电全国军队，表扬宋希濂的三十六师"于讨伐叛乱战斗中首建奇功"。

宋希濂　　　　　　　　瞿秋白

宋希濂占领瑞金之后，还干了一件很大的事。

瑞金失陷3个半月后，中国共产党前主要负责人瞿秋白落到了宋希濂手里。

1935年6月16日，宋希濂收到东路军总指挥蒋鼎文转发的蒋介石密电：着将瞿秋白就地处决具报。6月17日，他派参谋长去向瞿秋白转达。当晚瞿秋白服安眠药后，睡得很深。

第二天清晨，瞿秋白起身，提笔书写：

1935年6月17日晚，梦行小径中，夕阳明灭，寒流幽咽，如置仙境。翌日读唐人诗，忽见"夕阳明灭乱山中"句，因集句得偶成一首：夕阳明灭乱山中（韦应物），落叶寒泉听不穷（郎士元）。已忍伶俜十年事（杜甫），心持半偈万缘空（郎士元）。

未写完，外间步履急促，喝声已到。瞿秋白遂疾笔草书："方欲提笔录出，而毕命之令已下，甚可念也。秋白有半句：'眼底烟云过尽时，正我逍遥处。'此非词诚，乃狱中言志耳。秋白绝笔。"

罗汉岭下一块草坪上，他盘膝而坐，微笑点头："此地正好，开枪吧！"

一位前共产党员攻占了红色首都瑞金。

一位前共产党员枪杀了中共中央前主要负责人瞿秋白。

历史作为洪钟，默默接纳着，又默默展示着这千千万万令人惊心动魄的嬗变。

1949年11月，蒋介石已经跑到台湾去了，宋希濂带着一些残部在四川坚持与共产党作战。他在四川的腹地对他的部下发表演讲说，我们现在在军事上被共军彻底打垮了，但是我们不愿做共军的俘虏，我们是三民主义的忠实信徒，现在我们计划跨过大雪山，走到遥远的地方去找个根据地。

宋希濂的话现在想起来很有意思，兵败如山倒之时，这位前共产党员突然想起要用共产党的方法了，要建立根据地了，但是宋希濂所有的做法就四个字——倒行逆施。刚过了大渡河，宋希濂就被解放军包围，被生俘了。

宋希濂被俘之后关押的地点也很有意思，关在哪里了？关在白公馆了，我觉得有些时候这是对历史的一种嘲弄呀。这个地方当然与渣滓洞齐名，我们在《红岩》里都知道，渣滓洞、白公馆是关共产党人的地方。

当年介绍他加入共产党的陈赓已是云南军区司令员兼云南省人民政府主席，听到消息特从云南赶到重庆，请这位囚徒吃了一顿饭。

李默庵、宋希濂率领的国民党两师占领红色首都瑞金，反过来，1949年4月23日，"钟山风雨起苍黄，百万雄师过大江"。中国人民解放军占领南京，中国人民解放军占领南京的部队就是第三野战军第三十五军，第三十五军军长吴化文又是济南战役中起义的国民党将领。

这是历史上我们可以看到的非常富有讽刺意味和对比意味的现象，这种现象不是有意的安排，是无意的巧合。

要说是报复的话，这是历史的报复。

我们讲到那样一个大浪淘沙的时代，那样一个泥沙俱下的时代，那样一个烈火真金的时代时，看见中国革命中的这种淘汰、淬炼，这种筛选，是非常大的，能坚持到最后一刻的革命火种、生命，只能是闪闪发光的金子。

48. 骁勇善战美髯公王尔琢
　　为何命丧叛徒枪下

红军初创时期的一些杰出将领，今天我们大多数人可能已经不记得他们的姓名了，这些人过早地消失在历史帷幕的后面。但是他们在红军初创时期起到了非常重要的作用，是工农红军中非常杰出的将领，他们是王尔琢、黄公略和伍中豪。

三人都牺牲得太早。

与朱德、陈毅一道，王尔琢对保留八一南昌起义火种做出了重大贡献。他也是八一南昌起义余部留守三河坝部队中，地位仅次于朱德的领导者之一。当时，师以上的军事指挥官只剩朱德一人，王尔琢和陈毅都是团一级的军事指挥官和政治工作干部。

八一南昌起义的余部，实际上是由朱德、王尔琢和陈毅三个人共同维持下来的，最后上了井冈山，实现了伟大的朱毛会师。

新中国成立初期，周恩来视察筹建中的革命历史博物馆，发现没有王尔琢的照片，便对工作人员说："要千方百

王尔琢

计征集王尔琢的照片。"现在在革命历史博物馆内的那张照片，就是在周恩来的关怀下找到的。

朱、毛井冈山会师后，王尔琢是红四军二十八团第一任团长。二十八团正是朱德从三河坝保存下来的南昌起义部队，全团1900多人，在红军中军事素质最高，战斗力最强，最能打硬仗。1928年5月和6月，在五斗江、草市坳和龙源口的战斗中，王尔琢率二十八团三战皆捷，为井冈山革命根据地的巩固和发展做出了重要贡献。

毛泽东派何长工去二十八团担任党代表，何长工认为该部是正规部队，北伐中就战功赫赫，人又都是黄埔一、二、三、四期毕业的，思想上还颇有顾虑。萧克也在回忆录中说，他初入二十八团工作时，心中充满进入正规主力部队的兴奋。可见这支部队在红军中的分量。

王尔琢是黄埔一期生，在黄埔学习期间加入中国共产党。毕业后周恩来将他留下，连续担任第二期、第三期的学生分队长和党代表。北伐时，周恩来派遣他担任第三师党代表兼政治部主任、二十六团团长。部队攻入上海，蒋介石叛变革命，王尔琢被迫转入地下工作，后来随周恩来参加南昌起义。

王尔琢在天心圩整顿的时候就讲过，革命不胜利我不剃须，后来就一直留着很长的胡子。王尔琢这种革命的坚定性还是很强的。但是王尔琢也有他个人的一些弱点，他过于相信感情，对革命复杂斗争的警惕性不高。这成为王尔琢后来过早牺牲的一个重要原因。

王尔琢1928年8月死于其麾下二营营长、叛徒袁崇全的手中，牺牲时25岁。

袁崇全的叛变是王尔琢完全没有想到的。他觉得他与袁崇全交往这么深，袁崇全是不至于叛变的。

从指挥上看，王尔琢是二十八团的团长，袁崇全是二十八团二营营长，俩人是上下级关系，从感情上二人又是兄弟关系，而且都是湖南老乡——王尔琢是湖南石门人,袁崇全是湖南桃源人。所以王尔琢天然就觉得不管是从指挥关系还是从情感关系来说,袁崇全都应该听自己的话,都应该是自己最信任的人。

当时,二十八团参加了打郴州的作战,郴州没有打下来,此战事也称"八月失败"。战斗后一同作战的二十九团全团溃散,二十九团主要是湘南起义的主力,使得二十八团立即处于一个非常危险的境地。

我们经常讲革命最困难的时候叛徒比比皆是,叛徒往往是在最困难的时候容易产生动摇。在经历"八月失败"那样的困难后,二十八团二营的营长袁崇全动摇了,想把整个营拉走叛变。

当时,王尔琢是红四军参谋长兼二十八团团长,他率领一营追击,一营的营长就是林彪。

林彪早先已经感觉到二营营长袁崇全那种动摇,当即提出追上去要武力解决。王尔琢过分相信自己和袁崇全的私人情感,他没有采纳林彪的意见。

当年19岁的湖南省委巡视员杜修经在83岁时回忆那一幕,感慨万分:

"王尔琢去叫袁崇全时,我在场。他和袁有较深的关系,同学,还是老乡,一个是石门人,一个是桃源人。当有人提出要去打袁崇全时,王尔琢很气愤,说:'岂有此理!'他不认为袁会死心塌地地反革命。他认为,他去叫,袁一定会回来。

"听跟他去的人讲,进村后,他大声喊:'我是王团长,是来接你们的!'战士们听出他的声音,不打枪。找到袁崇全的房子时,袁拿着枪出来。王让他回去,他不回,俩人吵起来。吵着吵着,袁崇全揪住王尔琢的脖子就开了枪……"

杜修经说有人提出要去打袁崇全的"有人",便是林彪。

王尔琢牺牲时25岁,非常可惜。以王尔琢的指挥才能,如果不牺牲,新中国成立后他肯定能评上元帅,当然,这是一种假设,历史最遗憾之处，虽然可以允许假设，但是历史最终只进行选择，而选择的另一边是淘汰。

过分相信私人感情的王尔琢，在革命生涯早期被他最相信的袁崇全所淘汰掉。

王尔琢牺牲，陈毅说是红军的极大损失。

朱德不得不心痛地兼起了该团团长，一直到1928年年底，才把这副担子放到林彪身上，红军也就此升起了一颗新星。从林彪对王尔琢的提醒可以看出来，林彪早年的坚定性。林彪在当时的条件下，能果断提出武力解决，也充分说明这位年轻的营长、未来红军中的卓越将领，行为的果敢和头脑的冷静。

49. "飞将军"黄公略的传奇一生

黄公略是红军中又一位英年早逝的杰出将领。

蒋介石在很长一段时间内一直把红军看作两股势力，一股称为"朱毛"，即朱德和毛泽东；另外一股称为"彭黄"，就是彭德怀和黄公略。

"朱毛"红军是中央苏区与江西苏区结合发展起来的，"彭黄"红军是平江起义从湖南拉过来的部队。第一次反"围剿"开始，蒋介石就悬赏5万元缉拿朱德、毛泽东、彭德怀、黄公略这四个人。

判断共产党中某个人物对蒋介石重要不重要，或者说威胁大还是小，看开价就知道，完全不同。当然，谁对他的威胁最大，谁的价钱就开得最高。所以他悬赏朱德、毛泽东、彭德怀、黄公略这四个人开价5万元。而一年之后在上海悬赏缉拿王明，王明当时是中共中央主要负责人，开价仅五百大洋。他凭直觉就能判断出共产党中对他威胁最大

黄公略

的人是谁。

毫无疑问，黄公略也是我们党早期一位杰出的领导人。毛泽东曾用诗词赞颂过党内一些领导人，"谁敢横刀立马，唯我彭大将军"，是赞扬彭德怀的，最为有名。但还有一首诗歌写得更早。1930年7月毛泽东写了一首词《蝶恋花·从汀州向长沙》中有一句"赣水那边红一角，偏师借众黄公略"，黄公略是毛泽东在诗词中赞赏的第一位红军将领。由此可以想见黄公略在红军中的位置。

在第一次反"围剿"中，毛泽东写了"齐声唤，前头捉了张辉瓒"这首词，名叫《渔家傲》。在这次战斗中，黄公略指挥的红三军起了重大作用。红三军正面出击、正面堵截、正面把张辉瓒的十八师全部吸引了，这时候红三军团的彭德怀、红四军的林彪指挥部队两翼夹击全面包围，最后把张辉瓒全部歼灭，活捉了张辉瓒，使蒋介石布置的第一次"围剿"彻底失败了，黄公略同志在此役中贡献巨大。

第二次反"围剿"，黄公略又继续做出重大贡献，歼灭敌二十八师和第四十七师一个旅大部，特别是黄公略率军突然间几乎是从天而降将阻击战变为伏击战，并且以突然迅猛的行动打乱了敌军的指挥系统。黄公略的这种作战行动给毛泽东留下极深的印象，毛泽东把他称为"飞将军"，就写了《渔家傲·第二次反围剿》，"白云山头云欲立，白云山下呼声急，枯木朽株齐努力。枪林逼，飞将军自重霄入"。在里面飞将军没有点名，实际上指的就是黄公略。

1931年9月，黄公略在率部转移途中遭到敌人飞机的袭击，身中三弹，重伤抢救不及牺牲了。这一年他33岁。

毛泽东亲自主持了黄公略的追悼会，在追悼会上毛泽东第三次用自己的笔触写了一副挽联，高度评价了黄公略的一生，那副挽联写的是"广州暴动不死，平江暴动不死，如今竟牺牲，堪恨大祸从天降。革命战争有功，游击战争有功，毕生何奋勇，好教后世继君来"。

对一位将领有这么高的评价，这么动情的评价，这在毛泽东的一生中也是极为少见的，这就是我们党早年损失掉的、牺牲掉的一个非常好的领导者——黄公略。

50. 能守的伍中豪与能攻的林彪

今天很多人很难记得伍中豪了。

黄公略与彭德怀关系很深,伍中豪却与林彪很像。

两人同是黄埔四期生。不同的是,伍中豪编在步兵科第一团八连,林彪编在步兵科第二团三连。黄埔军校从第四期开始,按成绩分别将学生编入军官团与预备军官团。伍中豪所在的第一团是军官团,林彪所在的第二团为预备军官团,可见伍中豪在黄埔的成绩优于林彪。

两人都是从叶挺的部队里走出来的。林彪一开始是在第四军二十五师七十三团当排长、连长,七十三团的前身是叶挺独立团。伍中豪则是在第十一军二十四师的新兵营当连长,二十四师师长就是叶挺。

林彪参加南昌起义,伍中豪参加秋收起义。南昌起义部队编为红四军二十八团,林彪为该团一营营长;秋收起义部队被编为三十一团,伍中豪为该团三营营长。

伍中豪

两人一起当团长——林彪为二十八团团长，伍中豪为三十一团团长。

两人一同当纵队司令——林彪为第一纵队司令，伍中豪为第三纵队司令。

两人又一同当军长——林彪任红四军军长，伍中豪任红十二军军长。

伍中豪长林彪两岁，两人都是红军中年轻优秀的指挥员。这两个人的经历非常相像，但两个人的作战风格却是各异。林彪指挥的部队，运动速度非常快，飘忽不定。运动战和伏击战是林彪的两大特长。

据萧克将军回忆，林彪的指挥有个缺点，就是不大稳得住，利于进攻，固守就差一些。但是，伍中豪指挥的部队在固守这方面要比林彪强。两人各有优长，当时被称作红军中的两只鹰。

伍中豪能把一支部队带好，训练好。他任三十一团团长之后，该团战斗力有明显提高，能攻又能守，特别是在守的方面，比林彪的二十八团要强。

萧克将军还回忆说，伍中豪没有林彪那种架子，他是北京大学文科三年级学生，是学文学的，有较好的旧学功底。后来叛变的二十八团二营营长袁崇全也爱好文学诗歌，与伍中豪唱和。伍中豪回信说，作诗要意境好，还要音调铿锵。伍中豪讲话从容，温文尔雅。这点与林彪不太一样，林彪对文学有自己的看法，但兴趣不是很大，而且林彪平常话不多，所以萧克将军认为林彪有架子，好像不太易于交往。

伍中豪还有一个特点，非常喜欢下象棋，那个时候红军中没有一个人能下得赢他。福建长汀有位老人精于象棋，在那一带名声很大。当时，红军还没有攻占当地，相当于敌占区。伍中豪某个晚上偷偷摸进这个老人家里，专门与他下象棋。那天晚上，伍中豪在屋内与老人连走五盘棋，输了三盘，赢了两盘。伍中豪当然很不服气，最后一把推倒棋子，说三个月以后再战。

伍中豪是性情中人，非常豪爽。后来，因为下棋，伍中豪受到了严厉批评，这是伍中豪参军以来第一次被批评。

在当时，对于林彪和伍中豪的军事才能，红军中都是公认的，可惜伍中豪"出师未捷身先死"。

1930年6月，伍中豪任红十二军军长，因病在闽西长汀福音医院治疗。10月，出院归队，途经安福县遭地主武装袭击，在战斗中牺牲，年仅25岁。

"男儿沙场百战死，壮士马革裹尸还。埋骨何须桑梓地，人间处处是青山。"这首诗作于1929年5月，是红军早期将领伍中豪生前的铮铮誓言，也是伍中豪壮烈一生的真实写照。

在其短暂的革命生涯中，伍中豪英勇善战，善打胜仗。毛泽东多次在根据地干部会上，表扬伍中豪能打仗，会做群众工作，是文武全才。然而就是这样一位文武全才，却"出师未捷身先死，长使英雄泪满襟"。

王尔琢、黄公略、伍中豪三位杰出的红军战将，皆牺牲过早。

残酷的牺牲让我们知道，不是一个胜利接着一个胜利，而是一个挫折接着一个挫折、一个失败连着一个失败，摔打和筛选出一批优秀的红军战将。

51. 红军著名将领彭德怀：大勇之中有大智

在红军中，有两位非常重要的将领，一位是彭德怀，一位是林彪。

彭德怀是一团烈火，毛泽东曾经写诗赞赏他是"谁敢横刀立马，唯我彭大将军"，这诗词对彭总的赞誉，恰如其分地反映出彭德怀的气势，就是关键时刻敢于横刀立马，把彭德怀烈火一般盖世无双的勇气描写得淋漓尽致。

彭德怀与毛泽东第一次会面，是在宁冈县①茨坪一家中农的住房里。彭德怀走进屋内，看到一个身材颀长的人向他伸出手，和自己一模一样的湘潭口音："你也走到我们这条路上来了！今后我们要在一起战斗了！"

这句话开始了他们31年共同战斗的生涯。

一直到1959年。

井冈山斗争初期，毛泽东揣两本最宝贵的书——《共产党宣言》《三国演义》，彭德怀也揣两本最宝贵的书——《共产主义ABC》《水浒传》。

有些人说大智才能产生大勇，而彭德怀是反过来的，大勇产生大智。

---

① 宁冈县，江西省西南部的一个山区小县，2000年5月11日国务院取消宁冈县的行政区划，统一纳入井冈山市管辖。

1928年9月，红五军取消团、连番号，编为五个大队和一个特务队。在三个多月的转战中，部队减员1000余人，张荣生、李力英等骨干牺牲，意志薄弱者或投机者也相继离队或叛变。四团团长陈鹏飞忍受不了艰苦，告辞还家。四大队队长李玉华以打民团为由，拉着全队逃之夭夭。一大队队长雷振辉在彭德怀集合部队讲话时，突然夺过警卫员薛洪全的手枪，瞄准彭德怀就要开枪。

在众人皆惊呆的千钧一发之际，新党员黄云桥一手扳倒雷振辉，一手拔枪，将雷击毙。

彭德怀面不改色，继续讲话。他说："我们起义是为了革命，干革命就不能怕苦，怕流血牺牲，今天谁还想走，可以走。"又说，"就是剩我彭德怀一个人，翻山越岭也要走到底！"

一声号令出发，无人离队。

彭德怀这种镇定自若，非一般人能比。

1930年7月，当时是按照李立三所提出"会师武汉，饮马长江"的口号，发动全国总暴动，工农红军

彭德怀

彭德怀在前线指挥"百团大战"

因为接受李立三的指挥,所以红三军团也必须行动。

彭德怀率红三军团猛攻长沙。

国民党第四路军总指挥何键在城内出示布告:"市民住户不要惊慌,本人决与长沙共存亡。"并亲到城外督战。后来见红军攻势如排山倒海,湘军溃兵似洪水决堤,他想逃跑时两腿软得连马背都爬不上去了。最后由马弁①架着扶着,才逃到湘江西岸。

彭德怀率兵8000,何键率兵30 000。30 000败于8000,被彭德怀俘去4000多人,枪3000多支,轻重机枪28挺,迫击炮20多门,山炮2门,还丢掉了省会长沙。从未如此狼狈的何键几乎精神崩溃,猫在船舱里见到岸上有胸系红兜的进香人,也以为是彭德怀部下,连连惊呼红军追来了,随从再三劝解也不能稍安。

彭德怀攻陷长沙,使当时提出"会师武汉,饮马长江"的李立三,得到有力支撑。8月6日,他声如洪钟般地在中央行动委员会上报告《目前政治形势与党在准备武装暴动中的任务》:"同志们!目前中国革命的形势,正在突飞猛进地向前发展,已经显然表示着到了历史上伟大事变的前夜……

"这回红五军攻打长沙,红军的兵力只有三四千人,何键的兵却有七个团以上,但红军与何键部队接触的时候,何键部队都水一样地向红军投降……现在红军进攻武汉的时候,又怎么知道不会遇着这样的形势?假使是可能的——的确不仅是可能而且是必然的,我们为什么不能领导红军进攻武汉呢?让红军远远地等候武汉工人暴动,恐怕只有书呆子会这样想……"

其实敌人并没有"水一样地向红军投降"。彭德怀后来说,每次消灭白军,都是红军硬打死拼。红军的军事技术也还非常落后。占领长沙前在岳阳缴获了几门野炮和山炮,全军上下除了彭德怀和一名朝

---

① 马弁:旧时跟随军官的侍卫人员。

鲜族干部武亭，竟然无人会用。结果只好由军团总指挥彭德怀和武亭亲自操炮。

要总指挥亲自操炮的红军，也总算建立了自己的炮兵。有了炮兵的红军攻占长沙，不能不使中外震惊。

此役彭德怀不仅创下红军史上以少胜多、以弱胜强的光辉战例，而且创造了十年土地革命战争中，红军攻下省会城市的唯一战例。1936年毛泽东在陕北对斯诺回忆这次战斗时说："对全国革命运动所产生的反响是非常大的。"

大革命中共产党人最恨的，除了蒋介石，便是何键。蒋介石反共最著名的是"三二○中山舰事件"和"四一二反革命政变"；何键反共最著名的也有"五二一马日事变"和六二九通电"清党"，两湖革命青年和工农群众死于何键之手者，不计其数。对罗霄山脉的工农武装割据，何键比蒋介石早两年多就开始"清剿"。他向浏阳县县长彭源瀚说，对共产党人"宁可错杀，不可错放"。他还对宁远清乡督察员欧冠说：不要放走一个真正的共产党，如遇紧急情况，当杀就杀；若照法定手续办事，上面就不好批了，共产党的祸根就永远不能消灭。当时各省之中，唯何键在湖南设立"铲共法院"。

何键甚至还专门派人挖了毛泽东的祖坟。

如此一个反共的凶神恶煞，却被彭德怀弄得魂飞魄散。

对何键这个屠杀工农和共产党人的刽子手，彭德怀却未完全解恨。三十多年之后，"文化大革命"时期，彭德怀被关押在卫戍区，仍然用笔写下了《彭德怀自述》一书[①]，想起打长沙的时候，他写了当年未了之恨："何键这只狼狗只身逃于湘江西岸。没有活捉这贼，此恨犹存！"

---

① 《彭德怀自述》是根据1959年庐山会议后，彭德怀备受错误批判时亲手写下的自传资料编纂而成的。书中描述了彭德怀革命的一生。由人民出版社于1981年12月首次出版。

大将军雄风，气贯长虹！

蒋介石也很快认识了彭德怀。

1931年5月，蒋介石委任黄公略的叔父黄汉湘为江西宣抚使，进驻南昌，想策反黄埔军校高级班毕业的黄公略，再通过黄公略动摇彭德怀。黄汉湘派黄公略的同父异母兄黄梅庄，携蒋介石写给黄公略的亲笔信进入根据地。彭德怀与黄公略在湘军即情同手足，便对黄梅庄摆宴招待，席间套出口风，知道其为蒋招降而来，随即下令将黄梅庄处决。砍下的脑袋用石灰腌上，盛在篮子内封严，交其随从带回。随从还以为黄梅庄到苏区会其弟去了，不知道带回了他的人头。

蒋介石从此除了提高对红军高级将领的缉拿价码外，再不搞什么"宣抚"。

对敌斗争狠，毫不留情，是彭德怀一大特点。彭德怀的红三军团善于攻坚，善于打硬仗，善于在恶劣的条件下表现出坚强的战斗力。红三军团的战斗作风无一不打上了彭德怀的烙印。彭德怀与何键血战，与蔡廷锴血战，与陈诚血战，与蒋鼎文血战，与每一个深入苏区的敌军将领血战。

彭德怀有一种藐视敌人的气质，没有把任何一个国民党将领放在眼里。

彭德怀的气质在红军中非常突出，当时有这样的惯例，凡是硬战，凡是难啃的骨头，必有彭德怀的身影。彭德怀对敌人这样，对战友却不然。

52. 著名将领彭德怀如何展现英雄本色

彭德怀与林彪相较，说勇林不如彭，说谋彭不如林。彭德怀是一团烈火，一团从里烧到外、随时准备摧枯拉朽的烈火；林彪则是一潭水，一潭深不可测却含而不露的静水。"泰山崩于前而色不变，麋鹿兴于左而目不瞬"，前半句可形容彭德怀，后半句可形容林彪。

彭德怀在朝鲜前线视察阵地

彭、林配合，相得益彰，成为毛泽东指挥中国革命战争十分得力的左膀右臂。

林彪比彭德怀资历浅。红四军与红五军在新城会师大会上，朱、毛、彭都在主席台上讲话，林彪还只能坐在台下听。听着听着，讲台塌了。台下人都说刚会师就坍台，不吉利。朱德站到台架上大喊一句：不要紧，台塌了搭起来再干！大家一起鼓掌，才把热烈的情绪又恢复过来。

林彪也在台下鼓掌。

彭德怀坐在台上看不见他，他却把这个人未到威名先到的彭德怀看了个真切。

中国革命从此开始了红军中这两位名将相互配合作战的历程。

无论是从年龄来看，还是从任职资历来看，跟彭德怀比，林彪都差得多。当林彪还是连长的时候，彭德怀已经是湘军的团长。从年龄来看，彭德怀长林彪九岁。所以按常理说彭德怀都应该压林彪一头。但事实却不是这样。

1929年，彭德怀率部坚守井冈山，部队损失很大。到了1929年4月，部队从井冈山撤下来，与红四军会合，根据彭德怀的要求，红四军前委会议决定，调拨部分干部和枪支补充彭德怀部。

林彪却调给彭德怀一部分坏枪，好枪自己留下来了。

朱德（左）与彭德怀（右）并肩作战

林彪此举立即受到了毛泽

东的严厉批评，但是彭德怀却不计较这些事情，而且他对红四军的尊重一点儿都没有改变。因为在他眼里，红四军尤其是其中的二十八团，是南昌起义的骨干，是前身为"铁军"的叶挺独立团部队，他对此充满敬佩。

其实早在1928年12月11日，在红四军与红五军新城胜利会师大会上，彭德怀就提出红四军是红五军的老大哥，号召自己率领的红五军向红四军学习。

彭德怀一言九鼎。

即使后来比自己小九岁的林彪出任红一军团总指挥，彭德怀对以红四军发展起来的红一军团仍以大哥相称。

1933年年底第五次反"围剿"中的团村战斗，一军团执行其他任务未能参加，使战果不能扩大。带病参战的彭德怀万般遗憾，赋诗一首：

猛虎扑羊群，硝烟弥漫，人海翻腾，杀声冲霄汉。地动山摇天亦惊，疟疾立消遁。狼奔豕突，尘埃冲天，大哥未到，让尔逃生。

大哥，即指红一军团。

作为一位著名战将，彭德怀还有一大特点：终生不改其本色。

师哲有一段精彩的回忆：在解放战争期间，一个炎热的下午，当时解放战争中被俘虏的一批军官在村边树下休息，这时候从村西头走过来两个人。前面是位年轻人背着短枪，牵着马。跟在后面数十步之外有一位中年人，50岁左右，光着头，帽子抓在手里，脚上的布鞋破烂不堪，而且是用麻绳绑在脚面上的，但是走起路来非常沉稳有力。一个挑水的农民在树下休息，脚下穿着草鞋的中年军人走到农民的面前笑呵呵地说："你家挑水了，我喝你几口水行不行？"农民说你尽管喝吧，中年人弯下身去猛喝了几口水，谢过农民，继续赶路。坐在路边的俘虏认出他来了，指着背影说，那就是彭德怀，西北野战军的司令。其他国民党将校军官听了大惊失色，呆呆地看了半天，直到彭德怀的背影不见了，才感慨万分地挤出一句话，说："他们怎么能不胜利，我们怎么能不失败？"

第五次反"围剿"中的广昌战斗，李德指挥红军与敌人正面硬拼，三军团伤亡2700余人，占军团总兵力的四分之一。彭德怀当面骂李德"崽卖爷田心不痛"。翻译伍修权考虑到领导之间的关系，没有全翻，彭德怀便把三军团政委杨尚昆拉过来一字一字重新翻译，硬是把李德气得暴跳如雷。

对彭德怀来说，爱他的、恨他的、敬他的、毁他的都应记住这句话：本色最无敌。

53. 朝鲜作战"谁敢横刀立马，唯我彭大将军"

毛泽东写的那句著名的"谁敢横刀立马，唯我彭大将军"，是对在长征后期红军只剩下六七千人的情况下，彭德怀在最困难的时候敢于连续作战的勇气的最佳赞誉。但这首诗同时也可用来赞誉彭德怀出任志愿军司令抗美援朝。

抗美援朝这场仗，是一场我们并没有准备好的战争，是一场猝不及防的、强加于我们的战争，其实也就是说，当时出兵朝鲜是我们一个不得已的选择。

但又必须出兵，那么谁来担任志愿军的司令？

这个人选是不太好确定的。

志愿军的对手是战斗力很强，装备世界一流，而且刚刚经过第二次世界大战并在战斗中获得胜利的美国军队。而我们第一批准备入朝的部队，调了五个军，都是四野的部队，从这个部队的构成来看，要担任志愿军司

彭德怀在调研时与群众交谈

令，起码得具备两个过硬的条件：

第一点，指挥官必须擅长指挥大兵团作战；

第二点，这个指挥官的个人资历必须能够镇得住四野的力量。

说实话，当时我军高级领导干部中符合这两个条件的人是不多的，最符合这两个条件的实际上就三个人——林彪、彭德怀、粟裕。

林彪优势很明显，四野就是他的部队，就是他带出来的。而且指挥大兵团作战，林彪、粟裕都非常突出。所以毛泽东在考虑人选的时候，最初考虑了林彪，也考虑了粟裕。但林彪和粟裕两个人当时都因为身体的原因无法入朝担任司令一职。

林彪在武汉养病，粟裕在青岛养病。

两个人在解放战争中精神损耗都是非常大的。林彪在衡宝战役的后期，基本上就已经病倒了，都已经躺着在指挥了。粟裕也是因为长期的指挥作战，精神衰弱，在青岛疗养院治病。

彭德怀成为一个必然选择。

但彭德怀并没有意识到点将会点他。

彭德怀当时在西北，是负责西北区党政军的一把手。毛泽东通知彭德怀到北京开会，彭德怀是以西北军政委员会主席的身份到北京的，他带的是一摞汇报西北如何建设的图纸，准备汇报西北怎么开发农田搞建设的问题，根本没有做出征的准备。

他一进会场，没想到讨论的是出兵朝鲜的问题，讨论主要指挥员的人选问题。

于是，毛泽东当场点将。

当天晚上，彭德怀在北京饭店睡不着。一是睡惯了硬板床，睡不惯席梦思，最重要的是因为事儿太大了，根本睡不着。最后他干脆就躺在了地毯上。

第二天，彭德怀走进会场表态，接受这个任务。

这就是在1950年新中国严峻的时刻"谁敢横刀立马，唯我彭大将军"。

率军与全世界最强大的武装力量较量，需要何等的勇气！

出任志愿军司令，对任何一位高级将领都是一个非常大的挑战。

这是一个必然的选择，也是一种信任。

彭德怀连家都未回就出征了。

美军一个军有坦克430辆，我志愿军最初入朝的六个军，一辆坦克也没有。

美军一个师100毫米口径以上火炮有432门，我军一个师75毫米口径以上火炮仅有12门。

美军一个师拥有电台1600部，无线电通信可以一直到达排和班。我军入朝时从各部队多方抽调，才使每个军的电台达到几十部，勉强装备到营。营以下通信联络仍然主要靠徒步通信、军号、哨子及少量的信号弹。

美军运输全部机械化，一个军拥有汽车约7000辆。志愿军主力第三十八军入朝时只有运输车100辆，第二十七军入朝时则只有汽车45辆。

美国空军在朝鲜拥有1100架作战飞机。志愿军不要说飞机，连防空武器都十分缺乏。最初入朝的志愿军只有一个高炮团，36门旧式日制75毫米高炮，还留了12门在鸭绿江保卫渡口，带入朝鲜的只有24门。

至于雷达，则一部也没有，搜索目标全凭耳听和目视。可以说，我们完全没有空中防护的力量，所以美军能够随意空袭志愿军设在后方的指挥部，当时毛岸英就牺牲了。

这就是美国执政当局一直以为，新中国发出的一系列警告是虚声恫吓，根本不会也没有能力出兵的重要原因。

彭德怀领导的中国人民志愿军正是在这样的不利条件下艰苦奋战，

通过第一次战役、第二次战役、第三次战役，把美"联合国军"从鸭绿江边压迫到北纬37°线以南，迫使不可一世的五星上将、远东美军总司令麦克阿瑟丢官去职，第八集团军司令沃克中将翻车丧命，硬生生地把美国人打回到谈判桌前。

英国战史专家克里斯托弗·钱特对此评论说："朝鲜战争对西方世界是一场意想不到的严峻考验，它使拥有强大技术优势的盟国几乎抵挡不住。"

美国战史专家沃尔特·赫尔姆斯在其著作《朝鲜战争中的美国陆军》中说："从中国人在整个朝鲜战争期间所显示出来的强大攻势和防御能力中，美国及其盟国再清楚不过地看出，中国共产党已成为一个可怕的对手。中国再也不是第二次世界大战时那个软弱无能的国家了。"

彭德怀代表中华民族横刀立马！有人讲过，狮子带领着一群绵羊，也能战胜由绵羊带领的一群狮子。这里说的就是统帅的作用。毫无疑问彭德怀是中国革命战争中涌现出来的真正的统帅和猛士。

在1979年要为彭德怀平反的时候，小平同志坚持说彭德怀起码是国际、国内著名的军事指挥员，主要就是因为他指挥了这场伟大的抗美援朝战争，取得了关键性的胜利，用行动给全世界做了这样一个示范：中国人在如此困难的情况下，也敢于出兵，展现中华民族的气魄和维护自己国家安全的决心。不是用语言，而是用行动给全世界做了这样一个示范：中华民族彻底站起来了。

我们出兵朝鲜之后，西方有一个理论，在涉及中国国家安全的问题上，新中国政权再也不会退让。所以我们从这一点来讲，"谁敢横刀立马，唯我彭大将军"。这是彭德怀同志在历史上留下来的极其精彩的一笔，敢于在最困难的时候承担最艰巨的任务，在最困难的条件下尽可能地取得胜利。

那么，他们的理论是怎么出来的？根据中国人实际采取的行动。首先当然是毛泽东的决心，谁来实施这个决心？彭德怀在实施。我觉得彭德怀超出了一个军人范围，他已成为中华民族精神典型的一个代表，给历史印下深深的烙印。

54. 战将林彪是中国共产党与中国革命的产物（上）

林彪善思，善战。彭德怀由勇生智，林彪则由智生勇。从带兵伊始，他就与"主力"二字结下了不解之缘。

彭德怀在《彭德怀自述》中就写过，他说红军长征实际上一、三军团像两个轿夫，把中央纵队这顶轿子抬到了陕北。一军团林彪，三军团彭德怀，一、三军团是你开路我殿后，或者你左位我右位，或者你右位我左位，担负着护卫中央纵队前进最关键的任务。

当然，林彪"文化大革命"期间出了很大的问题，我觉得我们在今天要讲到这位卓越战将，不能简单的一丑遮百俊，一定要充分认识到，林彪在红军时期、抗日战争时期、解放战争时期，那些杰出的指挥作战的战例。

林彪本人是中国共产党的产物，他能够指挥作战达到这样一个水平，有一个非常重要的条件——没有共产党就没有他，没有工农红军就没有他。他指挥作战的成功是工农红军的一部分，是共产党历史的一部分，并不只是他个人的一部分。不能因为他后来出了问题，我们就把战史全部抹杀，我觉得这不是一种历史唯物主义的态度。

以林彪当年黄埔四期的资格，如果在国民党军队中，最后当个军长都很困难。一直到解放战争，黄埔四期担任军长的人都不是很多。像张灵甫这样算黄埔四期很好的了——七十四师整编师师长，相当于军长。国民党军队中大量执掌实权的人都是黄埔一期的。所以最近台湾地区前军事大员郝伯村写了一本书，这本书就总结了蒋介石在大陆为什么失败，军事溃败为什么这么快。

郝伯村在书中讲，一个大的弊病是蒋介石把指挥权全部交给了黄埔一期，而黄埔一期这些人指挥训练的素质都不是很好，部队训练指挥放手交给下面人去干，下面人也不是很明白，就弄得满盘皆输。

郝伯村总结的这个理由也不是全部理由，是一些面上的理由。但是我们也能从中看出一点，就是解放战争时期国民党军政大员是黄埔一期的，共产党的指挥官是黄埔四期的。

前面说过，如果林彪不在共产党的队伍里干，在国民党队伍里顶多干个军长就了不得了，但是军长这个职务，在共产党队伍中，林彪在24岁就达到了。那么林彪在红军作战中最后之所以这么有特色，还有没有别的原因？

江西苏区的红土地给了他一张最

红军时期的林彪（1928年左右）

抗大校长林彪（延安时期）

新最美的白纸,他在这张白纸上画出了中国工农红军产生的将领指挥作战的一些杰出战例。工农武装割据、农村包围城市给了林彪空前广阔的天地,使他的才能得到了充分发挥,没有这一点他也做不到。

所以我们在讲到林彪的功绩的时候,他不是一个人的努力,他是一个党的产物,一个事业的产物。林彪在红军时期指挥作战与抗日战争的平型关大捷,解放战争时期的辽沈战役、平津战役,三大战役指挥了两个战役,取得这么多突出的军事成就,我觉得就是因为个人融入中国革命这个轰轰烈烈的历史进程中去了,使他的个人能力和军事指挥才能得到了极大的发挥,这是中国共产党、中国革命给他个人提供的巨大空间而形成的结果。

55. 战将林彪是中国共产党与中国革命的产物（下）

林彪因为打过很多胜仗，也由此引发出许多传奇故事。例如说林彪在黄埔军校成绩优秀，深受一些军事教官的青睐，被同学们称为"军校之鹰"。美国记者哈里森·索尔兹伯里也在其《长征——闻所未闻的故事》一书中说："林在著名的广州黄埔军校受训期间，也曾是蒋介石和后来成为苏联元帅的勃留赫尔（加伦将军）的宠儿。"

但是，却没有任何人能够为这些传说拿出可信的证据。

直到1930年年底开始第一次"围剿"，蒋介石亲自明令悬赏缉拿朱德、毛泽东、彭德怀、黄公略，也还不知道红军中冉冉升起的青年将领林彪曾是黄埔军校的学生。

最早发现林彪军事才能的不是毛泽东，而是朱德。

1928年2月，南昌起义部队到耒阳城下。朱德听取当地县委的情况汇报后决定：大部队正面进攻桌子坳之敌，抽出一个主力连队配合农军攻城。

被抽出的，就是林彪率领的连队。

耒阳被一举攻克，我军损失很小，缴获却很大。

朱德由此发现林彪的作战指挥能力。这一发现此后反复被实战证明。

林彪

他当连长的连队,是全团战斗力最强的连;当营长的营,是全团最过硬的营;当团长的团,是红四军的头等主力团。王尔琢牺牲后,朱德代了几个月团长,很快就推荐林彪接替。如果一次、两次,还可说有某些不好排除的偶然性,几十年如一日,带出一批擅长野战的人民解放军主力部队,便不能全部归诸偶然了。

毛泽东发现林彪,则是一个偶然的机会。

朱、毛红军会师后,一日军长朱德与党代表毛泽东相伴而行,见路边一个年轻指挥员正给部队讲话:"不管是这个军阀,还是那个土匪,只要有枪,就有地盘,就有一块天下。我们红军也有枪,也能坐天下!"

毛泽东听了一怔,问朱德:这个娃娃是谁?朱德回答:一营营长林彪。提出"枪杆子里面出政权"的毛泽东,一下子就记住了这个青年指挥员。

那个年代并不是一个凭借关系就能提升的年代。一切都需要经过战争实践检验。实践是检验真理的唯一标准,当时虽然没有人明确这么讲，却一切都是按照这个做的。

非凡的战争年代，造就了林彪非凡的野战才华。

第一次反"围剿"，歼灭张辉瓒的十八师，红军由以游击战为主向以运动战为主转变，林彪指挥的红四军发挥了关键性作用。

第二次反"围剿"，横扫七百余里，红军五战五捷，成为中国革命战争史上灵活用兵、以少胜多的著名战例。

第三次反"围剿"，红军六战五捷，击溃敌7个师，歼敌17个团，毙伤俘敌3万余，缴枪2万余。

第四次反"围剿"，首创大兵团山地伏击的范例。在黄陂、草台岗两次战斗中，一举歼灭蒋介石的嫡系部队近三个师，俘师长李明、陈时骥，击伤师长萧乾，俘虏官兵万余，是土地革命战争期间中央红军最大规模的伏击战斗。

从1930年11月第一次反"围剿"开始，至1933年3月第四次反"围剿"结束，不到三年时间，林彪率领的红四军和红一军团战功卓著，红军总参谋长刘伯承评价说："一军团在决战方面作用很大。"林彪的声望迅速上升，达到与彭德怀并驾齐驱的程度。

前面讲过，第五次反"围剿"中的广昌战斗，李德指挥红军与敌人正面硬拼，三军团四分之一兵力伤亡，彭德怀当面骂李德"崽卖爷田心不痛"，把李德气得暴跳如雷。彭德怀说："我要骂，我知道我回去大不了杀头，我准备好了。"彭德怀非常硬气。

林彪则有另外一种处理方法。广昌战斗前夕，林彪以个人的名义写了《关于作战指挥和战略战术问题给军委的信》，认为多次战斗都说明"短促突击"使我们成了"守株待兔"，"没有一次收效"。他直指军委在指挥上存在四大缺点：

一、决心迟缓丧失取胜机会，这是军委最大的、最严重的缺点。

二、对时间的计算极不精确，使各部队动作不能协同。

三、对任务及执行手段的规定过于琐细,使下级无机动余地。

四、于战术原则未能根据实际情况灵活运用,一套老办法到处照搬。

这是一封尖锐泼辣又不失冷静分析的信,直指"军委最大的、最严重的缺点"。这样明确、大胆而具体地向军委提出批评意见和建议,在当时党和红军高级领导人中并不多见。

林彪以冷静的剖析对李德的批判,其力度不亚于怒火中烧的彭德怀。

56. 精谋善战枭将林彪经历过怎样的失败

林彪在早年指挥作战时，吃过两次很大的亏，这位让敌人"闻风丧胆"的著名战将也有过"兵败如山倒"的时候。

1929年1月红四军主力出击赣南。这时林彪刚刚担任二十八团的团长，下山初战便首先歼敌一营，突破封锁线，随后不费一枪一弹占领江西大余。

但部队很快便在小胜后露出破绽。

在大余，红四军前委在城内天主教堂召开连以上干部会，确定二十八团担任警戒，军部、三十一团、特务营和独立营在城内及近郊开展群众工作。林彪领受了任务后，带领二十八团进入警戒位置，分片包干，各负责一段。林彪既没有组织营连以上干部看地形，也没有研究出现复杂情况下的协同配合，最为致命的是忽略了这是一个没有党组织、没有群众斗争基础的地方，敌人来的时候，是没有人向红军报信的。

林彪在总结经验的时候说，"一个军事指挥员，对他所住的村子有多大，在什么位置，附近有几个山头，周围有几条道路，敌情怎么样，群众条件怎么样，可能发生什么情况，部队到齐了没有，哨位在什么地方，发生紧急情况时的处置预案如何……都不过问，都不知道。这样，如果半夜三更发生了情况，敌人来个突然袭击，就没有办法了"。

这一次他一个也没有做到。

所以出事了。

赣敌李文彬旅悄悄逼近了大余城。攻势是突然发起的。因为突然，所以猛烈。二十八团在城东的警戒阵地迅速被突破。"到那种时候，即使平时很勇敢的指挥员，也会束手无策，只好'三十六计，跑为上计'，结果，变成一个机会主义者"，林彪就是这样成了"机会主义者"，这无疑是幽默地总结自己惨痛的经验与教训。部队急速后撤，城内一片惊乱。后来曾任最高人民法院院长的江华回忆说，这是他第一次真正体会到什么是"兵败如山倒"。

那是一种失去控制的混乱。时任红四军士兵委员会秘书长的陈毅正在街上向群众分发财物，城北街区已经出现了敌军。他连忙后撤，在城边才追上后退的军部。所谓军部，也只剩下毛泽东和少数机关人员。毛泽东要林彪反击，林彪犹豫不决。部队已经退下来，不好掌握了。毛泽东大声说："撤下来也要拉回去！"陈毅也说："主力要坚决顶住敌人！"林彪带身边的少数人冲杀回去，把敌人的攻势挡住一阵，才勉强把撤退的人收拢了起来。

这一仗牺牲了三十一团营长周舫，独立营营长张威。二十八团党代表何挺颖负重伤，用担架抬着行军，在敌军追击、部队仓促奔走的混乱中不幸牺牲。这使得本来就缺干部的红四军雪上加霜。

为摆脱追兵，部队日夜行军，但祸不单行。平顶坳、崇仙圩、圳下、瑞金，红四军四地四战，结果四战四败。

在平顶坳，向导把路带错，与追兵发生触碰，造成损失。

最危险的是圳下之战，红四军军部险遭覆灭。

当夜军部驻圳下，前卫三十一团驻圳下以东，后卫二十八团驻圳下以西。第二天早上林彪带领后卫率先开拔了，没有通知军部，当时军部失去了后卫还不知道。警卫军部的特务营也未及时发现敌情。敌人进入圳下时，陈毅、毛泽覃还没有吃完早饭，谭震林、江华也正在喝糯米酒酿，晚睡晚起的毛泽东则还未起床。

枪声一响，毛泽东醒来，敌人的先头分队已越过了他的住房。

那真是中国革命史上一个惊心动魄的时刻。后来消灭800万蒋介石军队建立新中国的共产党领袖们，差一点儿就被国民党的地方武装包了饺子。

毛泽东是利用拂晓前的黑暗，随警卫员转移到村外的。

朱德差一点儿让敌人堵在房子里。警卫员中弹牺牲，妻子被敌人冲散后也被俘牺牲，他抓起警卫员的冲锋枪，才杀出重围。

陈毅披着大衣疾走，被突然冲上来的敌人一把抓住了大衣。他急中生智，把大衣向后一抛，正好罩住敌人的脑袋，方才脱身。

毛泽覃腿部中弹。林彪率二十八团、伍中豪率三十一团急速返回支援，才用火力压住敌人。因未能履行好护卫军部的任务，林彪挨了个记过处分。

1959年，陈毅对江西省委党史研究室人员回忆说，当时红军人生地不熟，常常找不到向导……一走错路就有全军覆灭的危险。

毛泽东在1929年3月20日写给中央的报告中说，沿途都是无党无群众的地方，追兵五团紧蹑其后，反动民团助长声威，是我军最困苦的时候。

就是在这些最危险、最困苦，不是一个胜利接着一个胜利，而是一个失败接着一个失败的环境中，摔打出了一个林彪。

林彪不是命运的幸运儿。

他卓越的指挥作战能力是从一个个失败中摸爬滚打出来的。他在黄埔军校也不是学习成绩好的，当时被编入黄埔军校第二团预备军官团，都是成绩不太好的人才编为预备军官团。当然，林彪这个人是个悟性很好的人，凡作战吃过亏的，他没有忘记，一笔一笔记下来，把吃亏作为他下次指挥作战的基础，这也是他一个非常重要的过人之处。

57. 林彪对自己的作战特点怎样总结

1936年12月,林彪曾讲过一次怎样当好师长。可以说这是他对自己红军时期作战指挥的一个小结,共有九条:

第一条,要勤快。他说不勤快的人办不好事,更不能当指挥员,凡是自己能亲手干的事,一定要亲自过目,亲自动手,他说指挥员切忌懒。因为懒会带来危险,会带来失败。

第二条,要摸清上级意图。林彪说,这个摸清上级意图,和我们想的不一样。他的意思是你只有真正摸清上级的意图,才能充分发挥自己的主观能动性。不是说叫你摸清上级的意图,你就只按照上级的意图办。他说你只有真正摸清上级的意图才能充分发挥自己的主观能动性,才能打破框框,才能有大用,才能决心强,决心狠,敢于彻底胜利。

第三条,要调查研究,对敌情、地形、部队要做到心中有数,他讲要天天琢磨不能间断。

第四条,他说要有一个活地图,指挥员和参谋人员必须熟记地图,要经常地读地图,最好的办法是把地图挂起来,搬个凳子坐下来对着地图看。从大的方向到活动地区,从地形全貌到某一个地段、地形特点,从粗读到细读,最后用红、蓝铅笔把主要山脉、河流、城镇、村庄全部标下来,边标边画,边画边记。他说把战场的情景、地形的情况和敌我双方的兵力部署都装到脑子里去，离开地图也能指挥作战。

第五条，要把各方面的问题都想够想透，就是每一次战役战斗组织要让大家提出各种可能出现的情况，要让大家来找答案，而且从最坏的、最严重的情况方面来找答案。这样打起仗来才不会犯大错。

第六条，要及时下决心。什么样的情况下可以下决心打呢？林彪讲不打无准备之仗，但是任何一次战斗都不可能完全具备各种条件。一旦有70%左右的把握就是很不错的机会了，就要坚决地打，放手地打。以主观努力来创造条件，化冒险性为创造性，取得胜利。

东北战场上的林彪

第七条，要有一个很好的、很团结的班子。领导班子思想一致，行动才能协调合拍；如果领导班子不好，人多不但无用，反而有害。

第八条，要有一个很好的战斗作风，有好的战斗作风的部队才能打好仗、打胜仗。好的战斗作风首先是不叫苦，抢着担负最艰巨的任务，英勇顽强，不怕牺牲，猛打猛冲。

第九条，他说要重视政治，要亲自做政治工作。他说部队战斗力的提高要靠平时坚强的党的领导，坚强的政治工作，连队的支部一定要建立好，建立好支部提高全体指战员的觉悟。有了坚强的党支部的领导，有了坚强的政治工作，就会做到一呼百应，争先恐后，不怕牺牲。

我觉得要研究林彪作战指挥的人应该好好地研究一下林彪讲过的这

九点。这些东西是林彪作战的典型经验，他这个总结是对他在红土地上实现工农武装割据、农村包围城市过程中个人的真切体会。这些体会对于林彪指挥作战，对于提高红军作战效能具有非常大的帮助，所以形成了后来红一军团这种特殊的作战方略和他后来的辉煌战绩。

现在大家知道，林彪在新中国成立后出了问题。此后，有的人在文学作品中把他描绘成潜伏于革命队伍的坏人，甚至连平型关战役都加以否定。20世纪90年代初，一份重要文学刊物发表了一篇关于介绍平型关战役的报告文学，作者将平型关战役描绘成是林彪个人野心的产物，在林彪与板垣征四郎之间进行反复比较，说两人有"许多惊人的相似之处"：个头都不高，都秃顶，指挥的部队都带"五"字（八路军第一一五师和日军第五师团），都心怀鬼胎，"想借内长城隘口平型关创一个惊世之举"，"一心想震惊世界"，如此等等。

这种描述竟然不顾林彪与板垣征四郎之间的本质区别：一个是侵略者，一个是反侵略者。像这种批判彭德怀就否定百团大战，批判林彪就否定平型关战役，不仅仅是丧失了历史唯物主义的态度，而且我党我军光荣的历史也会被糟蹋得所剩无几。

20世纪80年代陈云同志讲过，林彪作为四野的司令员，当时正确的地方，我们也不必否定。

杨尚昆同志说，林彪在中央苏区，在长征路上，打日本，特别是在东北解放战争中，还是有功的。我们对待历史人物，不能因为一个人犯了错误就否定一切。

黄克诚同志说，林彪在历史上对党和军队的发展、战斗力的提高，起过积极的作用。据我了解，林彪的确有指挥作战的能力。有人说林彪不会打仗，这不是历史唯物主义的态度，不符合历史事实。

核心一句话：要爱惜我们的历史，要爱惜我们的军队，要爱惜我们的事业。

美国最著名的西点军校有四大偶像：罗伯特·李、格兰特、麦克阿瑟和艾森豪威尔。罗伯特·李是南北战争时期的南军总司令，格兰特是北军总司令。我曾经问过许多人："罗伯特·李是分裂美国的南军总司令，他怎么也是西点军校的楷模？"

一个西点军校校史馆的老解说员解释：罗伯特·李之所以成为西点军校的楷模，是因为他在指挥南军作战中表现出了非常高的军事造诣，我们以罗伯特·李的军事造诣为荣，无关政治上的立场。这就是美国人对待历史的态度。

在革命战争时期，林彪以他的军事指挥才能为中国革命的胜利做出了相当大的贡献。这一点，我们后人不能否认。我们绝对不能因为在政治运动中批判了彭德怀，把百团大战否定了；批判了林彪，再把平型关战役否定了。

2007年8月1日，中国人民解放军建军八十周年。在北京军事博物馆建军八十周年成就展上，林彪以"十大开国元帅"之一赫然在列，明确以"出色的作战指挥才能"描述他早年的军事贡献。

58. 青年红军将领寻淮洲的人生传奇

我们下面要讲几位红军的将领，寻淮洲、刘畴西、胡天桃、王开湘，这几位将领今天已经很少有人知道他们的姓名了，包括我们今天的军人，甚至包括在今天的各种军史的回忆录中都很少谈及他们了。但是这些人在当年指挥作战的时候，给红军做出了极大的贡献，他们是当时工农红军作战的骨干、脊梁。他们带着满身的伤痛过早地消失在了历史的帷幕后面，淡出了我们的视野。

首先是寻淮洲。

寻淮洲是当时红军中一位优秀的年轻指挥员，很多人都以为24岁当军团长的林彪是红军中最年轻的军团长，其实寻淮洲1933年出任红七军团军团长的时候还不满22岁。1955年授衔的时候，要求在红军时期担任过军团首长以上职务的才具有评元帅衔资格，这个要求寻淮洲在1933年不满22岁的时候就达到了。

寻淮洲是湖南浏阳的青年学生，后来参加秋收起义上了井冈山。我们前面讲到了朱毛会师是二十八团与三十一团会合，

红军将领寻淮洲

二十八团是南昌起义余部留下来的部队，秋收起义的余部留下来的部队整编后就是三十一团。寻淮洲当时就与陈伯钧、王良共同成为三十一团三个有名的青年知识分子连长。三人当中陈伯钧、王良都是黄埔军校武汉分校学生，算黄埔六期，唯有寻淮洲没有进过军校。但他一直是红四军战将、黄埔四期生伍中豪的下级。从这位与林彪齐名的红军将领身上，寻淮洲学到了很多东西，进步极快。

虽然一天军校都没有上过，但是这个年轻军人在战场上凭战功19岁就当师长，20岁当军长。1933年2月在第四次反"围剿"的黄陂战斗当中，他率领红二十一军直插敌后，截断了蒋军五十二师的归路，为全歼五十二师创造了关键性的条件，获得了二等红星奖章，受到了中央军委的特别嘉奖。在当时那个年代，当军长，获得二等红星奖章，这样的指挥员是极其罕见的。

所以粟裕后来回忆说，寻淮洲是在革命战争中锻炼成长起来的一位优秀青年军事指挥员。他艰苦朴素，联系群众，作战勇敢，机智灵活。粟裕就是寻淮洲带出来的，后来粟裕成为人民解放军中极有造诣的一员青年战将。当时粟裕尚年长寻淮洲5岁，粟裕是1907年出生的，寻淮洲是1912年出生的。

伍中豪牺牲了，带出了寻淮洲；寻淮洲牺牲了，带出了粟裕。

这是一种传承。

然而他们那么年轻就逝去了，实在是太可惜了。

红军在1934年10月从江西苏区开始战略转移的时候，中央苏区周围最大的部队，便是红十军团。

当时，萧克、王震带领的红六军团向湘西走，到湘西与贺龙会合。作为北上抗日先遣队的寻淮洲红七军团到达赣东北根据地，与方志敏的红十军会合。两股力量，两支部队，都是在分散中央红军所面临的战略压力。

寻淮洲的红七军团和方志敏的红十军会合后，中央军委发来命令，红十军与红七军团合编为红十军团。红十军团编成之后方志敏是红十军团的军政委员会主席，黄埔一期生、原红十军军长刘畴西担任军团长。

红十军团辖三个师，把原来红七军团的部队改编为十九师，师长是寻淮洲。

二十师就是原来红十军的部队，师长由刘畴西兼任。

二十一师也是原来红十军的部队，师长是胡天桃。

这是一股可观的力量，红十军团上下共1万多人，有三个作战师，按理说是一股很好的力量，但是这股力量在很短的时间内失败了，仅仅存在了两个多月。

当时的军委主席朱德后来非常心痛地把这一现象概括成了八个字，叫"不编不散，一编就散"。

军团编成后，首战谭家桥，但很快失败了。

59. 红军最年轻的军团长寻淮洲因何牺牲

红十军团编成后首战谭家桥之所以很快失败，军团长刘畴西的责任是很大的。

红十军团编成以后准备打敌人一个伏击。

那么打谁？

补充第一旅。

当时的考虑是，其他敌军距离尚远，唯尾随之敌补充第一旅显得孤立突出。敌人共三个团，装备比较好。红十军团是三个师，兵力和敌人差不多，但地形却十分有利。乌泥关至谭家桥两侧皆是山地及森林，地形险要，利于隐蔽埋伏。当时，红军的弹药等物资极其缺乏，消灭补充第一旅，不但能获得人员和物资的补充，且能打掉追敌的气焰。

军团长刘畴西决定在这里打一仗，大家都无异议。

应该说这是一场立意积极的战斗，但作战对象的选择却不是太好。

我们从"补充第一旅"这个名字来看，好像是敌人不太正规的部队，杂牌部队。

其实不是。

补充第一旅1933年冬由保定编练处的三个补充团改编，旅长王耀武，山东泰安人，黄埔军校第三期毕业，是蒋军中一员悍将。该旅装备

国民党将领王耀武

好,干部多是军校毕业生,训练有素;士兵以北方人为多,战斗力相当强。

这是一支蒋介石的嫡系部队,完全不似"补充"两字给人以二流部队的感觉。

红十军团三个师打补充第一旅三个团,实际上兵力是相差不多的。敌人的补充第一旅兵力也有将近7000人。红十军团总共1万人,当然兵力的优势还是有一些。

那么为什么还败了?

刘畴西没有把王耀武放在眼里。

刘畴西黄埔一期毕业,又去莫斯科伏龙芝军事学院学习过,这一切使他充满了一种不可抑制的自信。担任红十军团军团长兼二十师师长后,立刻打一仗扭转局面是他的迫切要求。

但他小看了当年曾经卖过饼干的对手。

刘畴西不知道,当年他随南昌起义部队南下时,参加堵截的就有第一军补充团的少校营长王耀武。刘畴西担任红二十一军军长参加第四次反"围剿"时,率部坚守战略要地宜黄24天未被红军攻破、被蒋介石称为"奇迹"的,也是王耀武。带兵与作战,是王耀武两大特长。国民党五大主力之一的七十四军,即后来整编第七十四师,就是王耀武一手带出来的部队。

刘畴西对王耀武的补充第一旅基本情况掌握不清楚,相反,王耀武对刘畴西的红十军团却一点儿不糊涂。他对手下的三个团长说:"共军第十军团政治委员会的主席是方志敏,军团长是刘畴西,副军团长是寻淮洲。该军团辖三个师:十九师师长由寻淮洲兼,二十师师长王如痴,二十一师师长胡天桃。军团长和师长的意志很坚强,作战经验丰富，尤以寻淮洲的作战指挥能力为最强。"王耀武只讲错了两处：方志敏任主席的是红十军团军政委员会，不是"政治委员会"；二十师师长由刘畴西兼，不是王如痴。对黄埔学长刘畴西，王耀武的评价不是太高，相反却对没有进过军校、红军中土生土长的将领寻淮洲做出很高评价。

如果说以上是导致红十军团失利的原因之一，那也不致命，关键还有第二个原因。

第二个原因就是部队的使用。当时，红十军团这三个师，十九师、二十师、二十一师，以寻淮洲原红七军团改编的十九师战斗力最强。但是在分配作战任务中，刘畴西把担任伏击的主要作战任务，分配给他指挥的二十师和二十一师，这两个师组建才一年多，缺乏野战经验，可这是他自己原来的红十军的部队。

这就为后来的失败埋下了伏笔。

担任伏击主攻任务的二十师和二十一师，因为缺乏野战经验，在伏击地域过分紧张，提前开火，结果在敌人还没有完全进入伏击地域时就被察觉了，敌人立即开始抢占路边的高地，整个伏击战斗被迫提前。最后这个伏击战基本上打成了一场遭遇战。

如果待敌团指挥部进入伏击范围，首先打掉敌团指挥机关，那么整个战局就会大不一样了。

王耀武、周志道等人，事后想起来惊出一身冷汗就是基于此种设想。

野战经验不足，特别是打硬仗经验和思想准备皆不足的二十师、二十一师连续向敌前卫团发起猛冲，企图一举将敌人压垮。攻势很猛，几次展开肉搏，敌前卫团团长周志道也被打伤。但两个师动作不一致，连冲四次也攻不下来。未放在主攻位置的十九师在山峡里一时又出不来，局势很快由伏击的主动变成被敌反击的被动。王耀武一面命令部队不许后退，一面调加强营和第三团的三营增加到第二团的正面作战，同时令第三团团长李天霞率该团主力向红十军团的左侧翼猛烈反击,令第一团团长刘保定立派一部占领乌泥关,并坚决守住。

此时,乌泥关制高点的争夺战成为胜败的关键。

寻淮洲带领十九师冲出山峡,领头奋勇冲锋,与敌血拼。王耀武的补充第一旅本来曾经是寻淮洲指挥的十九师的手下败将,但敌已占据主动,一切都为时已晚。

王耀武后来回忆这场战斗说:"红军三次冲锋虽都受到挫折,但斗志仍盛,其打败补充第一旅的决心并未动摇,又发起了一次规模较大的冲锋。这次红军出动了七八百人,分三路冲过来,一路针对加强营,两路对着第二团中伤亡较重的第一、第二两个营。大有一鼓作气击溃补充第一旅之势,情况紧张、危急。"

王耀武亲自到第一线督战,令各部集中迫击炮、机关枪的火力,向冲过来的红军猛烈射击,战斗极为激烈。他回忆说:"据第二团团长周志道报称,在敌人第四次冲锋中,发现红军有十几个人冒着炮火的危险去抢救一个人,抬着向后方走去,看样子,被抬走的这个人可能是敌人的高级军官。"

被抢救下来的,就是在猛烈冲击中身负重伤的寻淮洲。

寻淮洲在此前五次负伤,谭家桥这次伏击成为最后一次。因为伤势过重,在转移的路上牺牲。

方志敏后来在囚室中写《我从事革命斗争的略述》,这样评价寻淮洲:"十九师师长寻淮洲同志,因伤重牺牲了!他是红军中一个很好的指挥员。他指挥七军团,在两年时间,打了许多有名的胜仗,缴获敌枪6000余支,并缴到大炮几十门。他还只有24岁。"

一颗优秀将星,陨落在谭家桥战场。

前不久,我的一个战友把《苦难辉煌》这本书给他的父亲看了。他父亲就是当年寻淮洲的部下,现在已经99岁了。他父亲眼睛看书已经不行了。我的战友给他念《苦难辉煌》中描写寻淮洲的这一段时，老人想起当年自己的这位杰出的指挥员老泪纵横。

寻淮洲是红军中一位非常得力、非常优秀的指挥员。

60. 刘畴西率领的红十军团为何遭遇重挫

刘畴西是原来红十军军长，红七军团与红十军合编为红十军团，刘畴西出任红十军团军团长。

他1924年加入黄埔军校第一期学习时，王耀武还是上海马玉山糖果公司站柜台卖饼干的小伙计。刘畴西1922年加入中国共产党，经历颇富传奇色彩：参加过五四运动，担任过孙中山的警卫，第一次东征在棉湖战斗中失去左臂，蒋介石对他印象非常深，因为东征棉湖作战，是奠定蒋介石地位的关键一仗。后来蒋介石担任黄埔同学会的会长，刘畴西在蒋介石担任黄埔同学会会长的时候担任黄埔同学会的总务科长。再后来刘畴西参加了南昌起义，随后去苏联，进了莫斯科伏龙芝军事学院。

黄埔一期的资格，加上伏龙芝军事学院的学历，在红军指挥员中除了左权，无人可与刘畴西相比。

但就是这样一个资历非常深的人，在真枪实弹的战场上却连续出现失误。谭家桥伏击战的失误，使寻淮洲牺牲了。谭家桥那场伏击战刘畴西确实显得刚愎自用。他没有听

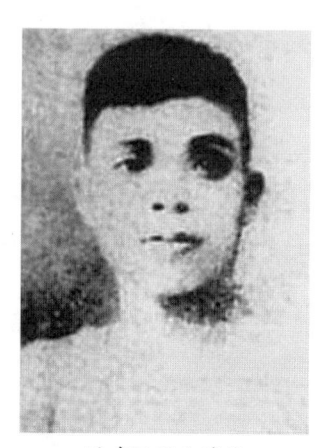

刘畴西烈士遗像

寻淮洲的意见，在部队的使用上也不太得当，最后指挥作战也有一些问题，导致谭家桥的战斗出现了大问题。

谭家桥战斗的失利，很大程度上是由于选敌不当、指挥不当所致。后来红十军团在怀玉山的失败，基因已经潜伏在了这里。

谭家桥战斗失利，红军在皖南便无法立足。红十军团由方志敏、刘畴西率领，南下返回闽浙赣边。到达闽浙赣苏区边缘时，敌情已十分紧急。粟裕作为红十军团的参谋长，坚决要求部队不能停留，连夜行动突破敌人封锁线。但谭家桥伏击战之前那个坚决果断甚至带点儿刚愎自用的指挥员刘畴西，又突然变得优柔寡断。他觉得部队刚刚到齐，人员十分疲劳，当晚不能再走。

粟裕说，不能休息，我们必须得连夜突破。刘畴西不听，一定要休息。粟裕说，要留下来就可能出不去。他说没有关系，敌人还形不成合围。这场争论，后来只能由红十军团的军政委员会主席方志敏出来调解。

方志敏也担心刘畴西太犹豫迟疑，部队不能及时行动，便让粟裕率先头部队先走。方志敏留下来，等待刘畴西休息一晚上再一起行动。结果这一留，方志敏、刘畴西与粟裕就成了永诀。

粟裕率少数先头部队行动坚决，当晚就冲过了敌人的封锁线。刘畴西率领的军团主力却行动拖沓犹豫，前面一打枪便改换前进方向。转来转去，耽误了几天时间，在怀玉山陷入赶上来的国民党军十四个团的包围。方志敏本可跟着粟裕突围，就为了等刘畴西，最后二人双双被俘，并肩走向了刑场。

浙赣边界的怀玉山成为红十军团最后的战场。天寒地冻，缺衣少食，红军战士拿枪向敌人射击，但冻僵的手扣不动扳机；挣扎着向围上来的敌人投弹，又投不了多远。

据王耀武后来回忆，他发现所俘虏的红军人员，都面黄肌瘦，手脚冻裂。因喝不到水，嘴上起疱的很多，很多人数日不得饮食，冻饿交加，躺在地上动弹不了。

红十军团终遭失败。

1935年1月底，军团主要指挥者方志敏、刘畴西在程家湾被俘。

刘畴西作为红十军团的军团长，在指挥谭家桥伏击和怀玉山突围上面都犯了一些严重的错误，导致部队损失很大。但是我们说到了最后的关头，刘畴西这种坚决、果断、涉及信仰时的顽强意志，又是别人难以企及的。

方志敏、刘畴西被俘后，蒋介石密令国民党驻赣绥靖公署主任顾祝同，尽力劝说方、刘"归诚"，特别是针对黄埔一期毕业、第一次东征在棉湖之役任教导一团第三连党代表的刘畴西。他命顾祝同对刘畴西要特别关照，一定要设法争取过来。

顾祝同是军校战术教官、管理部代主任，在黄埔既是刘畴西的教官，又是他的上司。但顾祝同怕自己一个人说不动，又借蒋介石任黄埔同学会会长时，刘畴西担任过总务科长，以此为由头联络来更多的黄埔同学做工作。于是从怀玉山到上饶，从上饶到南昌，押解方志敏、刘畴西二人的路上，来劝降之人络绎不绝。

仅顾祝同本人就亲自来了三次。

今天回头仔细品味那段历史时，我们可以指责刘畴西在谭家桥战斗前听不进寻淮洲和粟裕的意见刚愎自用，可以叹息刘畴西在怀玉山突围中犹豫不决、优柔寡断，但在敌人以友情、以官爵、以监禁、以死亡的利诱和威胁面前，我们只有衷心叹服刘畴西的意志之坚忍不拔。

对蒋介石、顾祝同的劝说和纷纷前来的黄埔同学，他丝毫不为之所动。

刘畴西1922年加入中国共产党，与方志敏一样刚强。

方志敏在《可爱的中国》中，用"田寿"这个名字，记述了刘畴西在狱中的不屈斗争。

1935年8月6日凌晨，方志敏、刘畴西被秘密杀害于南昌。

今天，我们讲到这些将领的时候，很少有人能够记起他们了。这些将领过早地消失在历史帷幕的后面，他们没有看到新中国成立的这一天，来不及返回家乡光宗耀祖，也来不及接受党、国家和军队给他们授予的各种各样的军衔和各种各样的荣誉勋章，他们过早地牺牲了。然而，这些人的战斗精神，这些人的坚贞信仰，永远是支撑我们人民军队的魂。

61. 令国民党将领闻风丧胆的"无名师长"胡天桃

胡天桃就是那个最后在怀玉山全军覆没的红十军团红二十一师的师长。

我们今天对胡天桃的记忆不是来自于我们的军史、战史。

在所有的将领名册里你能找到胡天桃这个人的名字是很不容易的。

对这位无名师长的回忆来源于国民党将领王耀武,他的回忆中生动记载了对红军被俘将领胡天桃的审判。王耀武在谭家桥战斗中打死了红十九师的师长寻淮洲,在怀玉山中又捕获了红二十一师师长胡天桃。

王耀武跟红军长期作战,但是红军是一些什么样的人,他一直不了解。这些装备低下、供应几乎没有的红军将领,凭什么本事,把一个一个国民党的骄兵悍将弄得如此头疼?他一直想见识一下这些将领。

于是他亲自审讯了胡天桃。

第一次见面就把王耀武惊呆了。当时,天寒地冻,胡天桃身上穿了三件补了许多补丁的单衣,下身穿了两条破烂不堪的裤子,脚上穿着两只颜色不同的草鞋,背着一个很旧的干粮袋,袋里装着一个破洋瓷碗,除此之外别无他物,与普通战士没有什么区别。

王耀武完全不相信面前站的这个人就是红二十一师师长胡天桃。

王耀武压下震惊。他与胡天桃有过一段对话。

王耀武说:"我们也希望国家好,我们也反对帝国主义。你说国民党勾结帝国主义,你们有什么根据?"

胡天桃讲:"国民党掌握军队不抗日却用来打内战,还请帝国主义的军官当顾问,这不是勾结帝国主义是什么?"

王耀武讲:"共产主义不适合中国的国情,你们一定要在中国实行,必然会失败的。"

胡天桃讲:"没有剥削压迫的社会才是最好的社会,我愿意为共产主义牺牲。"

王耀武问:"方志敏现在在什么地方你知道吗?"

胡天桃说:"不知道。"

王耀武问:"你家在哪里,家里还有什么人?你告诉我,我可以保护你的家眷。"

胡天桃说:"我没有家,没有家人,不要保护,你把我枪毙吧。"

王耀武后来自己也承认:"在这次谈话中我不是胜利者。"

胡天桃后来被枪杀了。那场谈话表现出的共产党人的决心与意志却令王耀武想了几十年。

红十军团三个师10 000余人,最后冲出包围圈到达闽浙赣苏区的,只有粟裕率领的一个无炮弹的迫击炮连、一个无枪弹的机关枪连和二十一师第五连,以及一些轻伤病员及军团机关工作人员,共400余人。

对丧魂落魄者来说,这是一支残兵。

对前仆后继者来说,这是一堆火种。

以这支突围部队为基础,迅速组成挺进师,粟裕为师长。新中国著名的音乐家劫夫有一首歌:"像那大江的流水一浪一浪向前进,像那高空的长风一阵一阵吹不断。"

中国工农红军就是这样的队伍。

伍中豪牺牲了,带出了寻淮洲;寻淮洲牺牲了,又带出了粟裕。革命的理想、战斗的意志像一个不熄的火炬，从一个人的手中，传到另一个人手中。

1948年9月16日，华东野战军发起济南战役，重兵合围济南城。以济南战役为转折点，人民解放军与国民党军开始了惊天动地的战略决战。当时，指挥15个纵队共32万大军发起济南战役的就是华东野战军代司令兼代政委、当年从怀玉山冲出来的红十军团参谋长粟裕。而防守济南城的，是国民党山东省主席兼第二绥靖区司令官、当年追击红十军团的补充第一旅旅长王耀武。

14年前的生死对手再度交锋。

济南战役发起时，粟裕一定想到了掩埋在茂林的寻淮洲，被枪杀于南昌的方志敏、刘畴西和慷慨饮弹的胡天桃。

他亲自拟定攻城部队的战斗口号："打到济南府，活捉王耀武。"

9月24日，济南全城解放。王耀武化装出逃，在寿光县被民兵查获。

粟裕以他的这些战绩与战功完成了对方志敏、刘畴西、寻淮洲、胡天桃这些在天英灵的告慰。陈毅有句话说得好，叫"捷报飞来当纸钱"。

今天，我们讲到红军中一批过早牺牲的将领，愿我们永远记住这些人的名字。

他们是寻淮洲、刘畴西、胡天桃。

62. 王开湘如何飞夺泸定桥、突破腊子口

王开湘是红一军团二师四团团长。

红一军团二师四团前身是北伐革命中的叶挺独立团，就是井冈山时期的二十八团，是各个时期作战中红军的头等主力。

王开湘是遵义会议之后第三任红四团团长，红四团在抢夺泸定桥、突破腊子口方面都起了巨大的作用。王开湘的战斗能力、指挥能力都非常强，夺占泸定桥、突破腊子口都是他军事指挥的杰作。

泸定桥如果没有被夺占，按照毛泽东当时已经做出的打算，红军就要被分割。红一师在大渡河的右岸，毛泽东带领的红军主力在大渡河的左岸，及时地夺下泸定桥使红军渡过了一个险境。

在抢占泸定桥的时候，红一军团二师四团有一个创纪录的行军纪录。

我们前面讲林彪指挥的部队从来行踪飘忽不定，以行军能力见长。但是在大渡河面前，以过去一天一百六十里的速度已经不能完成任务了，现在需要昼夜兼程二百四十里，而且赶到后要立即发起战斗，夺取天险泸定桥。世间除了中国工农红军，谁人能靠两只脚板使这种不可能成为可能?！

二师四团政委杨成武回忆：

在行军纵队中，忽然一簇人凑拢在一起。这群人刚散开，接着便

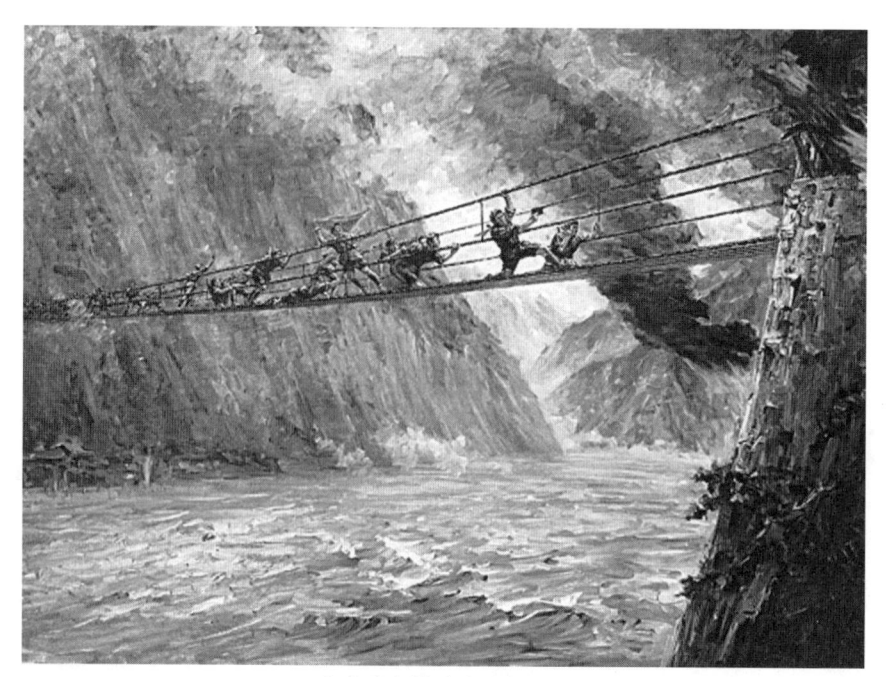

飞夺泸定桥（油画）

泸定桥（老照片）

出现更多的人群，他们一面跑，一面在激动地说着什么。这是连队的党支部委员会和党小组在一边行军，一边开会啊！时间逼得我们不可能停下来开会，必须在急行军中讨论怎样完成党的任务了。

5月29日清晨6时，红四团赶到泸定桥。

22名勇士突击泸定桥。

连长廖大珠带领的22名勇士最终冲过了泸定桥。

对泸定桥的夺占，是长征过程中最为关键的一仗。否则，如果红军主力被分割，后果将不可想象。

接下来是腊子口。

夺占腊子口的时候，有一个大的背景，就是红一、四方面军已经分裂了。当时，张国焘率领红军主力南下，毛泽东带领7000名红军北上，这是当时非常严重的一个局面。1935年9月17日攻占天险腊子口，打开红军北上门户，是王开湘革命战争生涯的顶点。

腊子口是一个三十多米宽的山口，两边是悬崖陡壁，周围则全是崇山峻岭，无路可通。山口下面的两座山峰之间是一段深不见底的急流，一座木桥将两座山峰连在一起。

过腊子口必过此桥，再无别路。

如果红军打不下腊子口，北进的队伍只有回头。

而当时红军坚决不能回头。腊子口打下来之后的第二天，彭德怀经过这里，非常感叹，他说："不知道昨天我们红一军团这些英雄，是怎么爬上悬崖峭壁投掷手榴弹的。"因为腊子口前面一段50米的崖路上，手榴弹的弹片铺满了一地。

谁爬上去的？就是四团的团长王开湘。

一军团主力二师王开湘的四团担任主攻。战斗最激烈时，林彪亲自到四团指挥，团长王开湘则亲自率两个连从腊子口右侧攀登悬崖陡壁，摸向敌后。黑夜中正面拼杀正酣，一颗白色信号弹腾空而起：王开湘迂回成功！三颗信号弹又腾空而起，林彪命令总攻！

冲锋号声、重机枪声、迫击炮声和呐喊声随着历史远去了，唯王开湘在拂晓晨曦中的呼唤像洪钟一样回响："同志们，天险腊子口被我们砸开了！"

王开湘讲这句话的时候，离他最后告别这个世界只剩下两个月。

长征到达吴起镇，王开湘突患伤寒，高烧不退，当时红军也没有特效药。11月上旬，在红军医院，不堪忍受伤寒病痛的这位长征先锋从枕头底下摸出手枪结束了自己的生命。

但他仍是我们红军著名的战将，是一个典型的硬汉。

作为红四团的团长，长征中王开湘经常走在红军队伍的最前面，逢山开道，遇水搭桥，而且逢战斗就战斗。他是一名典型意义上的摧枯拉朽、战功卓著的战将。我个人真觉得腊子口那儿应该立一座青铜雕像，把王开湘的像永远竖立在那里，作为纪念。

王开湘同志那句"同志们，天险腊子口被我们砸开了"，也应该刻在雕像上。

任何民族都需要自己的英雄。真正的英雄具有那种深刻的悲剧意味：播种，但不参加收获。这就是民族脊梁。

王开湘就是这样的勇士。

很多倒下来的先烈，他们没有赶上评功授奖，肩膀上没有佩戴军衔，胸前没有挂满勋章，他们在革命成功之前已经早早地牺牲了。但是，革命胜利的果实是他们播下来的种子。他们是真正的英雄，是真正的民族脊梁。

一场革命运动中，有这样一个领袖集团，有这样一个战将集团，有这样一个勇士集团，当这些力量结合在一起时，它就成为一支队伍真正的生命力，凤凰涅槃般的生命力，任何力量也压不倒，无坚不摧，无往不胜！

毛泽东说:"这个军队具有一往无前的精神,它要压倒一切敌人,而绝不被敌人所屈服。不论在任何艰难困苦的场合,只要还有一个人,这个人就要继续战斗下去。"

随着时间推移,他们的名字逐渐被遗忘,他们披着硝烟创造的事业却长存。

所以我在《苦难辉煌》中就大写特写这一笔。今天的英雄,大家知道的我可以少写,大家不知道的,我一定要多写,因为那些人同样是军队的脊梁,民族的脊梁。

63. 左权如何在短暂的生命中铸就不朽辉煌

左权黄埔一期毕业，毕业之后又进入了莫斯科中山大学学习，然后从莫斯科中山大学转入了伏龙芝军事学院深造。从苏联回来以后，他进入闽西苏区工作。

左权后来主要的贡献是什么呢？他是中央红军中两位最主要指挥官的主要辅佐者，一位是红一军团的军团长林彪，另外一位是八路军的副总司令兼八路军前方的主要负责人彭德怀。左权先后成为我军两员著名战将林彪和彭德怀的参谋长，而且在这两个人身边都得到了极大的信任。

左权是在红一军团最严峻的时候，就是第五次反"围剿"开始的时候担任红一军团参谋长的，直接与军团长林彪配合。很多与林彪共过事的人都有这样的感觉：与林彪配合不太容易。林彪这个人有很大的特点，眼光比较高，一般人他不愿意跟你说太多话，而左权与林彪那么长时间的合作中，没有听林彪说过左权这个不行那个不行。

左权牺牲在抗日前线。林彪写了一篇声情并茂的《悼左权同志》：多少次险恶的战斗，只差一点儿我们就要同归于尽。好多次我们的司令部投入了混战的旋涡，不但在我们的前方是敌人，在我们的左右、后方也发现了敌人，我们曾亲自拔出手枪向敌人连放，拦阻溃乱的队伍向敌人反扑。子弹、炮弹、炸弹，在我们前后左右纵横乱落，杀声震彻着山

八路军时期的左权

谷和原野，炮弹、炸弹的尘土时常落在你我的身上，我们屡次从尘土中浓烟里滚了出来。

落笔时，他眼前一定出现了湘江畔那场血战。林彪一生沉默寡言，这已经成为他的一个特性。在家乡林家大湾上学时，他曾给小学女同学林春芳写过一副对联："读书处处有个我在，行事桩桩少对人言。"这两句话成为贯穿他一生的格言。只有在很少的场合，他才表露自己的真情与心迹，《悼左权同志》是其中之一。

左权与彭德怀的配合也是这样。在八路军的百团大战和反"围剿"作战中，左权的配合把整个战役的部署安排得井井有条，达到了"运筹帷幄之中，决胜千里之外"。连当时北平的日军报纸也评论说，此次华军出动之情景，实有精密之组织。

所谓精密之组织与左权作为司令部的主要负责人是分不开的。他协助彭德怀出色地指挥了关家垴等战役。在最关键的关头，左权命令指挥所所有同志向前推进,犹豫等于死亡。左权的这种魄力和勇气极大地鼓舞了当时在关家垴战斗中的八路军将士,结果重创了日军。

左权后来在1942年的大规模反扫荡战斗中带领部队突围,身先士卒,壮烈牺牲。

周恩来讲,左权壮烈牺牲,对于抗战事业真是无可弥补的损失。朱德还专门作了一首诗悼念左权同志,"名将以身殉国家,愿拼热血卫吾华。太行浩气传千古,留得清漳吐血花"。

1942年,辽县(就是左权牺牲的地点)改名为左权县,左权县今天还在。

左权就资格来说是很老的,他是黄埔一期的,他当林彪的参谋长,而林彪是黄埔四期的,我们从这里可以看到左权作为一个革命者的赤诚与无私。而且更难能可贵的是,作为辅佐者,左权在配合首长的决心这方面,也表现出了非常强的工作素质。

64. 智勇双全的红军将领彭雪枫

彭雪枫和左权两人都牺牲在抗日战争期间,左权1942年牺牲,彭雪枫1944年牺牲,两个人牺牲的时候同样都是37岁,两个人都是知识分子。

左权这个知识分子是留过洋的,黄埔军校毕业之后上过苏联的中山大学、伏龙芝军事学院。彭雪枫完全是在国内成长的,他没有出去留学过,在国内上私塾上中学,上北平的汇文中学等。

彭雪枫

彭雪枫还有一个很显著的特点，就是他进入军事领域的时间并不是很长，但进步非常快。在1930年2月之前，彭雪枫同志的主要经历是搞学运，搞过一段时间的工人运动，但是没有进入军事领域。

一直到1930年2月，他当时作为地下党员调到上海的中央军委工作，开始进入了军事工作领域。到了6月中旬，中央直接把彭雪枫同志派到了后来的红三军团，当时还叫红五军，也就是彭德怀的部队，从事军事工作，然后在红三军团内有一系列任职。在长征之前和长征开始的时候，彭雪枫已经是红三军团第五师的师长了。

这种成长速度是飞快的，然而还不止。

当时，红三军团还有一个叫法。红一军团被称作是"林聂军团"，就是林彪、聂荣臻率领的部队；红三军团则被称为"彭杨军团"，就是彭德怀、杨尚昆率领的部队。这样的称呼，在个别时候，特别是红三军团在后期又被称为"彭彭"，就是大彭小彭，大彭是彭德怀，小彭是彭雪枫。由此，我们可以看出彭雪枫同志在三军团中的地位和他在三军团中的作用。

这么一位青年知识分子进入军事领域时间并不很长，但是进步很快，学习很快，成长也很快，迅速成长为我军一名著名的军事指挥员。在红军长征的时候，尤其在遵义战役，当时红五师缩编为红十三团了，彭雪枫是红十三团的团长，在强攻遵义、夺取娄山关的几次战斗中，红十三团都是作为主力，特别是攻占娄山关的制高点点金山，对控制整个遵义起到了非常大的作用。

二渡赤水的遵义战役一个非同寻常的地位就是，它是长征以来所打的最大的一个胜仗，歼灭了中央军吴奇伟纵队的一个师。在这次战役中，一、三军团的配合作战几乎达到了完美的地步。其中三军团的强攻、一军团的猛追都是歼灭吴奇伟这个师的关键，而三军团的强攻很大一部分体现为红十三团团长彭雪枫所带领的部队的强攻。

彭雪枫虽然是个书生，除了进步很快，打仗勇猛，还有一个更值得人尊重的特点，就是敢于坚持原则。

他曾和毛泽东发生过一次争执，双方互相拍了桌子，毛泽东不但没有记恨，还屡屡对彭雪枫委以重任，这在党史上留下了一段佳话。

彭雪枫同志向毛泽东同志提了一个意见，他说，有一个问题，这个问题是针对你的，我给你提一提，底下部队有反映问题。毛泽东就问是什么问题。彭雪枫就相当直率地说，是一个关于照相的问题，大家都有一些意见，为什么你和一军团合影了，没有和三军团合影？

这个事情我们后来看，也不是毛泽东有意为之。毛泽东在和一军团合影的时候，可能在一些个别场合，相对于与三军团的合影有所忽略。毛泽东不是有意为之，当然也从没觉得这会有什么事，但听彭雪枫这么一讲，立即感觉苗头不对，把桌子猛地一拍，很生气地讲："这是山头主义，完全的山头主义。"

一说山头主义，彭雪枫有点儿火，也站起来了，把桌子拍了一下："你说得不对，有山头，但是没有主义。"当时，正在气头上的毛泽东说："那好，我听听你有关'有山头，没主义'的高论。"彭雪枫就讲："我们红军内部都有山头，来自不同的山头，对敌人来说，我们共产党是有主义的，但是我们对自己人没有主义。"

这是一位非常直率的同志，毛泽东最后也都接受了彭雪枫的意见。毛泽东冷静下来后说："你讲得有道理，也可能你是对的，但有些问题需要我再考虑。"

由此，我们看到这位知识分子出身的红军著名将领，他的勇在心里。

第八章 洪 流

　　共产国际从20世纪20年代中期对中国革命给予了极大的重视，先后有不少人物被派到中国来指导革命，这些来的人有成功的，有不那么成功的，也有失败的。维金斯基在"南陈北李"之间穿针引线，推动了中国共产主义小组的建立。马林参加了中共"一大"。鲍罗廷在指导中国革命时过于相信蒋介石，使中国革命吃了很大的亏。米夫最早提出了在中国农村可以建立农民苏维埃，还最早提出了中国民族资产阶级的软弱性。罗米那兹提议撤销毛泽东的政治局候补委员职务。

65. "牛兰夫妇案"引出李德身份之谜（上）

在任何一本辞典或者党史的资料里，都不难找到关于李德的条目。他的头衔是：共产国际派驻中国的军事顾问。然而，正是这位大名鼎鼎的军事顾问，曾经作为中国工农红军的最高指挥者，却因为他的错误指挥，导致红军第五次反"围剿"失败，差点儿遭遇灭顶之灾。

很多言论把李德所犯的错误归入共产国际的指导。那么李德这个人是从什么地方来的？他真的是来自共产国际吗？他来中国干什么？他的到来，又给中国工农红军的革命战争进程带来了什么样的变化？

这都是半个多世纪以来，李德所带来的大量的谜团。仅仅为了弄清他的真实身份，中国共产党党员就花掉了七八十年的时间。

要弄清李德的真实身份，我们必须从一个更远的源头去追寻。

历史中很多事情的由头，都是一些光怪陆离的现象，是由极大的偶然性串在一起的。就像恩格斯所讲的那样，历史的必然是通过无穷无尽的偶然向前演进。

1931年6月就有一个偶然事件。

共产国际的信史约瑟夫，在新加坡被英国警察逮捕了。英国警察把约瑟夫抓捕之后，经过审问，发现约瑟夫是向马来西亚共产党人转移经费的。这些经费从哪儿来？从上海来。约瑟夫带的文件中有一个来自上海的电报挂号和邮件信箱。当时，新加坡是英国的殖民地，上海又有英国最大的租界，英国人高效地做出了他们的反应，立刻通知上海公共租界的警务处，通过电报挂号和邮件信箱，迅速查实这个地址。

这个地方住着牛兰夫妇。因为牛兰夫妇是被新加坡发生的事牵涉到的，并不是上海的地下党被破获了，或者什么交通员叛变了，可以说事先毫无预兆。牛兰夫妇来不及转移密码，也来不及转移账本，密码和账本被全部缴获。

有一个电视剧叫《潜伏》，片子的主角是余则成和翠平，中国共产党的地下工作者就相当于他们这个地位。当然，《潜伏》是一个艺术的描写，而牛兰夫妇是一个真实的存在。

牛兰夫妇被捕之后，我们确实可以看出共产国际秘密工作者的素质和纪律，那么多证据都被掌握，上海租界从多方入手，但居然无法查实牛兰夫妇的真实身份，最后他们企图从牛兰夫妇一家操的语言上打开缺口，一定要证实嫌疑犯来自苏联。结果发现，牛兰夫妇当时年仅四岁的儿子吉米，也只会说德语，不会说俄语。

搞了很长时间，租界当局的审讯者和国民党政府都没有搞清楚，牛兰夫妇到底是共产国际的秘密工作人员，还是在上海冒险经营企业或者贩毒的西方人士。一直到了20世纪末苏联解体，苏共中央和共产国际的大量档案披露，才证实了牛兰夫妇当时是共产国际驻上海的主要负责人。

牛兰的真实姓名是雅可夫·马特耶维奇·鲁德尼克，1894年出生于乌克兰一个工人家庭，1917年2月在推翻沙皇统治的斗争中开始革命生涯，成为布尔什维克的一员；1918年被选入捷尔任斯基领导的肃反委员会"契卡"，到欧洲数国执行任务，在法国被捕，被判处两年徒刑；1924年刑满返回苏联，调入共产国际联络部担任与奥地利、意大利、德国等国共产党联络的秘密信使；1927年中国大革命失败后，被共产国际定为派往中国的最佳人选；1927年11月到上海；1929年开始全面负责中国联络站的工作。

牛兰夫人的真实姓名是达吉亚娜·尼克莱维娅·玛依仙柯，1891年出生于圣彼得堡一个显赫的贵族世家，自幼受到良好的文化熏陶，对语言的悟性极高，精通法语、德语、英语、意大利语，还研究过格鲁吉亚语和土耳其语。她同样在十月革命中加入布尔什维克，1925年在维也纳与牛兰相识相恋，1930年年初带着儿子来到上海，协助丈夫工作。

这是一对经验丰富的革命者夫妻。穷人家庭出身的鲁德尼克和富人家庭出身的玛依仙柯的结合，使他们对各种社会环境具有更大的适应性。他们在上海的任务主要有三项：

一是利用在租界内的各种合法身份，完成共产国际执委会以及远东局、青年共产国际、赤色职工国际与中国共产党和亚洲各国党的电报、信件、邮包的接收与中转；

二是为赴苏联学习、开会、述职的东方各国共产党人办理各种手续；

三是利用公开渠道接收共产国际从柏林银行转来的款项，分发资助中国及东亚各国的革命运动。

即使外行人也能从这些任务看出来，牛兰夫妇负责的这个联络站，实际上是共产国际在远东的信息流、人员流和资金流的转换枢纽。正因关系重大，所以负责此事的人必须有丰富的经验，行为必须分外谨慎。牛兰夫妇完全符合条件。他们都在多个国家工作过，在上海他们持有多国护照，使用数个化名，登记了8个信箱、7个电报号，租用10处住所、两个办公室和一家店铺，并频繁更换联络地点，同时尽量避免与中国共产党的地下工作者直接接触。

牛兰到上海的最初一年多里，不是到中国其他城市旅行，就是往来于上海和欧洲，疏通贸易渠道。后来夫妇二人搞了三家贸易公司，其中最大的大都会贸易公司资金雄厚，信誉也好，在上海商圈里口碑颇佳。如果不是约瑟夫在新加坡被捕，如果不是约瑟夫违反规定在文件中存下上海的电报挂号和邮件信箱，牛兰夫妇就不会暴露。

牛兰夫妇被捕，联络站被破坏，使共产国际支援东方革命的信息、人员、资金转运通道被切断。祸不单行，牛兰夫妇虽然口风很严，但是恰恰赶上了顾顺章叛变。

66. 情报要员叛变，中共主要领导人死里逃生

牛兰夫妇是共产国际在上海工作站的重要负责人，负责共产国际在远东的信息流、人员流、资金流等工作。牛兰夫妇被捕，使得共产国际在远东的工作受到非常大的打击。

当时，牛兰夫妇隐蔽非常深，身份无法查实，工作性质也无法查实，租界当局无可奈何。

那时上海有个特点，全世界的各种投机者使用各种合法的、非法的、地上的、地下的手段，淘金的、骗钱的，在上海比比皆是，遍布租界内外，见怪不怪。牛兰夫妇被捕，从口供、身份辨别不出来要害证据。案子虽然棘手，但查无实据，只好放人。

但就在这个关键点出了大问题——中共中央特科负责人顾顺章叛变。

顾顺章在大革命时期担任过上海工人武装力量纠察队副总指挥，一度是周恩来的得力助手。他在1927年八七会议上被选为中共中央临时政治局委员，"六大"以后担任中央委员和中央政治局候补委员。1928年年底，中共中央成立中央特别任务委员会，领导特科工作。特科负责人是时任共产党总书记的向忠发、中共中央实际负责人周恩来，第三人就是顾顺章。顾顺章对党的秘密无所不知，无所不晓，他的叛变使中国共产党面临严重损失。

幸亏打入敌人内部、给徐恩曾做机要秘书的钱壮飞在顾顺章叛变的第二天获得情报，立即向周恩来报告。周恩来当机立断，在聂荣臻、陈赓、李克农、李强等人的协助下，连夜布置中央机关和人员向外转移。对此事聂荣臻同志有段回忆，说："那两三天非常紧张，恩来和我们都没合眼，终于抢在敌人之前完成任务。"

国民党军政人员按照顾顺章的口供扑到上海，把各个据点一扫而光，但绝大多数据点都没有找到。后来，据说国民党"中统"负责人陈立夫仰天长叹："活捉周恩来只差了5分钟。"当然，他说得太绝了，哪是差5分钟，周恩来同志其实早就转移了。

后来周恩来多次讲过，要不是钱壮飞同志，我们这些人都会死在反动派的手中。

顾顺章的叛变导致中共中央大转移，直接促使周恩来于1931年12月上旬前往中央苏区。虽然在周恩来的领导下，顾顺章叛变的影响被减到最低，但损失还是难以避免。外面的人容易走脱，已被关在国民党监狱的，危险就接踵而至了。

最典型的就是恽代英。

恽代英于1930年4月在公共租界被捕。他当时机智地抓破脸皮，化名王某，在监狱中并没有暴露身份。在周恩来的指挥下，中央特委的营救工作颇见效果。老闸巡捕房的探长被塞上一笔厚礼"打招呼"，使恽代英获得从轻发落，转押苏州陆军监狱。江苏高等法院的法官也被疏通了关节，准备将恽代英提前释放。

周恩来已经派人到苏州去给将出狱的恽代英送路费了，恰在此时顾顺章叛变了，直接指认即将释放的苏州陆军监狱"王某"是中共重要领导人物恽代英，导致恽代英最终遇害。

顾顺章指认的另两个人物就是牛兰夫妇。

顾顺章与牛兰夫妇打过交道。1931年年初，共产国际派遣两名军事人员到上海，准备去中央苏区做军事顾问。牛兰夫妇将此二人装扮成传教士，中国共产党方面则由顾顺章安排这两人潜入瑞金。后来行动没有成功，两人返回上海后，牛兰夫妇迅速将他们送上外轮离境。顾顺章叛变后，立即指认了这件事。但由于牛兰夫妇行事谨慎，不直接与中共地下工作者接触，也包括顾顺章本人。顾顺章倾其脑袋瓜里的所有，也只能供出共产国际在上海有一个"洋人俱乐部"，负责人是个绰号叫"牛轧糖"的德国人——牛兰（Noulens）的发音与德文牛轧糖（Nougat）相近。

当时，国民党方面正苦恼跑掉了周恩来这条大鱼，一听有共产国际的"洋人俱乐部"，马上高度兴奋起来，迅速认定在上海租界被捕、操德语、国籍得不到确认的牛兰夫妇，就是顾顺章所说的"牛轧糖"——共产国际在上海的"洋人俱乐部"负责人。

1931年8月，牛兰夫妇被"引渡"，在大批全副武装的宪兵押解下由上海前往南京。

国民党方面力图以此为突破，一举切断中国共产党的国际联络渠道，使共产国际的远东联络体系瘫痪。在这种严峻的情况下，共产国际和联共中央被迫做出反应，开始组织营救牛兰夫妇。具体的营救工作，交给了苏联红军总参谋部远东情报局的上海工作站。

67. "牛兰夫妇案"引出李德身份之谜（下）

1931年夏天，南京国民党军事当局关押、审判外籍人士牛兰夫妇的事件，一度成为当时的头条新闻。直到1937年8月27日，日本侵略军炮轰南京时，牛兰夫妇才得以逃出监狱。

牛兰夫妇被捕后，中共中央和共产国际曾全力开展营救。中共中央方面派出营救牛兰夫妇的主要负责人是潘汉年，共产国际派驻在上海营救牛兰夫妇的是佐尔格。

佐尔格是德国人，也是大名鼎鼎的苏联情报工作者。在"二战"期间德国疯狂进攻苏联的时候，包括在莫斯科保卫战、斯大林格勒会战的时候，由于佐尔格成功地搜集到了日本不会大举进犯苏联的情报，及时向斯大林报告，使斯大林能够从东方抽掉大量的兵力放在西部战线，使莫斯科没有被攻陷，而且苏军对德军的反击提前了。

这是佐尔格的情报对苏联的巨大贡献。佐尔格由此被苏联的情报机构当作了

李德在中国时的照片

一个雕像，认为他是苏联情报局有史以来最成功的情报工作者之一。甚至到了1964年，佐尔格还被赫鲁晓夫追授了"苏联英雄"的称号。

佐尔格与牛兰有很多相似之处。

一是两人年龄相仿。牛兰生于1894年，佐尔格生于1895年。

二是两人出生地相近。牛兰出生于乌克兰，佐尔格出生在高加索。

三是两人的工作语言都是德语。牛兰是因为在欧洲活动和在比利时、瑞士等国工作的需要，夫人又是通晓多门外语的语言天才；佐尔格的条件则更优越一些，父亲是巴库油田的德国技师，母亲是俄国人，佐尔格3岁时就随父母迁往德国柏林定居。

四是两人参加革命的经历也十分相似。首先，两人都参加了第一次世界大战，而且表现英勇：牛兰因此进入圣彼得堡军事学校学习；佐尔格则在战场上两度受伤，获得德国政府颁发的二级铁十字勋章。其次，两人都因战争而走向革命：牛兰在推翻沙皇的二月革命中加入布尔什维克，十月革命中率队攻打冬宫；佐尔格则在此期间加入了德国共产党，并于1925年3月秘密取得苏联国籍同时加入了苏联共产党。

现在两个人都在上海，都是秘密工作者。虽然从属不同，牛兰负责共产国际在上海的联络站，佐尔格负责苏军总参谋部在上海的工作站；虽然牛兰已成国民党的阶下囚，佐尔格依然是租界的座上客，但作为秘密工作者都深知工作的危险，更知救援的珍贵。

佐尔格的公开身份，是德国报纸《法兰克福新闻》驻上海记者，主要研究中国农业问题。苏军总参谋部派佐尔格来中国，主要任务是针对日本。当时，日本昭和军阀集团已经崛起，其咄咄逼人的扩张野心，对苏联东部的安全构成日益严重的威胁。开展针对日本的情报工作变得迫在眉睫，具有越来越重要的战略价值。但日本又是世界上公认的最难开展情报工作的地方。精明的佐尔格把他打入日本的跳板选在了上海。他一面在上海滩为《法兰克福新闻》撰写枯燥乏味的农业评论，一面精心构筑上海工作站，做进入日本的各方面准备。该工作站后来被人们广泛称为"佐尔格小组"。他还发展了两个日本人，这两人成为佐尔格后来去东京开展情报工作的重要帮手。

佐尔格当时就和潘汉年两个人在上海，共同完成对牛兰夫妇的营救。怎么营救呢？当时，佐尔格就向莫斯科建议，要求立即派专人送2万美元到上海，用这2万美元打通关节，完成营救。佐尔格向莫斯科报告说，中国的法院系统是相当腐败的，用钱打通关节能起到很大的作用。

当时，苏军总参谋部马上行动，为了保险起见，派了两个人送钱。两个人每人带了2万美元，实际上就是4万美元。两个人走两条线路，而且两个人互相之间都不知道另外有一个人还在完成与自己相同的事情。这样确保即使有一人出了问题，另一人也能把钱送到；即使出了问题的人泄露口供，另一人也不会暴露出来。

因为当时九一八事变已经发生，东北地区被日本人完全控制。考虑到德国与日本关系不错，苏军总参谋部就选派德国共产党党员执行这样一次送款的任务。最后两位送钱的德共党员都完成了这项颇具风险的任务，先后穿越中国的东北，抵达上海，把钱送到了佐尔格手里。

这两个人都是十年以上党龄的党员，一个叫赫尔曼·西伯勒尔，他晚年撰写文章的时候还非常激动地回忆，安全到达上海以后，和在共产国际、苏共、苏军总参谋部都大名鼎鼎的情报员佐尔格热情拥抱的情景。另外一位送款员就是奥托·布劳恩，他就是后来所谓的"被共产国际派到中共的顾问"。

当年一个苏军总参谋部派到中国送款的送款员，怎么就变成了共产国际派驻中国的军事顾问了？这里面又有些什么名堂呢？

68. 送款员如何曲折变身为共产国际军事顾问（上）

由苏军总参谋部派到中国的两个送款员都完成了任务，两人都是具有十年以上党龄的德共党员。

赫尔曼·西伯勒尔晚年撰写文章时，还激动地回忆自己安全到达上海后，和佐尔格拥抱的兴奋情景。而奥托·布劳恩，晚年写文章却板起了面孔，一个字也不提当年的秘密使命，也一个字不提佐尔格。只是含糊地说"1930年，共产国际代表团工作人员诺伦斯·鲁格被捕，他办公室里的许多文件也被查出，只是当时对腐化的中国法官进行了贿赂，才使他免受死刑和处决"，不但说错了被捕时间和人数，而且对自己与此事件的关系也守口如瓶。

奥托·布劳恩就是那个后来被称为"共产国际派来的军事顾问"的李德。

他比佐尔格小4岁，却比佐尔格早一年加入德国共产党。他出生在德国慕尼黑，是工人起义中的积极分子，曾经为"巴伐利亚苏维埃共和国"英勇战斗。在此期间他两次被捕，第二次被捕后越狱成功，逃往苏联，1929年进入伏龙芝军事学院。当共产国际的信使约瑟夫在新加坡被捕、英国警方发现牛兰夫妇的地址时，他还是一名学员，在莫斯科伏龙芝军事学院内规规矩矩地听课。其后发生的事情对他来说便都是闪电式的了——刚刚毕业就被分配到苏军总参谋部，刚刚分配到苏军总参谋部就被派遣来华。

他与理查德·佐尔格属同一系统。区别就是，佐尔格已是苏军总参谋部内担负重大使命的情报工作者了，而他还是个刚刚报到的送款员，担任交通员一类的角色，到上海后便自然受佐尔格领导。

给佐尔格送款，是奥托·布劳恩在苏军总参谋部领受的第一个任务，也是最后一个。没有人想到这位交通员一去不归，在中国做起了"共产国际的军事顾问"。

他来到中国，并非像自己所述的，受共产国际指派。

奥托·布劳恩来的时机正是20世纪30年代初，当时顾顺章的被捕叛变，使中共中央面临严重的困难。牛兰夫妇被捕后不到一周，又有总书记向忠发被捕叛变。中央特委三位领导人竟然有两人被捕叛变，中共中央在此双重打击下，受到极大的损害。剩下的一位特委领导者周恩来也只有被迫隐蔽，于年底奔赴江西苏区。

当时，在上海并没有明显危险的王明则找出种种借口，先周恩来一步于1931年10月份去了莫斯科。留在上海的中央委员和政治局委员已不足半数。

根据共产国际远东局提议，在王明和周恩来离开之前，驻上海的中共中央改为临时中央，何人出任临时中央负责人，由中共中央自行决定。

决定临时中央负责人的会议，一种说法是在一家酒店开的，一种说法是在博古家里开的。

博古当时年轻气盛，热情奔放，并不把眼前的白色恐怖放在眼里。他又极富口才，善于做充满激情的演讲。六届四中全会后，他出任团中央书记，因组织和鼓动的才能受到少共国际的表扬。在决定中共临时中央人选的会议上，王明提议博古负总责，他一句"好，我来就我来"毫无顾虑。这一年他24岁。事情就这么定了下来。

在现在来看，24岁的年轻人，不过大学刚刚毕业，读研究生的也就刚刚考研，但是24岁的博古已经是中共中央总负责人了。而且由于中共中央在上海受到损害，王明去了苏联，周恩来去了中央苏区，中共中央主要的工作已经改变了，变成了苏区的工作。而中共中央在苏区的工作主要是进行革命战争。当党的领导人，如果你不知道革命战争的规律，如果你不具有领导革命战争的经验和资格，那你就很难做。

当时的情况是，各个苏区正在开展如火如荼的武装斗争。苏区的工作已经上升为中国革命的主要工作了，而苏区工作中的军事问题，正在成为革命斗争中首要的、迫切的、关键的问题。组织一场真正的革命战争，是中国共产党人面临的最新考验，那么作为领导人，不懂军事就无法摆渡。

面对这个结论，最不利的就是博古同志。

他作为一个出了家门，进了莫斯科中山大学的校门，出了中山大学的校门，又进入中共中央机关门的领导者，搞过学运、搞过工运，但没有搞过农运，更没有搞过兵运，而当时能起决定作用的就是农运和兵运。博古没有接触过武装斗争，这是他最为欠缺的一课。

恰好在这个时候，刚刚从军事学校毕业的奥托·布劳恩到了中国。

奥托·布劳恩在苏联上学的时候就跟博古相熟，博古上莫斯科中山大学，奥托·布劳恩上伏龙芝军事学院，两个学校都在莫斯科。两人在上海一见面就熟。而德国人佐尔格见了布劳恩，也有几分亲切。当时，共产国际在上海站还有一位负责人，叫约尔特，也是德国人。

当时，送款员奥托·布劳恩、共产国际远东局在上海的代表约尔特和苏军总参谋部在上海的代表佐尔格，这三个人凑在一起了。三个人可以说都是德国人（李德是奥地利人，但出生在德国），真是老乡见老乡，完成这样一种历史巧合。

布劳恩，也就是后来叫李德的这个人，与约尔特熟，与佐尔格熟，与博古也熟,当时一见,相谈甚欢,谈得很高兴。送完款以后,另外一位送款员迅速地走了,布劳恩没有走,留下来了。这一留时间还不短,从1932年一直留到1933年年初。他留下来一边做些工作,一边与博古聊天,两个人就这样相处了整整一年。

这一年的时间,两个人就中国革命的很多问题交换了看法,怎么评估苏区武装斗争,怎么进一步发展这个斗争。至于具体聊了什么,现在没有第三个人知道。奥托·布劳恩也去世了,博古早在1946年就因飞机失事去世了。但不管怎么说,在这段时间里,博古对奥托·布劳恩建立了相当的信任。

这种信任,直接导致了一件事情——奥托·布劳恩最后变成了所谓的(我们在讲到这个时一定要加"所谓")共产国际派驻中国的军事顾问。

69. 送款员如何曲折变身为共产国际军事顾问（下）

当时，博古最大的软肋就是军事知识、军事能力不行，没有这方面经验。奥托·布劳恩是伏龙芝军事学院毕业的优等生，而且他在进入伏龙芝军事学院之前，还在德国搞过武装起义，颇有军事经验，这些理由使博古与奥托·布劳恩的关系迅速拉近。

1933年春天，中共中央在上海是明显待不住了，必须撤到苏区去。博古就撤到苏区去了。博古动身之前想带奥托·布劳恩一起去，奥托·布劳恩其实也想去，但他当时有自己的考虑。

到中国来，他不是军事顾问，他是一个送款员，为解救牛兰夫妇，送2万美元是他的任务。博古想把他拉去，是作为私人顾问，还是作为共产国际的顾问，当时没有明确，所以他就不愿意去。他希望什么呢？就像中国人讲的，你要给我正名，给我正式的名分，我到底是一个什么样的名分？

奥托·布劳恩当时如果跟博古一起去苏区，在身份认同上有个非常明显的缺陷，他是苏军总参谋部的人，不是共产国际的人，他是苏军总参谋部派到中国的送款员，不是共产国际指定到这儿来当军事顾问的。所以，当博古想把奥托·布劳恩带到苏区去的时候，奥托·布劳恩就提出一个条件，要有共产国际执行委员会发出的相应指示。意思很明显：

你博古说了不行，得共产国际说了才算，我去是以什么样的身份去？这是关键。

奥托·布劳恩心里很清楚，他想凭借这个指示完成自己的身份转换。

情况并不像他想象的那么简单。博古连续向莫斯科发了几封电报，共产国际远东局在上海的负责人约尔特也发了几封电报，但是共产国际的答复迟迟不来。

共产国际的答复为什么迟迟没有来？

共产国际有自己的经验。

共产国际从20世纪20年代中期对中国革命给予了极大的重视，先后有不少人被派到中国来指导革命，这些来的人有成功的，有不那么成功的，也有失败的。

不管怎么说，每一位被派遣的人，都是经过共产国际慎重考虑的。

维金斯基是共产国际派到中国来的第一个代表。他当时在"南陈北李"之间穿针引线，推动了中国共产主义小组的建立。从这个意义上讲，共产国际代表起到了不小的作用。

马林是共产国际派到中国来的第二个代表。马林参加了中共"一大"，而且在当时会上出现意外，有陌生人进来的时候，马林及时警告全体会议代表，说地点已经暴露立即转移。大家当时还不太情愿，被迫听取了马林的意见转移了，结果当法国巡捕冲进来抓人的时候，已经人去屋空。马林要求提前转移，这个建议是以他丰富的地下斗争经验总结出来的，使中国共产党避免了在成立初期便可能遭受到的一次重大打击。

所以说，共产国际代表派驻中国，不能一概说都是来犯错误的，指导都是不对的。依照历史唯物主义观，他们有不对的地方，但是他们也有为中国革命做出贡献的地方。维金斯基和马林都是这样，而且做出贡献的，并不止他们两个人。

70. 共产国际代表在中国革命的洪流中如何从神变回人

鲍罗廷是第三个共产国际派驻中国革命的顾问。

鲍罗廷来华5年，大革命时期在中国政坛上举足轻重、影响深远，曾经被称为"广州的列宁"，起了非常大的作用。但是鲍罗廷在指导中国革命时过于相信蒋介石，使中国革命吃了很大的亏，也使中国共产党最终没有武装起来，吃了非常大的亏。后来，他犯了错误被调回到苏联去了。

鲍罗廷之后还有米夫。米夫当时是布尔什维克党内著名的中国通，他最早提出了在中国农村可以建立农民苏维埃，他还最早提出了关于中国民族资产阶级的软弱性等这些提法。今天看来，米夫当时也就是一个20多岁的布尔什维克党人。米夫提拔王明等犯了很大的错误，但是米夫认识到在中国农村成立苏维埃、中国民族资产阶级的软弱性等，这是他对中国革命做出的一些力所能及的贡献。

还有另外一个代表罗米那兹。罗米那兹后来提议撤销毛泽东的政治局候补委员职务，毛泽东在八七会议上刚刚被增补为政治局候补委员，一个半月后就被撤职了。罗米那兹作为共产国际派驻中国的代表，他指责毛泽东，让你带部队打长沙你没有打，你把部队拉到井冈山去了，是右倾逃跑。他以这个理由把毛泽东的政治局候补委员撤职了。

罗米那兹在中国革命指导中当然是犯了很大错误，但是这个共产国际的代表对其指导的八七会议，还是有一定贡献的，可以说有不小的贡献。八七会议的政治报告就提出来，武装暴动开展土地革命，建立苏维埃政权，这对中共中央转变方针起到了特定的积极作用。

从维金斯基开始，马林、鲍罗廷、米夫、罗米那兹这些人都是共产国际派驻中国的老资格的革命者。连老资格的革命者在中国都犯了这样那样的错误，所以从罗米那兹之后，派驻中国的共产国际代表被共产国际规定，只能列席中共中央政治局会议，不再享有决定权了。

像鲍罗廷那样目空一切的决定权不复存在，实际上从1927年之后共产国际再也没有派所谓的全权代表来到中国。那么为什么又突然之间蹦出了这么一个没有经过共产国际特别训练，甚至对东方革命连一点粗浅的了解都没有的苏军总参谋部军事学院的毕业生？

这个毕业生在毕业当年就来到中国充当军事顾问，怎么会出现这样的现象？他当年来中国是干什么的？为了解救牛兰夫妇送钱来的。当时，连共产国际派驻中国的正式代表都不具有决定权了，又从哪里冒出来这么一个能够直接指挥、全权指挥苏区红军的顾问呢？问题到底出在哪儿？我们说，最终我们谁也怪不了，问题还是出在中国人身上。

71. 博古助推奥托·布劳恩变身李德

李德之所以能够成为所谓共产国际驻中国的军事代表,从反映出的总体情况来看,是个骗局。

李德不是共产国际的代表,那么他怎样完成这个身份的转换呢?

1933年春,博古去了中央苏区,他比奥托·布劳恩去得要早。他本来想动员奥托·布劳恩跟他一起去。奥托·布劳恩并不缺乏去苏区的勇气,他也有自己的决心,冒着生命危险也可以。作为德国共产党党员,曾经多次从危险中脱身的国际革命者,他是不害怕冒险的,但是就像我们前面讲过的,他主要担心自己的身份。

所以他向博古提出一个条件,请共产国际执行委员会发出一个相应的指示。

奥托·布劳恩的这个要求还是很巧妙的,要求共产国际发出一个相应的指示,就是要凭这个指示完成他的身份转换,但是事情并没有想象的那么顺利。

奥托·布劳恩后来写的回忆录里讲,约尔特和博古因此向莫斯科发出了几封电报,具体发出了几封他也说不清楚。隔了一段时间,一直到博古临离开上海到中央苏区之前,才收到共产国际一个正式的,但是带点儿含糊意义的电报。

博古　　　　　　　　　王明

　　这个电报的全文就这么一句话：奥托·布劳恩作为没有指示权力的顾问，受支配于中国共产党中央委员会。

　　就这么一句话。

　　这句话是一句非常重要的话。奥托·布劳恩想凭借共产国际的指示给他完成身份转换，但是这封唯一指明奥托·布劳恩身份的电报，并没有帮助他完成身份转换。

　　它里面强调的是什么？是第一句话，"奥托·布劳恩作为没有指示权力的顾问"。共产国际说，请顾问可以，他可以当顾问，但是他是没有指示权力的顾问；第二句话含义更深，"受支配于中国共产党中央委员会"，共产国际的态度很清楚：中国共产党的同志你们要注意，奥托·布劳恩是你们请的，他受支配于中国共产党中央委员会。

　　此前此后，共产国际派驻上海都有军事顾问，但他们都是受支配于共产国际，而不是受支配于中国共产党中央委员会。共产国际在电报上特别指出奥托·布劳恩作为没有指示权力的顾问受支配于中国共产党中央委员会，就是要讲清楚，这个人是你们请的，你们自己要负责，他跟共产国际没有那么多的关系。

共产国际发出的有关奥托·布劳恩的电报就这么一封，而且以后共产国际也从来不曾给他发过任何指示电报。如果他真是共产国际指派的顾问的话，共产国际为何不直接电示他呢？所以奥托·布劳恩从来没有与共产国际建立直接的关系。

共产国际随后派到上海的有个军事顾问叫弗雷德。弗雷德抵达上海以后，给奥托·布劳恩（当时已经改名叫李德了）发电报，弗雷德的理解很简单：他就是我的一个临时工具，他到前线去了解有什么情况，有我在这里决策，他是没有什么决策权力的。

这就是李德的真实身份。

实际上李德也知道他与共产国际的微妙关系。所以在进入苏区的军事会议上，他向中共中央的其他领导人反复强调这个观点，他的职务只是一个顾问，没有下达指示的权力。

但是，当时中共中央临时负总责的博古不许他这样讲。

在第一次介绍他的欢迎会上，博古热情洋溢地向大家介绍：我们欢迎盼望已久的共产国际派驻我党中央的军事顾问奥托·布劳恩同志，而为了保密和奥托·布劳恩同志的安全，会后对他的称呼一律用李德，而不能泄露他的身份和原名。

在这次会上，博古还专门讲了，李德同志是一位卓越的布尔什维克军事家，是一位具有丰富斗争经验的共产主义战士。

这个称呼太过了。我们可以说李德是一位具有丰富斗争经验的共产主义战士，但是无法说他是一位卓越的布尔什维克军事家。他是伏龙芝军事学院刚刚毕业的学生，没有指挥过什么成功的军事行动，不可能是什么军事家。

当时在会上，博古还说，李德同志作为顾问来到我党，体现了共产国际对我党和红军以及中国革命深切的关怀和巨大的援助，也体现了这位老革命家和军事家的国际主义精神和献身世界革命的崇高感情。

这些就更过了。李德怎么可能成为老革命家和军事家呢?他远没有达到这一步,而且他本身就不是共产国际委派的,是中共自己任命的。这些都给后来出现的问题埋下了很大的隐患。

当然,这问题还引出了另外一个问题:博古为什么把李德捧到这么高的位子?

72. 李德就是博古的"钟馗"

博古把李德捧上这么高的位子，给李德授以尚方宝剑，说他是共产国际派驻中共中央的军事顾问，还戴上一连串的卓越的冠——卓越的军事家、斗争经验丰富的共产主义战士、老革命家等这样光彩照人的帽子，而且亲自给他取了个中国名字李德，从此奥托·布劳恩以李德这个名字载入中国革命史册。

当然，在中国革命史册之中，他扮演的角色并不是很光彩的——已经成为每一个研究中共党史的人都想找出他来算算账的人物。

周恩来（右）、叶剑英（中）和博古（左）

李德只是一个军事学院刚刚毕业的学生，一开始并不是太上皇的地位。他在日记中专门写道：别人对我有误解，我没有这么大的权力，没有这么大的荣誉。博古也许还在有意识地容忍这种误解，因为他以为这样可以加强他自己的威望。

从这一点来说，李德看得还是很准的。

博古为什么有意识地容忍，不仅是容忍，实际上是制造了这种误解？就像李德自己分析的一样，因为这样一来，博古可以提高自己的威望。博古这样一位年轻的同志进入中央苏区，在指导苏区的斗争中是毫无经验的，他担心苏区不服他的领导。而且进入苏区之前，很多人都给他做过分析，共产国际在苏区有代表，在很多白色苏区也都有地下代表，还说在苏区毛泽东同志是很难领导的，领导他是很困难的，很多这样的话。

对于年轻的中共中央临时负总责的人博古来说，内心确实非常担心。他需要找一个钟馗来打鬼。为了巩固自己的权威，尤其是他一窍不通的军事的权威，李德实际上扮演了钟馗的角色。博古捧李德，实际上是要借用李德的威望，来达成这样一个目的。

当然，最后在某些方面，博古也对李德失去控制了，因为涉及军事指挥，博古确实也不懂，那只好由着李德来了。

当时的工作程序是这样的，前方来的电报，都要先送到李德住处，查明电报所述地点的确切方位并完成翻译后，绘成简图由李德批阅。批阅完毕提出相应的处理意见，再译成中文送给军委副主席周恩来。周恩来根据来电的重要程度，一般问题自己处理，重大问题则提交军委或政治局讨论。

这一系列的程序走下来，李德就变成太上皇了。他慢慢由一个没有指示权力的军事顾问，变成一个有决定权力的军事顾问。而且李德自己也慢慢习惯了这种角色。

这一点是很糟糕的。

很快，李德与博古经过商量，在10月中旬中革军委一次会议上说，游击主义的黄金时代已经过去了，山沟里的马列主义该收起来了。现在一定要摆脱过去一套过时的东西，建立一套新原则。

"游击主义的黄金时代"和"山沟里的马列主义"，明显是博古的语言，借李德之口说出而已；新原则基本就是李德自己的东西了：用鲜血保卫苏维埃，一切为了前线的胜利，不让敌人踩躏一寸土地，不被敌人的气势汹汹吓倒，消灭敌人于阵地之前。

这都是李德从伏龙芝军事学院学到的一套老战法。

这些新的原则被通过、付诸实施了。

11月11日，寻淮洲率新成立的红七军团进攻浒湾，遭敌夹击，彭德怀率三军团赴援。陈诚以部分兵力牵制我三军团，以主力向七军团猛攻。七军团阵地被突破，寻淮洲率部迅速后撤。彭德怀的三军团也在多次向敌阵地冲击过程中，遭密集火力杀伤和低空飞机扫射，伤亡重大。两个军团伤亡1100余人。

11月15日，红一军团和红九军团一部从敌人堡垒间隙北出，配合三军团作战。17日，陈诚以10个师的兵力从侧面出击，企图断我归路，另以5个师向我发动正面攻击。云盖山、大雄关一带，一军团、九军团蒙受重大伤亡，被迫放弃阵地。

如果说这些仗都是李德在那里指挥，也不完全是事实。但同样是事实的是，此时李德已经拥有了决定性发言权，红军各级指战员不得不执行他的原则方针。

中革军委11月20日致师以上首长及司令部的一封信，已带有鲜明的李德印记："如果原则上拒绝进攻这种堡垒，那便是拒绝战斗。"

军人不能拒绝战斗，更何况是革命军人。

于是，革命军人不能拒绝进攻堡垒。

红军开始了一场与敌人硬碰硬的决战。

历次反"围剿"中机动灵活能征善战的红一军团，由于陷入李德的"短促突击"战术，从1933年10月到1934年4月共打了黎川、云盖山、大雄关、丁毛山、凤翔峰、三岬嶂、乾昌桥和广昌战斗，除了凤翔峰、三岬嶂战斗苦守阵地而取得小胜外，其余都打了败仗，损失严重。1933年12月丁毛山战斗，一军团一师三团9个连队，竟然阵亡了13个连级干部。

历次反"围剿"猛打猛冲能啃硬骨头的红三军团，1933年1月的浒湾战斗伤亡重大，12月的德胜关战斗伤亡重大；1934年3月的驻马寨战斗伤亡重大。

此外，就是第五次反"围剿"。李德在第五次反"围剿"中一系列的指挥动作导致红军遭受到了更大的损失。李德不了解中国革命，不了解土地战争，不了解工农武装割据和农村包围城市这一套路，他学的是伏龙芝军事学院中的老战法。

陈诚带领着湘兵，他不断琢磨红军的战略战术，调整自己的战略战术，每次作战前都做好了充分准备，敌人变聪明了，歼灭敌人变得更困难了。而我方也在变，我方来了一个共产国际的军事顾问，根据伏龙芝军事学院的一套军事理论来指导我们。敌人在变，我方也在变，只是敌人变得更强了，我方实际上变得更弱了。在保卫战、进攻战、短促突击等一系列以正面对正面、以攻击对攻击这些带有李德印记的指挥下，红军开始了一场与敌人硬碰硬的决战。

在与敌人硬碰硬的决战中，一个最典型的例子就是广昌战斗。广昌战斗是第五次反"围剿"中规模最大、影响最大的一次战斗。广昌战斗的失利，红军受到了最大的损失，这次战斗几乎将红军的主力拼光，导致中央红军不得不突围长征，进行战略转移。

广昌之战，从战斗任务的下达，到战斗失败的收场，整个过程，李德一直在使用伏龙芝军事学院理论。在广昌之战中，李德拟定的电报就是用很多西化的语言指挥前方的将士。

电报里讲，我支点之守卫队，是我战斗序列之支柱，他们应毫不动摇地在敌人炮火与空中轰炸下支持着，以便用有纪律之火力射击及勇猛地反突击，消灭敌人有生兵力。

这些复杂的语言，什么"有纪律之火力射击"，全部都是莫斯科伏龙芝学院的语言。还有跑步、利用死角避免在敌人火力之下不必要之死亡，而进行出乎敌人意料的突然攻击等一系列西化语言，使中国革命的整个进程脱离了毛泽东所指出来的道路。

不得不再次感叹：与之前相比，在第五次反"围剿"中，敌人换了一个人，我们也换了一个人。敌人从以前的失败中变得更加聪明、更加警醒，而且作战更加有效了，而我军也换了一个人，却使整个反"围剿"都失效了。

广昌战斗持续18天，红军作战损失极大，伤亡了5500多人，占参战兵力的五分之一。最后广昌作战的失败，导致中央苏区不得不被放弃，中央红军不得不进行战略转移，突围，长征。

红军突围的战略方针，实际上在广昌之战中已经决定了。而李德在广昌之战中起的很坏的作用，也是导致红军满盘皆输的一个很重要的原因。当然，如果把全部原因都归于李德的话，也有不公平的地方。

73. 李德该不该成为红军失败的替罪羊

李德当时有一个翻译叫王智涛。王智涛讲过，李德不是真正的共产国际代表，他是上海真正的军事顾问派来打前站的。共产国际真正的军事顾问是在上海的弗雷德，他从来没有进入过苏区。而在苏区的这个顾问李德，共产国际从来不认为他是共产国际派驻江西苏区的顾问，共产国际一直认为他是中共中央自己聘请的一个顾问。

如果李德是假顾问，弗雷德就是真顾问。

那么弗雷德来了，中国的命运是不是能够好一些呢？中国革命的命运是不是能够更好一些呢？

正式顾问弗雷德1933年到达上海，他在中国的时间虽然短，但是3个月之后就给中共中央发出一封著名的长电，指示红军今后的作战方针。他反对集中使用兵力，主张两个拳头打人，要求红军主力组成东方军，打通福建出海口，获得苏联可能的武器援助。这是完全不切实际的想法。当时，连共产国际的代表约尔特、还没有出发去苏区的李德都认为，弗雷德刚到中国想法太不切实际。李德到苏区之后的很多想法都不切实际，你说连李德都认为弗雷德的想法不切实际，可见这种顾问的意见荒谬到什么地步！

弗雷德当时还给苏区中央局去电，非常严厉的电报，电报里写：必须时时记着我们不能允许以讨论或含糊的方式来浪费我们任何时间。

口气多么强硬！有一个正式顾问头衔的弗雷德，比李德不知强硬了多少倍。

但不管是弗雷德还是李德，中国革命如果不寻找自己的办法，只听别人的意见，确实搞不成。真的顾问弗雷德是这样，"假"的顾问李德也是这样。中国革命缺的不是顾问，而是我们自己对中国革命的性质、特点和方针路线有没有切实的把握，有没有自身能得出的东西来，如果没有是不行的。

由于中国革命的特殊性，靠请这样一个外国人来指导，希望从他那儿获得灵丹妙药，获得伟大的胜利，结局会是什么呢？那就是在这些外国顾问的指导之下，我们付出了一个比一个惨重的代价。

当然，如果简单地把革命损失都归结于这些顾问的指导，也不尽公平。因为从这些顾问的不成熟，可以看出当时中国共产党的不成熟，中国共产党当时某些领导同志的不成熟，比如博古同志。

李德的另一个翻译伍修权后来当了中国人民解放军的副总参谋长，伍修权对李德就有一段很公平的回忆。他说，李德的权力不是他自己争来的，是中共中央负责人拱手交给他的，造成失败的主要责任应该是中国人本身。

伍修权这句话讲得很对。

当然，以博古与李德的关系，军事上不懂向别人请教无可厚非，哪怕请教的是个外国人，都可以。如果仅仅局限于请教，也许中国革命史和博古、李德的个人历史，会是另外一个样子。但如果是想借着伏龙芝军事学院的招牌，借着共产国际的身份帮助自己压台、压人，把李德变成钟馗，用他来打鬼——用李德这个形象威吓那些在革命战争中积累了丰富经验、坚持红军独立战法的人，那么这本身就有问题了。

1929年，李德刚刚成为伏龙芝军事学院的一名学员，彭德怀、林彪等人已经完成了他们那段最艰难困苦的战争实践。

1932年春天，李德从军事学院毕业，江西革命根据地已经完成了第一、二、三次反"围剿"，毛泽东军事路线已经完全形成。

为什么不信任自己的将领、自己的理论，偏要请来一个李德呢？

中国同志如果出问题，主要问题可能就出在这个地方。

如果说是中国革命的不幸的话，李德带来的最大问题就是这个。如果公平地认识李德的话，现在也能做出一个相对公正的评价，李德还不是想象中的那样糟糕。当然，20世纪六七十年代中苏分裂的时候，李德在德国写了非常激烈的文章，包括他写的《中国纪事》，对中国充满了怨言，对中国同志充满了怨恨。

经过了这么一个历史时段，我们再来看，怎样公正地认识李德，是我们党能不能真正成熟起来的一个重要标志。

74. 红军"洋教头"李德为何出力不讨好

李德在1939年返回苏联,到了莫斯科之后,共产国际鉴于他在中国的这些问题,给予了他比较严厉的处分。

李德到中国来的时候是一腔激情,走的时候是满腹怨愤,他认为中国革命亏待了他。他承认唯一的缺点就是,不了解中国的国情。这一点李德是承认的,他说他最大的吃亏就在于对中国国情的不了解。

他讲的是实情,但是有一个问题是非常值得中国同志思考的,好像直到今天中国人也没有完全走出这个怪圈,就是毛泽东同志反复讲过的、批评过的这种现象——外来的和尚会念经,外国的月亮比中国圆。

崇洋媚外,把外国人在他特定条件下所获得胜利的经验或理论,原封不动照搬到中国来,或者用这个理论来指导我们,或者用这个理论来威吓我们中国的一些同志。

直到今天为止,都有这样的问题存在。

其实,还可以做这样一个比较:李德辛不辛苦?

李德在中国革命中最大的失误就是对第五次反"围剿"的指导,在长征初期他的指导也有些失误,但是自从遵义会议之后,李德已经完全失去指挥权了。李德在中国的犯错时间主要集中在不到一年的时间里,他当然给中国革命带来了极大损失,但他的影响时间并不是很长,从遵义会议后他已经没有指挥权了，只是跟着红军长征。

公平地看，二万五千里长征，跟着红军唯一从头走到尾的顾问就是李德。

他在中国革命中也付出了很大的辛苦，他跟着红军走完了这二万五千里，他跟着走完了中国革命最艰难曲折的路程，而现在历史上对他没有任何的表示。

由此，我们想到白求恩。白求恩不远万里来到中国，对中国的医疗事业做出过很大的贡献，但白求恩刚开始也不了解中国。刚开始来的时候，看到根据地的卫生条件如此简陋，而且医疗手段如此粗糙，白求恩是大发其火，非常严厉地批评八路军的医生。后来白求恩慢慢明白了中国革命的特点，中国就处于这么一个困难的境况，没有办法。

白求恩很快地适应了。只有从中国原有的条件、环境和中国民众的基本素质与受到的训练出发，而不可能超越这种发展的阶段。然后白求恩尽量用他的医疗技术，为八路军服务。最后白求恩牺牲了。毛泽东写了一篇《纪念白求恩》的文章，对白求恩做了非常高的评价，说他是"一个纯粹的人""一个脱离了低级趣味的人"。

可以说，李德参加中国革命的时间比白求恩长得多，最后毛泽东没有写纪念李德的文章。因为当时把李德捧得太高，最终反而把他给害了。

1936年，李德在延安的时候，曾经对埃德加·斯诺承认，西方的作战方法在中国是行不通的，必须适应中国人的心理和传统，由中国的军事经验和特点来决定一定情况下采取什么样的战术。他说，中国同志比我们更加了解在他们本国革命战争的正确战术。

所以李德本身也不是一无所获的。

伍修权就讲过，李德作为一个外国革命者，致力于中国人民的解放事业七年多，这种献身精神也还是可取的。不过我们当时在领导上把他摆错了位置，他的错误有主观原因也有客观原因，对此我们都应该加以客观的、实事求是的分析。

这是对李德的一种真正的认识。这种认识在今天看来，也是非常值得反省的一个问题。当我们今天把西方的经验看作是最好的经验，把外国的月亮看作是最圆的月亮时，我们今天的问题并没有完全解决。

怎么样脚踏中国的实地认识中国的国情，解决中国的问题？今天看来，我们依然是有这样的教训。

这对李德来说，本身是个很大的教训。当然，对中国革命来说，也是个很大的教训。

李德全程参加了中国革命最艰苦卓绝的过程，为中国革命付出了7年的时间，应该说他也付出了很大的代价。但是他当时被捧得太高了，被捧到了一个太上皇的地位，他从极高处重重地摔下来，摔得粉碎。

李德给中国革命留下的启示，到今天也没有完结，这也是值得我们去回味的。

75. 中央在上海的电台被破获给中国革命带来了什么

在1934年10月，红军开始长征，而在1934年9月，由于上海的电台被破获，中共中央与共产国际的电讯联系中断了。

凡事都要一分为二地看，中共中央与共产国际电讯的中断，有坏处，也有好处。

早在大革命时期，共产国际对中国革命的指导，尤其是斯大林等人对中国革命的指导，基本上是不太正确的。

斯大林当时对蒋介石寄予很高的希望，把对中国革命的主要力量放在了蒋介石的身上，他曾经用法国大革命的领袖来比喻蒋介石，把蒋介石称为中国革命的罗伯斯庇尔第二，而把中国共产党人看得非常轻。

当时，中共中央被迫服从共产国际的指导，也给中国革命带来很大的损失。

长征之前，也就是1934年9月，在上海的中共中央机关被破获，中共中央与共产国际电讯联系被迫中断。这对寻求一条独立的革命道路，寻求一条中国式的革命道路的中国共产党人来说，并不完全是坏事。它使得中国共产党人得以通过遵义会议等一系列的会议，独立地解决自己的军事路线、政治路线和领导人的问题。

可以设想，如果在整个长征的过程中，中共中央与共产国际始终都保持着联系，那么想要独立决定军事路线和政治路线，独立决定自己的领导人，实际上是不太可能的。因为中国共产党当时作为共产国际的一个支部，与共产国际的关系就是一个上下级的关系，他发指示你执行，就是这样一个关系。陈独秀早年就想与共产国际建立所谓的兄弟之间的关系，实际上根本就不可能。

中国革命寻找一条自己的独立的道路，在很大程度上就是摆脱共产国际对我们的指导。这是一条重要的经验。

当然，凡事都得一分为二，它带来好的一面，摆脱了共产国际对中国选择自己独立革命道路的阻碍；它也带来不好的一面，因为它割断了中国共产党人的消息情报来源，妨碍了共产党领导者的战略视野。

因为当时的中国共产党人领导的中国革命，长期的战略就是工农武装割据，农村包围城市，最后夺取城市的方针。而那些根据地都是最偏远、最贫困、最落后的山区，就是各个白色政权的接合部。

这是毛泽东在《中国的红色政权为什么能够存在？》里面所讲到的。只要白色政权的分裂和战争是持续不断的，红色政权的产生、存在并日益发展便是毋庸置疑的。

红色政权的存在和发展是基于白色政权的战争与分裂，所以当时的各个苏区，都在各个白色政权的接合部，像闽浙赣苏区、鄂豫皖苏区、湘鄂西苏区、川黔苏区、闽赣苏区等。这些接合部都是经济不发达的地区。经济比较落后，自然消息也比较闭塞，这样的区域成为共产党革命发生的地区。

当革命在这些地区发生的时候，消息情报和战略情报的匮乏是它的天然劣势。不过当时中共有个很有利的条件，就是上海的中共中央与共产国际的联系，上海是当时中国最发达的地区。

这也是中国革命非常有特点的一个表现：在上海聚集了中国知识阶层的精英，共产党的领导层精英和共产国际的代表居于上海，一方面，可以保持与世界最先进的力量和最先进思想的联系；另一方面，又在最贫困、最落后的山区，获得了最为英勇的战士，这些贫苦农民出身的将士，作战极其英勇。

最先进的上海与最落后的苏区，形成了这种强烈的反差。

当时，苏区的斗争通过上海的指导，当然，上海的指导包括中共中央的指导，包括中共中央转达的共产国际的指导，其中有些指导是不够准确的。但是总体来看，它给中国共产党人提供了更大的视野。

76. 共产国际为共产党和中国革命带来了什么

中共中央与共产国际的电讯中断之后，失去了对整个国际大势，对整个中国国内形势的基本估计。因为中央红军居于偏远的一隅，通信不发达，经济落后。

在这样一个相对闭塞的环境中，红军在四渡赤水前后，在遵义会议前后，虽然解决了自己独立的军事路线、政治路线和领导人问题，但是就战略去向问题，红军经过了长时间的摸索：先是遵义会议之后，力图赤化四川；后来赤化四川不行，又力图赤化贵州；后来赤化贵州不行，又力图在川黔滇区，把云南的一部分赤化了，结果也不行。

当时的中央红军，在川黔滇辖区徘徊了4个月之久。赤化四川不可得，赤化贵州不可得，赤化云南的一部分也不可得。正是由于共产党人的这种战略视野相对狭窄，所以脱离了共产国际的指导，还是有问题的。

从这一个角度讲，还不能单纯地说，共产国际给中共的指导全是负面的，一点儿正面的也没有。这种说法也不是实事求是的。

从大革命时期开始，共产国际对中共的指导虽然有这样那样的问题，但是它毕竟给了中共一个更大的国际视野，它使中共学会了从一个更大的棋盘上来关注共产党的事业。从当时来看，中共的事业只是一个小的局部，但是在掌握这个大棋大势的情况下，运筹中国革命，共产国际的指导就极其重要。

即使在遵义会议上，中国共产党人对共产国际也表示了充分的尊重。

比如说，毛泽东在遵义会议上只获得了前方的军事指挥权，他不出任党的主要领导人。总书记当时是推张闻天出来担任的，其中有一个很大的考虑，就在于共产国际接受或者不接受的问题。因为当时中共作为共产国际的一个支部，任何领导人的变更都是要经过共产国际批准的。在这种情况之下，让张闻天出来担任总书记，显然比毛泽东出来担任更容易被共产国际所接受。

所以在遵义会议上，毛泽东提出了，首先要解决军事路线的问题，政治路线可以往后放一放。首先解决的是军事领导人的问题，政治领导人的问题要调整，但由博古换成了张闻天，这些调整也都是考虑到共产国际的情绪，考虑到共产国际的影响，考虑到共产国际的作用，对共产国际表示了充分的尊重。

这是中国共产党人在处理这种关系上，一个很恰当的做法。

中国共产党人虽然开过了遵义会议，但也知道红军长期与共产国际失去联系，对于战略视野起了很不好的妨碍作用。所以中共并不乐意与共产国际的联系被切断，一直在想办法解决。

当1935年红军渡过金沙江，基本脱离险境之后，中共中央立即召开会议，决定派陈云、潘汉年两个人为中共中央代表，携带密码到上海恢复白区工作，建立中央与上海及共产国际之间的电讯联系。

之所以有这个决定，是因为对上海中共中央机关被破获的情况、惨重的损失了解还不是很多。陈云和潘汉年到了上海一看，才发现恢复上海与共产国际的联系已不可能。后来他们分头到了莫斯科，直接向共产国际做了汇报。

陈云大概是在1935年10月到了苏联，出席了当时的中共驻共产国际代表团召开的会议，成为中共代表团的三个正式代表之一。那时他才知道，一方面中共中央在找共产国际，急于恢复与共产国际的联系；另一方面共产国际也在付出极大努力，急于与中共建立联系，因为当时中共是共产国际所掌握的世界各国共产党支部中最有活力、最有成绩的一个团体，共产国际对中国革命是高度关注的。

当然，这个高度关注中有一些问题：共产国际对中国革命的情况并不是非常了解，当时有些正面的，也有些反面的消息传到了共产国际。共产国际的领导人急于想了解，中国革命到底是一种什么样的情况。

77. 共产国际为何急于与中国共产党恢复联系

其实在红军北渡金沙江以前，也就是1935年4月，共产国际已经开始采取各种各样的方法，力图恢复与中共中央的联系。

共产国际为什么这么做呢？这跟在共产国际的"七大"上，当时的中共代表团介绍中国苏区的情况有莫大的关系。

当时，以王明为代表的中国代表团，有一个非常大的特点，就是夸大其词，脱离实际。在共产国际"七大"上，王明为了博取台下各国共产党代表的掌声，说苏区占有土地200多万平方公里，5600多万人口，而且中国有50万红军、100万游击队，把这个牛皮吹得很大。

王明、康生那时都在共产国际的中国代表团里，在灯火辉煌的大厅里大吹大擂，当然获得了一阵又一阵的热烈掌声。各国的代表一听，中国革命搞得这么成功，50万红军，5600多万人口，200多万平方公里的土地，还有100万游击队，纷纷纵情欢呼。

现在反过头来看看，当共产国际真的要去寻找这200多万平方公里的根据地到底在哪里，5600多万人口的根据地到底在哪里，50万红军到底在哪里，100万游击队到底在哪里，事到临头了，才发现是一场空谈。

但当时共产国际并不了解这些情况，共产国际认定了中国革命是最具希望的，所以在失去联系之后，力图恢复与中共中央的联系。

而且共产国际刚开过"七大",在第三国际史上,共产国际"七大"也是一个很重要的会议。"七大"的核心是要建立全世界的反法西斯统一战线,这是共产国际的新方针。如何让失去联系的中国共产党人了解共产国际的新方针,就成为当时一个很重要的任务了。

主要因为这些,共产国际必须恢复与中共中央的联系。

共产国际先后派出了三个人与中共中央沟通联系,第一个是阎红彦,第二个是张浩,第三个是刘长胜。

阎红彦在新中国成立后做过云南的省委书记,"文化大革命"初期去世。阎红彦本人为了完成这一艰巨的任务,废寝忘食,在很短的时间内学会了英文字母,并把用英文字母编排的密码熟记在脑子里。因为要靠这些密码恢复中共中央与共产国际的联系,如此的机密,不能带任何纸片,否则一旦被抓、被搜出来,那就是最核心的秘密被泄露了!

他于1935年4月回国。当时,他是从新疆回来的,装扮成一个富商,骑着骆驼,载着俄罗斯的毛毯。骆驼队经过伊犁、迪化、兰州、宁夏、绥远,到达北平。当阎红彦到达北平之后,才听说中央红军已经胜利结束长征到了陕北。阎红彦又立即从北平到陕北,找到了中央。

阎红彦从1935年4月出发开始,到12月他在瓦窑堡见到了毛泽东、周恩来等领导同志,中间8个月的时间,全凭自己的记忆带来了与共产国际联系的密码。但是后来出现了问题,凭借他带回来的密码,未能与共产国际联系上。究竟是由于长期记忆所发生的一些记忆不准确,还是有什么别的原因,不得而知。总之他带来的密码,未能使中共中央与共产国际取得联系。

第一个人没有联系成功。

第二个人,共产国际选定了张浩。

张浩又名林育英,是中共早期的一位著名党员。他是林彪的堂兄,1922年2月就入党了,是中共最早的领导人之一,而且长期从事工人运动，他在莫斯科的身份就是中华全国总工会驻赤色职工国际的代表。在此之前，张浩曾经在东北坐过一年日本监狱，在狱中受尽严刑拷打，但始终坚贞不屈。这个人非常硬，在党内有"钢人"的称号。相较之下，王明在上海有一次被捕，为赶紧找人营救自己，不惜暴露党内同志的地址，一出狱就挨了党内警告处分。与"钢人"相比，王明只是泥人而已。

如此任务，非"钢人"莫属。

78. 唯一死后由毛泽东亲自扶棺送灵的人

张浩出发的时候，中共中央派来与共产国际建立联系的陈云还没有到达莫斯科。这是个巧合，莫斯科派出了张浩代表共产国际与中共中央传递密码、建立联系，而中共中央派出了陈云到莫斯科汇报情况，与共产国际建立联系。但是张浩与陈云两个人没有见面，两人在路上交错而过了。

阎红彦是从新疆方向进入中国的，张浩是从蒙古方向进来的，他回来也是扮作商人，穿着光板皮袄，挑了副货筐，风餐露宿，穿越沙漠，沿途打听消息，于1935年11月到达陕甘边区的边缘，在瓦窑堡找到了中共中央。

张浩在瓦窑堡见到中共中央相关人员之后，立即传达共产国际一系列新的决定：改变对社会民主党的策略，不再把中间力量看作是危险的敌人，建立反法西斯统一战线和人民战线等，而核心就是建立反法西斯统一战线。

同时，张浩也传达了中共驻共产国际代表团起草的《八一宣言》。

《八一宣言》是王明起草的，从这一点看，也不能说王明一点儿好事都没有干。《八一宣言》是中共党内一份重要文件，这一文件在建立抗日民族统一战线上有相当的贡献。

张浩虽然是共产国际派出的第二个人，但他比阎红彦到得早，阎红彦是1935年12月份到的，张浩1935年11月份就到了。但是张浩带回来的密码，也没有完成与共产国际的沟通，非常遗憾。

当然，张浩后来在中共党内有很高的地位，因为他后来在某件事情上起到一个很重要的作用，就是在处理一、四方面军分裂，张国焘另立中央这件事情上。

张国焘的分裂，是中共历史上前所未有的分裂。中国共产党和工农红军面临因内部分裂而覆辙的危险。毛泽东甚至做了被敌人打散，最后到白区做地下工作的打算。

张国焘掌控7个军，8万余人。而毛泽东率领北上的，只有原中央红军一、三军团7000余人。就算到陕北与徐海东的十五军团会合后，也只有13 000余人。论实力，完全无法与张国焘相比。而且十五军团主力徐海东的原红二十五军，原来一直由张国焘指挥。张国焘在这支部队里面的影响力到底怎样，这支部队对中共中央的态度如何，在中共中央和毛泽东对徐海东真正了解以前，心里并没有太大把握。

由于张国焘实力强大，当时很多情况又不清楚，连一方面军留在四方面军的很多同志都对事情的发生感到突然和混乱，四方面军同志就更是情绪激动。态势是非常严重的。1935年10月5日，张国焘在卓木碉召开高级干部会议，宣布另立"临时中央""中央委员会""中央政治局""中央书记处""中央军事委员会"和"常务委员会"，自封为"主席"。并通过了"组织决议"，决定"毛泽东、周恩来、博古、洛甫应撤销工作，开除中央委员及党籍，并下令通缉。杨尚昆、叶剑英应免职查办"。

"撤销""开除""通缉""查办"，张国焘的自信和气焰由此可见一斑。

后来张国焘放弃伪中央的称号，有两个原因。

第一个是南下作战失败。张国焘赤化川西北的方针，整个没有实现。

可以说，张国焘为南下赤化川西北所做的准备是精心的。口号也实惠诱人，"大举南下，打到天全芦山吃大米"——仍然是五四运动中跟那位牧师学到的技巧：从大众切身问题入手。

张国焘这一次实惠到了庸俗的地步。

搞革命仅仅为了吃大米吗？

偏巧还遇上个不惜同归于尽的刘湘。

南下失败。

如果南下成功，张国焘的另立中央就有可能成功，但他还是在节骨眼上碰到了挫折。原本明哲保身的四川军阀刘湘，面对张国焘大举南下时，便不惜同归于尽；蒋介石也唯恐川西平原有失，成都难保，急令中央军增兵。最后四方面军面对的敌军迅速增加至20余万人，四方面军付出了惨重的代价，由南下时的8万人，锐减到4万余人。

第二个就是张浩的功劳。张浩反复以自己的身份，以共产国际的代表在做这样一个斡旋，当中共内部发生争论的时候，共产国际代表作为中间人在斡旋，他的力量就很大了。

张国焘以"党团中央"名义致电中共中央时，张浩已经来到瓦窑堡。形势很严峻，仅仅靠党中央的教育和劝导，解决不了问题，必须借助共产国际的权威。毛泽东、张闻天与张浩商量，由张浩以"国际代表"的特殊身份出面，帮助、教育张国焘。

中国共产党仍然是共产国际的一个支部。安排张浩以"国际代表"这种第三者特别是仲裁者的身份出现，表明毛泽东已经掌握了相当水平的斗争艺术。

1935年12月16日，张浩以"国际代表"身份从陕北开门见山地致电张国焘："共产国际派我来解决一、四方面军问题。"22日张浩又电："党内争论，目前不应弄得太尖锐。""可以组织中共中央北方局、上海局、广州局、满洲局、西北局、西南局等，根据各种关系，有的直属中央，有的可由驻莫（斯科）中央代表团代管，此或为目前使党统一的一种方法。此项意见望兄熟思，见复……"有的直属中央，有的可由驻莫（斯科）中央代表团代管——这就是毛泽东、张闻天、张浩商量好的变通办法。

张浩的电报对张国焘无疑是当头一棒。他深知共产国际这块招牌的权威。思考一段时间后，他致电张浩，表示"一切服从共产国际的指示"，但又说中共中央北上行动是"反党的机会主义路线""放弃向南发展，惧怕反攻敌人""向北逃跑"，是"一贯机会主义路线"的表现。

他依然照称自己是"中央"，毛、周、张、博是"假冒党中央"。

中共中央只有做出《关于张国焘同志成立第二"中央"的决定》，指出"张国焘同志这种成立第二党的倾向，无异于自绝于党，自绝于中国革命"，同时在党内公布1935年9月12日俄界会议做出的《关于张国焘同志错误的决定》。

张闻天致电张国焘，望其停止分裂活动，否则"不但全党不以为然，即国际亦必不以为然。尚祈三思为幸"。

张国焘深知共产国际这块招牌的分量。赤化四川失利的张国焘致电张浩、张闻天，同意"急谋党内统一"。共产国际至高无上的权威、万里长征胜利后中共中央巩固的地位、自己主张的南下政策面临的困境，都使他从来不缺乏的自信发生雪崩般的坍塌。

中共中央与红军这一次的分裂危机，经过多方努力，终于基本解决。

使张国焘放弃伪中央，最后带领四方面军北上，完成一、四方面军的会合，在这一点上，张浩是功不可没的。毛泽东对张浩给予了充分肯定和高度评价。当张浩去世的时候，毛泽东亲自为他扶棺送灵。

79. 李立三是一位电报密码专家

共产国际先后派了三个人带回密码，要建立与中共中央的联系。阎红彦和张浩两个人带回来的密码都没有发生作用，刘长胜带回的密码，最终恢复了中共中央与共产国际的联系。

提到刘长胜带回密码，涉及一件非常有意思的事，跟李立三有关。

在长征过程中，很多人都已经把李立三给忘记了。因为1930年3月的"立三路线"之后，李立三被解除了政治局委员的职务，调往莫斯科，一去就是15年，从1930年一直待到抗战胜利才回来。而且其中有两年，李立三甚至是在苏联的监狱中度过的，品尝了苏联内务部人员对囚禁者的刑罚，包括肉刑。

李立三当时吃了很多苦。用他自己的话讲，他在苏联期间"终日提心吊胆，谨小慎微"，就是这样一种状态。但就是在这种状态下，他还在积极努力地为党工作。当时的共产国际

李立三一家

派刘长胜回国传递密码，这个密码就是李立三编译的。

李立三在上大学的时候，数学非常好，对数学的感悟很深，这为他编译密码打下了基础。1935年春天，也就是遵义会议过后不久，共产国际把李立三派到邻近新疆的阿拉木图建立一个交通站。这个交通站的作用，就是为了方便国内人员的来往，同时了解新疆的政治情况。更重要的是，共产国际想通过李立三在阿拉木图建立的交通站，设法恢复与中共中央的联系。

李立三到了阿拉木图之后，派了两批人带着密码回国，但是两次都没成功。最后刘长胜也是从阿拉木图出发的，他带着李立三亲自编译的一套更加难以破译的密码，回到中国。终于，在1936年6月16日，共产国际收到了中共中央按照李立三编译的密码拍来的电报。这个在当时可以说是一件天大的事情。

更有意思的是，这封电报收到之后，莫斯科谁也翻译不出来，因为这个电报的破译密码在李立三的手里。共产国际中国代表团的成员康生，带着电报来到了高加索，找到了当时正在疗养的李立三，由李立三翻译出来。

这是长征后，中共中央与共产国际沟通的第一封电报，电报是毛泽东起草的，内容是报告中国国内的形势和党内的形势。内容非常简短，就是：你们派出了几个人，林仲丹（即张浩）11月就到了，阎红彦、罗英（就是刘长胜）均到了。但有七个人已到达苏区边境，被民团杀害六人，余一人及电台尚在民团手中。

电报内容本身也许并不重要，但重要的是，中共中央和共产国际的电讯联系终于恢复，这在当时来说，是非常大的事情。

此前，共产国际对中国的指导是时有时无的，最主要的就是在共产国际的指导中，中共中央领导人的国际视野、战略视野被打开。这使中共早期的领导人，看见了一个更大的局面。当自己在棋盘上经营棋子的时候，他们开始关注全局。

中共中央与共产国际的电讯恢复后，同年 12 月 12 日，"西安事变"爆发。共产国际和斯大林本人对中共中央的一系列指示，使得中国共产党人在"西安事变"前后对国际局势有一种更加清醒、更加理性的认识。

想想，这是多么巧合，如果当时电讯不能恢复，中国共产党人在消息闭塞的情况下，"西安事变"也许又会是另外一种情况。

从这个角度来说，斯大林对中国革命的指导也不是一无是处的。斯大林对中国革命的指导，大革命时期的错误甚多，土地革命时期错误也不少，但到了土地革命之后，抗日战争爆发之前，前后统一战线的形成，这个过程中斯大林对中国革命的指导，和在整个抗日战争期间对中国革命的指导，已经朝从错误的，到不那么错误的，到比较正确的方向发展。这说明斯大林对中国革命，共产国际对中国革命也要有一个逐步认识的过程。而这个过程，在抗日战争时期达到了开始趋于完善的地步。

中共中央与共产国际联系的恢复，使中共获得了一个更重要的情报消息来源和国际视野。到 1943 年，第三国际解散之后，中共与共产国际的联系，完全转入了与苏共中央、与斯大林本人的联系，完成了这样一个替代。也就是说，以后这个联系虽然有所变化，但始终再没有间断。

这是一个非常大的成绩。

80. 历史上的李立三到底功过几何

在恢复共产国际与中共中央电讯联系过程中,李立三已经变成共产国际派驻阿拉木图工作站的负责人,一个密码编译者,而不是中共中央的主要负责人了。这与1930年那3个月所谓的"立三路线"期间反差是非常大的。

李立三在党内是被称为"坦克""大炮"这样一个很猛的人,而且这个人的本色与王明是完全不一样的。"立三路线""王明路线"都是"左"倾机会主义路线,那么"立三路线"与"王明路线"有什么不同呢?

一个最大的不同就是,李立三本身力图以中国革命为核心,他让苏联革命配合中国革命,虽然他严重脱离了中国革命的实际,给中国革命带来很大的损失,但根本利益是要以中国革命为核心的。

毛泽东与李立三

这一点王明是完全不一样的，王明是一屁股坐在别人那边，要求中国共产党一切无条件地服从共产国际，以共产国际、以苏联的利益为核心。

在中国革命中，李立三犯的错误是不小，但他的功劳也不小。现在提起李立三，毫无疑问"立三路线"是给中国革命带来了惨重的损失。但是李立三一系列的功劳，现在讲得不够。

1922年春节，李立三回家探亲。其父李镜蓉以为他刚刚从法国回到国内，便问："你留学回来准备做什么事？"

李立三答："我要干共产！"

李镜蓉不知道，此时他的儿子正在安源路矿发动工人大罢工。他听了李立三的回答暴跳如雷："这纯属胡来！是自己找死！人家督军有那么多兵、那么多枪，你们几个小娃娃，一千年也搞不成！"

李立三答："军阀有枪，我们有真理，有人民，我们死了不要紧，牺牲了一些人，一定有更多的人起来革命，革命一定成功！"

整个春节在父子的争吵中度过。

李镜蓉后来逢人便说："这个儿子是舍出去了，只当是没生他吧！"

李镜蓉舍了一个儿子，中国革命有了安源路矿大罢工。

我们前面讲过，安源路矿工人大罢工，李立三在里面起到了主导性作用。

同样起到主导作用的，还有著名的八一南昌起义，当时首先提起南昌起义的是李立三，首先建议中央要立即进行武装暴动的也是李立三。

第九章　激　荡

中国整个近代史，既是一部先烈的牺牲奋斗史，也是一个不断地出现叛徒的历史。板垣征四郎是东北汉奸之父。华北的汉奸之父是土肥原贤二。土肥原在前期经营北洋派失败了，后来经营民国派，土肥原成功了。近代以来，中国的灾难几乎都与日本相关，中国的革命运动也几乎都与日本相关。日本是一个崇尚强者鄙视弱者的民族，很少有平等的概念。中国从来没有给日本造成什么伤害，但是日本人一点都不佩服中国人。美国人给日本带来过极大伤害，但整个日本民族最佩服美国人。

81. 1927年9月9日毛泽东为何处于生死攸关时刻

在毛泽东同志一生之中，有三个9月9日深深地嵌入他的生命。

一个同样的日子三次嵌入他的生命，对他的一生产生重大影响，这是不多见的。

毛泽东的第一个9月9日是1927年9月9日。

1927年9月9日，秋收起义爆发。就在这一天，毛泽东第一次实践他在1927年8月的八七会议上提出的"枪杆子里面出政权"的理论，而就在这一天，他被清乡队抓住了。当时，他是与一个叫潘心源的战友在返回浏阳的途中，被清乡队抓住的。

潘心源的身份不明，清乡队一时还搞不清楚他的身份，把毛泽东绑起来了，要押送到团防局去处死。

如果这时事情不出现转机，我们可以想见，最后集建党、建军、建国于一身，后来领导中国人民解放军战胜了蒋介石800万人的军队的毛泽东，当年就栽在民团的清乡队手里了。

1936年斯诺到延安访问，毛泽东对斯诺回忆了这一段。

他在尚未暴露身份的潘心源那里借了几十块钱，打算贿赂押送的人。他说："押解我的士兵都是普通的募兵，枪毙我对他们没有什么好处。"当时，毛泽东贿赂那个士兵，士兵同意释放他，可是押解队的队长却不允许。后来没有办法，毛泽东只能伺机逃跑。

直到离民团总部不到两百米的地方，毛泽东终于找到机会，突然一下子挣脱出来，挣脱了绑缚，甩开士兵，往田野里跑。毛泽东身材比较高大，腿也比较长，跑得比较快。后面清乡队在追，他在前边跑，他跑到一个高地，下面是一个水塘，周围长了很高的草。他知道光跑是跑不脱的，一下子就跳到草丛里面，躲了起来。士兵们追到水塘，觉得他有可能藏在这个地方，当时还强迫周围的一些农民过来搜寻。

毛泽东后来回忆，有好多次，搜寻的人走得很近。他说，"有一两次，我几乎可以用手碰到他们"，情况已经惊险到这种程度。有五六次他已经决定放弃了，一点儿希望都没有了，认为自己一定会被再次抓住，但是不知道怎么搞的，就是没有被他们发现。

清乡队搜了几遍，没有发现。最后天近黄昏了，他们放弃了搜寻。毛泽东这才从水塘边的草丛中钻出来，翻山越岭，彻夜赶路。当时，他没有穿鞋，脚伤得很厉害。

幸亏在路上遇见一个农民，这个农民给毛泽东提供了住处，又带着毛泽东到了邻近的县城。当时，毛泽东身上只有7块钱，他用这7块钱，买了一双鞋、一把雨伞和一些食物。最后，当毛泽东到达秋收起义的农民武装那个地方时，他的口袋里只剩下两个铜板了。

后来秋收起义的部队在文家市会师之后，第一师师部副官杨立三（后来是解放军总后勤部的领导人）看见毛泽东的脚趾溃烂了，问他怎么回事。毛泽东回答，就是从路上跑回来给扎的。

这就是深深嵌入毛泽东生命的第一个9月9日。

这个9月9日是在革命最初爆发的时候，是在毛泽东讲"星星之火可以燎原"，正在播点革命火种的时候。星星之火，要掐灭它是比较容易的；当火已成燎原之势，再要扑灭它就几乎不可能了。当毛泽东到陕北的时候，胡宗南占领延安，在陕北到处围剿，那个时候中国革命已成燎原之势了，要抓住毛泽东是很困难的。

而在这一次，在最初播点火种的这个时候是多么危险啊！毛泽东被人抓住，五花大绑，还要押到团防局去处决。抓他的人不是什么主力部队，就是一些民团、清乡队，就这些人，差点儿把毛泽东给解决了。

这是当时中国革命最为险峻的时刻。当然，这个火种没有被扑灭，由此以后要势成燎原就不可阻挡了。

82. 毛泽东一生中最黑暗的日子

毛泽东生命中的第二个难忘的9月9日，是1935年的9月9日，一、四方面军分裂，毛泽东说这是他一生中最黑暗的日子。

一、四方面军的分裂有很多的原因：

当时，一、四方面军是长期分离作战的两个力量，会师之后双方互相不太了解，而且双方对各自的领军作战方法都不太习惯，在处置的时候也都出现了一些问题。

四方面军的同志对一方面军的同志刚开始抱着很大的期望，最后看到一方面军的装备差、人数少，再加上一方面军当时也有一些人过分地追究了四方面军的问题。比如说放弃鄂豫皖根据地、放弃通南巴根据地等问题，这是一、四方面军会合时产生的一些矛盾。

任何长期分离作战的两支军队在会师之后产生矛盾，这都是难以避免的，但是这个矛盾达到了分裂的地步，那么它就不仅仅是一般的矛盾了，就达到了白热化。这个白热化，最初的触动可能有各种各样的原因，可是最终造成这样的分裂，可能就像毛泽东所讲的那样"张国焘是个实力派"，这是造成分裂的最大原因。

有些著作描述一、四方面军分裂，往往讲得比较轻易，比如说"张国焘南下，走向失败，走向黑暗；毛泽东北上，走向胜利，走向光明"。这种概括是很简单的，而且这种概括完全没有体现当时一、四方

毛泽东在延安窑洞

面军分裂带来的严重性。

张国焘带领83 000名红军南下，毛泽东率领7000名红军北上。看到这种严重的分裂，起码当时毛泽东不会感觉到一点儿光明。毛泽东讲，一、四方面军的分裂是他一生中最黑暗的时刻，比1927年大革命失败还要严重。毛泽东当时做出最严重的形势估计，7000名红军要到与苏联接近的边疆以求生存，因为没有办法了，就7000名红军，能搞一个多大的局面？搞不了多大的。毛泽东甚至做出了7000名红军被打散，到白区做地下工作的准备。

这已经是做了最坏的打算了。

不仅仅是毛泽东，当时在红军总部，被张国焘裹胁南下的朱德后来也回忆说："革命生涯经历了多少坎坷、多少困难，从来没有像这次这样心情沉重，自己人分裂了，在最需要红军力量团结在一起的时候，红军力量分裂了。"

一、四方面军会师，当然有这样那样的不同，有争论，但是"共同革命，共同战胜蒋介石集团，取得革命的胜利"，这个毫无疑问应该是

中共中央主要领导人在延安合影

一致的。

当时，一、四方面军两支主力红军都失去了自己原来的根据地。四方面军先失去了鄂豫皖根据地，又失去了通南巴根据地；一方面军失去了中央苏区。这两支部队都被蒋介石压向西北一隅，也都与外界失去了联系。当大家既不知道外界的变化，而又集中评判过去的谁是谁非的问题时，有些原本并不重要的纷争就变得非常必要起来，原本并不是什么很大的事情，争论也变得非常激烈。

而在这个时候，张国焘钻了一个空子，反复强调自己的人多，有8万人，中央红军只剩1万人。8万人和1万人，要显示比例，要显示出领导的比例，像中央政治局、中央委员会、中央军委都要显示出比例来。而且遵义会议是在四方面军毫不知晓的情况下开的，那遵义会议是不是合法的呢？甚至这样的问题都提出来了。

这样的问题背后就一个原因，那就是实力。

1935年9月9日，张国焘复电徐向前、陈昌浩并转中央，坚持南下。此日后，一方面军和四方面军一个向北，一个向南，这一天成为毛泽东自己形容的"一生中最黑暗的时刻"，这是他生命中难忘的第二个9月9日。

83. 毛泽东如何探索开创"中国式革命道路"

1910年,毛泽东外出求学的时候,曾经题了一首诗留给他的父亲。这首诗是这样的:

> 孩儿立志出乡关,
> 学不成名誓不还。
> 埋骨何须桑梓地,
> 人生无处不青山。

他的父亲绝对想不到,毛泽东自己也绝对想不到,他从此便一去不归,开创了一条崭新的中国革命的道路。

1911年,毛泽东18岁,考上湘江的驻省中学。从今天来看,18岁上中学显得岁数大了,但毛泽东当年就是18岁考上了湘江驻省中学。在那里,他第一次看见了于右任主编的《民立报》,上面刊载了广州起义和七十二烈士殉难的消息。毛泽东才第一次知道了孙中山、同盟会和孙中山的纲领。

毛泽东后来回忆,看见了第一份报纸,看见了孙中山的事迹,当时是如此激动,以至于写了一篇文章贴在校园的墙上,那是他第一次发表政见。这篇文章的内容，后来在1936年，他在延安跟斯诺讲过，斯诺把它记录下来了。

毛泽东说他在文章里鼓吹，必须把孙中山从日本招回来，担任新政府的总统，康有为担任国务总理，梁启超出任外交部部长。从这里可以看出，康有为、梁启超，早年是毛泽东的偶像。梁启超写的很多东西，毛泽东要一直读到能够背诵。在梁启超写的一篇文章上，青年毛泽东还有这么一段批注：立宪之国家，宪法为人们所制定，君主为人民所推戴。

当年的毛泽东崇拜康有为、梁启超，赞成君主立宪。

孙中山一出现，毛泽东马上转变观点，赞成共和。但毛泽东由此抛弃君主立宪的观点，赞成了共和，并不是说共和就是一个终止。

毛泽东在1918年到1919年的时候，最喜欢阅读的著作就是俄罗斯克鲁鲍特金的著作，崇尚无政府主义。

到了1920年，毛泽东又醉心搞湖南自治。

1921年中国共产党成立，真是给了毛泽东一个改天换地、再造自己的时机。

我们经常讲，毛泽东集建党、建军、建国于一身，当然建党不是他一个人建的，还有包括"南陈北李"等很多的领导人。不能说共产党是毛泽东的产物，但可以说，毛泽东是共产党的产物，没有中国共产党，同样没有毛泽东。

毛泽东加入了中国共产党之后，整个人发生了很大的改变。当然，这个改变也不是一蹴而就的。在1927年大革命失败后，毛泽东还提出了"心境苍凉，一时不知如何是好"，还是有这样一个心理过程的，大革命失败了，怎么办？蒋介石背叛了革命，怎么办？这是1927年4月。

但是到了1927年的8月，八七会议上，毛泽东提出了"枪杆子里面出政权"。

到了1928年的10月，毛泽东在井冈山写了一篇文章《中国的红色政权为什么能够存在？》。

至此，中国革命有了一套比较完整的理论体系。

这就是，共产党奠定了毛泽东，造就了毛泽东。

所以我们讲，没有中国共产党，就没有毛泽东。中国共产党和毛泽东应该是这样一种关系。

1976年9月9日，中央人民广播电台在这天下午4点向全世界宣告：中国人民的伟大领袖和导师毛泽东主席去世。

这是第三个深深嵌入毛泽东生命的9月9日。

84. "东北汉奸之父"如何策动九一八事变

中国整个近代史,既是一部先烈的牺牲奋斗史,也是一个不断地出现叛徒的历史。尤其到了抗日战争时期,叛徒比比皆是,汉奸众多。曾经看过一个抗日战争的统计,就八路军方面的统计,八路军活捉的日本鬼子有1000人左右——因为当时抓一个活的鬼子是很难的,活捉汉奸44万。汉奸是什么人?汉奸就是跟着日本鬼子干的中国人。

这是中国历史上的一个独特现象。为什么会出这么多的汉奸?当然有外因,也有内因。

这里先剖析一下外因。剖析外因的时候一定要提到两个人,两个所谓的中国汉奸之父,一个是板垣征四郎,一个是土肥原贤二。

板垣征四郎是关东军的高级参谋,后来作为关东军的参谋长,板垣征四郎在九一八事变中起了非常大的作用。

板垣身材矮小,头剃得精光,脸刮成青白色,黑色的眉毛和小胡子特别显眼;总是服装整洁,袖口露出雪白的衬衫,加上有个轻轻搓手的习惯动作,颇给人一种温文尔雅的印象。他早年的职务几乎都与中国有关:1916年陆军大学毕业后任参谋本部中国课课员;1919年任中国驻军参谋,之后任云南、汉口、奉天等处日军特务机关长和使馆武官。长期对中国的研究观察,使他成为日军中著名的"中国通"。

战犯板垣征四郎　　　　　　土肥原贤二受审

板垣征四郎又是一夕会的重要成员，政治上胆大妄为，一意孤行，具有少壮派军阀的一切特点。虽然身份不过是一个参谋，但连内阁首相他也不放在眼里，军事上则深思熟虑，尤其重视地形。1929年他以大佐官阶担任关东军高级参谋，立即拉上关东军作战参谋石原莞尔组织"参谋旅行"，几乎走遍了东北。他的理论是："在对俄作战上，满蒙是主要战场；在对美作战上，满蒙是补给的源泉。从而，实际上，满蒙在对美、俄、中的作战上，都有最大的关系。"

在这一点上，他与石原莞尔一样，都主张把中国东北变为日本领土，并对整个中国"能立于致其于死命的地位"。

板垣征四郎在九一八事变之前是关东军的高级参谋，他曾经在关东军的大本营对关东军演说时，分析了一遍中国社会的情况和日本采取行动的必要。因为当时关东军的兵力少，关东军在整个东北地区才有一万八九千人，而东北军有19万人。这一万八九千人怎么战胜19万东北军，取得整个东北的权力，这对日本关东军来说，是个非常大的问题。

就在九一八事变之前，板垣在一次关东军的动员会上说，不要看中国是个现代的国家，好像有现代国家的一切特征，实际上中国是分散的部落。对一般的民众来说，顶多就是给谁交税的问题，并没有紧密的国家联系，可以给北洋军阀交税，可以给蒋介石交税，给张作霖交税，给张学良交税，或者给日本人交税，都是一样的。民众与政府的联系仅仅是赋税的关系，而赋税交给谁都是一样的，它并没有形成现代国家的这种政治、思想、经济、文化甚至社会制度之间的紧密联系，它非常松散。

板垣这个话的意思是：中国社会可以分而制之，中国从政治力量到军事力量都可以分而制之，不要看总体上人口多，总体上兵力很强，但是分散的，各怀鬼胎的，各有各的利益的，互相争斗的。我们能够把他们各个击破。

这是板垣在1931年8月讲的。到了1931年9月，日本发动了九一八事变。

关东军发动九一八事变，建立在板垣征四郎对中国社会分析的基础上——不要看他们（中国）兵力很多，领土很广，人口很多，但能够分而制之，一个一个对付他们。九一八事变之后，关东军迅速占领整个东北，实现了板垣的战略。

关东军占领东北时，板垣征四郎策动了多个汉奸，网罗了罗振玉、赵欣博、谢介石等人，又运动熙洽宣布吉林"独立"，推动张海鹏宣布洮南"独立"，诱逼臧式毅出任伪奉天省省长，策动张景惠出任伪黑龙江省省长，宣布黑龙江"独立"。在这个关东军高级参谋的威逼利诱、软硬兼施之下，最后溥仪也成为中国的头号大汉奸。

所以说板垣征四郎是东北汉奸之父，一点儿不为过。在关东军占领东北之后，所有成为汉奸的，帮着日本人干的，都能看到板垣的身影。

85. 土肥原贤二拉汉奸，拉不动北洋派，却拉动了民国派

华北的汉奸之父是土肥原贤二。土肥原1904年毕业于日本陆军士官学校。学习期间与冈村宁次、板垣征四郎和阎锡山为同学，交往甚密。从1913年以后，他在中国整整活动了30年，能说一口流利的北京话，还会说几种中国方言，是日本军部中最受器重的"中国通"。土肥原与板垣征四郎一样，也是日本昭和军阀中的佼佼者。土肥原当年在天津建立了特务机关，自任特务机关的机关长。

土肥原非常善于利用关系，比如，他与阎锡山的关系是非常好的，他们曾经是日本士官学校的同学，土肥原到中国，首先就利用与阎锡山的关系，建立了与多个北洋军阀之间的关系，包括段祺瑞、吴佩孚、韩复榘、石友三都与土肥原交往甚密。

但是交情程度当然是不一样，比如段祺瑞、吴佩孚，是坚决不跟着日本人干的，虽然与土肥原的个人关系不错，但是一到了关键时刻真要跟着日本人干了，段祺瑞和吴佩孚是不上这个当的。还有一个北洋军阀孙传芳，土肥原也要拉他，但也没有拉动。孙传芳曾公开地对记者直斥日本的阴谋，声称绝不做傀儡政权的首领。

土肥原在前期的工作成效并不大。他在天津拼凑所谓的北洋派大同盟，是想把段祺瑞、吴佩孚、孙传芳等人拉过来，成为日本人的工具，

冯玉祥（左）、蒋介石（中）、阎锡山（右）合影

但没有拉成，没有人跟他干。吴佩孚不干，段祺瑞不干，孙传芳也不干，所以土肥原没有办成。北洋军阀这些人物，从段祺瑞开始，到吴佩孚，再到孙传芳，他们这些人的民族气节还是可以的，在民族大义的问题上，在替日本人干还是替中国人干的问题上，他们是非常清醒的。

但是，土肥原后来拉民国派，却成功了。比如汪精卫，还有宋哲元也差一点儿。这件事很值得思考，民国是打倒北洋军阀的，而民国派首领、国民革命的主持者汪精卫却成了头号大汉奸。还有像陈公博、周佛海，那都是参加了中共"一大"的，最早的中国共产党党员，中共"一大"的发起者和参与者，这两个人最后都脱党，成了大汉奸。

从这一点上看，民国派表面上是打着革命的旗号，暗地藏着最复杂的心态。平时喊着打倒帝国主义很容易，一旦帝国主义真的来了，连北洋军阀都不愿做傀儡，而整天喊打倒帝国主义、喊打倒北洋军阀口号的汪精卫，却做起了真正的帝国主义的代理人，这可以说是中国历史上一道"深奥莫测的、令人难解的哑谜"。

汪精卫革命了一辈子，怎么就做了帝国主义的代理人，做了中国头号大汉奸？要知道汪精卫在清末的时候还刺杀过摄政王载沣，那时表现出了多大的革命勇气！最后却变成了这样一种货色，成为中国头号大汉奸。

所以说，一些假的革命者，最容易从这个极端跳到那个极端。

86. 宋哲元如何最终坚定抗日决心

土肥原拉不动北洋军阀，便想方设法拉拢民国将领。其工作重点之一，就是拉国民革命军第二十九军军长宋哲元。当时，中国有个非常大的特点，就是蒋介石实际上没有真正地统一中国。宋哲元是西北军的一部分，是冯玉祥军队的一部分。

中国当时分成许多派系，包括广东军阀陈济棠、广西军阀白崇禧、湖南军阀何键、四川军阀刘湘、云南军阀龙云、贵州军阀王家烈、山西军阀阎锡山、山东军阀韩复榘，还有宋哲元的二十九军控制着华北。中国的社会，就像板垣所讲的那样，很容易被各个击破，这些拥兵自重的地方军事领导人，为了维持自己的生存，他们都不由自主地玩弄一种平衡。

开始是在红军与蒋介石之间玩弄平衡，后来是在蒋介石与日本人之间玩弄平衡。他们当中有相当一批人存在这样的心理：完全服从国民政府、服从蒋介石是不行的，必须靠

抗日将领宋哲元

一个力量来制约蒋介石。

靠谁的力量呢？靠日本的力量。

这一点是非常危险的。它与国内的革命战争不一样，当一个外来的力量，当日本介入之后，你想利用日本人的力量来摆平国内的一些派系，达到自己的目的，这就很危险了。

宋哲元也是位抗日英雄，但是他在抗日之前，也曾反复犹豫，反复动摇，反复在亲日与抗日之间摇摆不定。宋哲元不是不知道民族大义，但他当时为了保护自己的地盘，为了保住自己的权位，为了不让蒋介石的军队进入华北，他觉得有必要在日本华北驻屯军和蒋介石之间玩弄一种平衡，对蒋介石形成一种牵制。

当年，如果没有日本人，蒋介石的军队就有可能长驱直入，把华北占领了，而宋哲元的二十九军是杂牌军，将来怎么维持生存是个很大的问题。因此，宋哲元开始在日本人和蒋介石之间玩弄平衡。这种平衡术最后确实把宋哲元推到了一个非常危险的境地，日本人在华北步步进逼，宋哲元基本上是步步后退，眼看就要被日本人拉了过去。

从这一点看，我们最该感谢的是中国的民意。

就在宋哲元动摇不定的时候，促使他终于坚定信心，不站到日本人一边，坚决地站在中华民族一边，最大的原因来自什么呢？就是来自全国民众的抗日呼声。其中包括1935年12月爆发的北平"一二·九"学生运动，反对华北自治，要求停止内战，一致抗日；也包括上海的舆论对天津方面所产生的强大压力；还包括天津本地的报纸，天津《大公报》在1935年12月发表的社论，劝宋哲元万勿制造分裂，都起到了很大的警示作用。

若不是沸腾的全国舆论使其有"黄雀在后"之感，天知道这位后来的"抗日英雄"在日本人步步进逼面前还会干出什么事情来。

学生、报纸、记者、民意、商界，形成了非常大的压力，终于促使宋哲元下了抗日决心，与蒋介石站在一起共同反对华北自治。

这真是危难时刻救人的舆论。若没有这种舆论，不知有多少人会自觉不自觉地沦为汉奸。

到了1937年抗日战争爆发的时候，宋哲元已经确定了一个非常明智的战略方针：坚决抗日。《大刀向鬼子头上砍去》就是二十九军的军歌。当1937年七七事变爆发的时候，二十九军对日本侵略军采取了坚决的抵抗措施。

中华民族，经历了多少次觉醒，而到了1937年是一次比较彻底的觉醒，整个民族的觉醒。至此，抗日已经不是哪一个人的问题，不是哪一个党派的问题，也不是哪一个权势集团的问题了，而是整个中华民族共同面临的根本问题了。

虽然抗日战争中产生了大量的汉奸，但在抗日战争开始的时候，中国社会各阶层都已被动员起来了，很多抗日态度不坚定的人，包括宋哲元这样的民国将领，甚至蒋介石本人，都在国内舆论和世界舆论的强大压力之下，走上了抗日的道路。到了那一刻，在中国除了汉奸，不抗日的已经没有几个人了。

板垣征四郎是东北汉奸之父，土肥原贤二是华北汉奸之父。到了1945年抗日战争取得胜利的时候，板垣征四郎、土肥原贤二都作为东京国际战犯审判的甲级战犯被判处绞刑。

这就是我们面对的真正的历史，所以说历史是荆棘而不是花环。

87. 土肥原贤二如何为日本侵华做准备

日本侵华军队中的重要人物土肥原贤二是1945年东京审判被判处绞刑的甲级战犯，他在中国所起的作用，不仅仅是个汉奸之父，同时也是个特务头子，当然还是个著名的日军指挥官。

从这个人身上，能充分地看出日本军国主义要灭亡中华的野心。

前面说过，土肥原贤二早年与阎锡山是日本士官学校的同学，那时他就与阎锡山结下了很亲密的关系。20世纪20年代土肥原贤二到山西去，当时阎锡山已经是山西的军阀，是山西王了，统一掌管山西所谓的党政军大权。老同学土肥原去看他，阎锡山待若上宾。

20世纪20年代中日关系还不是那么紧张，土肥原到了山西之后，他没有别的要求，就是要求到山西各地转转。老同学提出这个要求，这是人之常情，阎锡山便慨然应允。山西的任何地方，土肥原只要愿意都可以去，由阎锡山提供一切方便。

但阎锡山万万想不到，他的老同学土肥原趁在山西旅游的工夫，把山西的兵要地志做了详细的侦察和记录。尤其是走到晋北雁门关一带，土肥原一边看，一边详细地记录了路况，包括桥梁、道路和山路，重武器能不能通过，土肥原全都掌握了。

这个日本人是不是太有心了？当时，日军的侵华计划还没有出来，但像土肥原贤二这样的人就已经开始行动了，不得不说日本军队内早就拥有这样一批极富侵略自觉的人，他们未雨绸缪，早在日本军部的侵华作战方案出笼之前，就抓紧做大量的战争准备。

1937年，抗日战争全面爆发，日军向山西大举进犯。阎锡山事先在判断上犯了错误，他以为雁门关是天险，道路狭窄、地势起伏，桥梁的承重能力都很差，尤其是铁甲岭，根本没办法通过重武器，日军过不来，要过来也是小分队，大部队过不来。所以阎锡山对整个晋北的防备是忽略的，既没有构筑工事，也没有派适当的兵力把守，以致日军突然从雁门关这个空隙中钻了出来，而且是配备重武器的日军。

日军之所以从雁门关偷袭成功，凭借的就是将近十年前，土肥原在这一带所谓旅游时完成的兵要地志的详尽考察。最后，阎锡山的晋北抗战化为泡影，全线溃退。

从这个角度看，阎锡山在山西混了一辈子，自称山西王，结果对山西的地形还不如他的日本同学土肥原清楚，这是一个非常大的讽刺。它不仅仅是两个同学之间的关系问题，也不仅仅是一方是中国军阀另一方是日本将领的问题，从这两个方面可以看出来，虽然像阎锡山这样的人物最后也抗日了，但他在关注国家安全、关注国家利益方面——就算只关注山西的安全利益方面，也是太粗心、太马虎了。

而从另外一个角度看，日本要灭亡中国，他们是非常有心的，是早做了准备的。所以说，为什么抗战的前期到中期，中国战场受到那么大的损失？一方面，可以说是日本的侵略成性、嗜血成性；另一方面，我们不得不说，当时中国的这些统治者，在关注中华民族的利益和中国国家利益方面是太粗心了。大量的精力被用于军阀内战，或者各个势力范围的划分。而对于整个国家安全的经营，是漏洞百出、四处破绽，于是就被侵略者轻易击溃了。

88. 脱亚入欧理论如何影响近代中国

土肥原贤二在旅游之时记录了山西雁门关这一带的地形,让他的老同学阎锡山在抗战时吃了大亏。从这一点可以看出,中国民族和日本民族之间,包括当时中国的统治者和日本的统治者之间不同的心理。

日本近代对中国的影响是很大的,尤其是日本的明治维新。明治维新有所谓的"维新三杰",叫大久保利通、木户孝允、西乡隆盛,还有包括伊藤博文这种日本的"伏尔泰"。实际上,在观察日本的时候,我们忽略了一个人物,就是今天印在1万元日本纸币上的这个日本人。

当今的1万日元面钞是日本货币中最大的面额了,世界各国货币的最大面额,一般都会印上自己的领袖,像美元上面华盛顿的像,人民币上面毛泽东的像,英镑上面英国女王的像,都是采用这样的形式,但日本的1万元日币非常奇怪——当然对日本人来说一点儿都不奇怪,它印的是日本的一个大思想家,叫福泽谕吉。

福泽谕吉这个人有个特点,他是日本历史上脱亚入欧理论的集大成者,他首先提出日本要脱亚入欧。这是福泽谕吉在1885年发布的脱亚论,他提出来:"为今日计,我国不能再盲目等待邻国达成文明开化,共同振兴亚细亚,莫如与其脱离关系而与西洋文明共进退。"福泽谕吉在文章中还专门说了:"支那和朝鲜是日本的邻邦,同它们打

日元上的福泽谕吉

交道用不着特别客气，完全可以模仿西洋人的方式处理。"

脱亚入欧，然后用西方的手段来对付东方。福泽谕吉的这个观点，对以后的日本影响甚深。

当时，日本对中国的肢解，首先就从肢解琉球开始。

琉球长期以来是中国的大清王朝的藩属国，1852年，美国的东印度舰队司令佩里带着舰队登上了琉球，当时他看到琉球国使用咸丰的年号，使用道光的铜钱，而且都在使用汉字。佩里后来给国会写了报告，认为琉球是中国的领土。

到了1875年，日军入侵琉球，并不是日军有强大的军事力量入侵琉球，也不是大清王朝的力量不足以抗衡。当时，日本只有陆军常备军3万人，海军4000人，军舰15艘，且皆破损不能出海。按照军力来说，当时日本是无力与中国全面抗衡的，但是清政府依然是那一套以情理交涉，不会适时使用武力的做法。日本摸透了清政府懦弱的本性，即使只有如此弱小的兵力，也胆敢入侵琉球。

1878年，日本废琉球为日本的郡县。1879年，日本派出军队和警察进入琉球，把琉球王室强行迁移到东京，而且为了让当地人彻底忘掉中山国这个概念（中山国是当地人的称呼，并和中国形成藩属国的关系，中国也称它为中山国），把当地改名为Okinawa，就是今天的冲绳。

独立的琉球国就这样突然间变成日本的冲绳了。

肢解完琉球后，日本便直接向中国开刀。

1894年的甲午战争，使日本收获巨大：中国被迫割让台湾和辽东半岛，赔款两亿两白银。后虽经俄、德、法所谓"三国干涉还辽"，免除了辽东半岛的割让，但中国又加赔日本三千万两白银。

日本学者信夫清三郎在其《日本政治史》（第四卷）中说："日清战争的赔款成为确立金本位制的资金，提高了日本资本主义在国际经济中的地位。日清战争与日俄战争推动日本由一个潜在殖民地化危机的国家，转变为领有殖民地的帝国主义国家。"这就是明治维新后的日本。

日本在一块一块地蚕食中国，而且这种"有心"一代一代人都在继续，这是中日关系的复杂性。

89. 中国近代史的灾难和革命几乎都与日本有关

近代以来，中国的灾难几乎都与日本相关。

比如甲午战争，那是日本对中国非常大的一次侵害。甲午战争之后，北洋水师全军覆没，大清王朝战败，割让台湾，赔偿两亿三千万两白银。而日本依靠这些巨额的战争赔款，确立了金本位制，由一个潜在殖民地化危机的国家，迅速发展成为领有殖民地的帝国主义国家。

日本帝国主义跟西方帝国主义是不一样的，西方帝国主义掠夺资本还有个慢慢积累的过程，而日本主要靠发战争财，而且主要是在中国身上发战争财。

甲午战争是第一次。

而1900年八国联军侵华，日军来兵最多，所以在庚子赔款的四亿五千万两白银中，日本也攫取了最大的份额；然后是1904年的日俄战争，1931年的九一八事变，直至1937年的七七事变。

可以看得出，中国近代以来的灾难，几乎都与日本有关。

近代以来，中国的革命运动也几乎都与日本相关，像1898年的戊戌变法。戊戌变法的整个过程中，康有为、梁启超的一些主张、一些思想，有一部分来自日本。戊戌变法失败后，康有为、梁启超双双跑到日本，去政治避难。

再看辛亥革命。

在辛亥革命中，其实有当时日本政治人物的身影，而且很多的日本浪人也广泛参与了辛亥革命。

到了1919年的五四运动，当时提出的口号就是取消袁世凯与日本达成的《二十一条》秘密协议，同时提出"还我青岛"，阻止"一战"结束后的《凡尔赛和约》把德国在中国山东的权益转让给日本。

这是五四运动中两个主要的口号。

1915年，袁世凯政府跟日本人秘密签订《二十一条》，最主要的条款就是大连、旅顺和南满铁路的租借期权的延长。

根据中俄之间的协议，大连、旅顺的租借期是到1923年，但是日俄战争之后，日本取代了俄国在大连、旅顺的全部权益。之后，日本又和袁世凯交涉，要求延长租借期，大连、旅顺的租期要延长到1997年，南满铁路的租期要延长到2002年。

这些日本侵略者做梦做得有多长！他们的胃口太大了，他们想在中国攫取的利益，不是三年五年，而是以百年为单位的。

90. 日本侵略扩张道路显露的民族特性

中国近代以来的灾难几乎都与日本相关，中国近代以来的革命也几乎都与日本相关。中国近代以来的很多革命理论，其实有大量是从日本传入的。

因为日本在吸收西方文明的时候，不加分辨地把大量的西方著作翻译为日文的时候，把大量的马克思主义、社会主义思想也翻译成了日文。我们从中也获得了很多的西方先进理论。

要理解日本人的心态问题不是那么容易，就像土肥原贤二。阎锡山与土肥原贤二是同学，老同学来了当然要热情款待，阎锡山招待土肥原贤二在山西旅游的时候，土肥原贤二趁机对山西的兵要地志做了记录——如何入侵中国的记录。这反映了日本人当时一种心态——总觉得自己的生存空间不够，生存空间狭小，于是要开拓他的生存空间，朝鲜半岛是一个方面，中国是更大的一个方面。

而且，日本是一个崇尚强者鄙视弱者的民族。从近代来看，日本很少与其他民族平等相处，或者是他崇尚的，或者是他鄙视的，很少有平等这样的概念。

近代以来中国从来没有给日本造成什么伤害，但是日本人一点儿都不佩服中国人，甚至从一种民族心理来看，还带着一种鄙视。

日本对待美国则不同，美国是给日本带来过极大伤害的，但整个日本民族，最佩服美国人。

不仅仅是两颗原子弹的问题。像1945年的东京大轰炸，那真是非常惊人的。当时，美军实施东京大轰炸的时候，派出的飞机叫"空中堡垒"B-29，它的机枪数非常多，上射、下射、左射、右射、仰射、俯射，上面有二十几挺机枪，一般的战斗机都难以靠近。但是美国空军司令要求每架B-29都把多余的机枪卸下来了，卸下机枪就是为了多装炸弹。因为美军的空中侦察机发现日军的防空体系已经完全被摧毁，这是其一；其二，通过空中侦察发现，当时，日本东京都是板房，而且板房密集，板房与板房之间的距离只有一到两米。

美军决定轰炸日本，不用爆破弹，而是用凝固汽油弹。说白了，就

是烧它。334架B-29，每架飞机平均携带6到8吨炸弹，300多架飞机携带了将近3000吨炸弹，全部是燃烧弹。半夜飞到了东京上空。

美军飞机在预定目标区投下照明弹，紧接着投下大量的燃烧弹。当时，东京出现了"火灾旋风"，就是大火造成的灼热气浪与空气形成强烈的对流。2000多吨燃烧弹投下去，燃烧得非常厉害，空气中的温度非常高，足以使衣服全部烧起来。很多日本人躲到地下室里，但由于外面的温度太高了，形成负压，把地下室抽成真空，人就活活窒息而死。有些来不及跑到地下室的人跳到水池子里，结果周围温度太高，水池被煮沸，变成开水池，人就被烫死了。

当时的东京大轰炸，有将近84 000人被烧死了，10万人被烧伤，可以说是人类历史上最具破坏性的非核武器的袭击。当然，广岛核武

1945年9月9日，日本向中国投降（油画）

器袭击又另当别论了。但从广岛的核武器袭击来看，最终死亡的也是8万多人。而东京大轰炸被烧死了将近84 000人，规模是相当大的。

当时的这种轰炸，这种态势，使东京大量的工业区、商业区、住宅区一夜之间被摧毁。东京有四分之一的建筑被摧毁。据当时的目击者说，大火蔓延过来之前，炽热的高温已经使整个防火线熊熊燃烧，火还没有过来，温度就已经特别高，就使东西燃烧了。

东京大轰炸当时烧死了8万多人，加上后来不治死亡的有10万多人，死者大多数都是平民。美国的这次行为引起了极大争议。策划这次行动的美国空军司令说，如果这场战争美国战败，他本人肯定会被指控判刑，但他认为东京大轰炸也提早了战争的结束，从而减少了人员的伤亡。

不管怎么说，日本发动了"二战"是必须受惩罚的，但美国的这种惩罚方式也是极其残酷的。即使在这种情况下，日本最佩服的还是美国人。日本这种崇尚强者鄙视弱者的心态，让他们很少能与别的国家和民族平等相处。

从民族心理也可以看出来，中国从来没有对日本造成过这种伤害，但是今天日本民族中——当然不是说整个日本民族——其实有很多人还是非常友好的。但从一个相当的层面来看，提起中国他们仍然是鄙视的，相当看不起。

我们将真正自立于世界民族之林，日本是我们一个

日本天皇裕仁宣布日本投降

教员，这个教员当然不是一个很正面的，完全说是负面的也不一定对，但是怎么样成为一个强大的民族，我们也需要有一种非常清醒的认识，从历史中得到足够的启示。

第十章 新　　生

印度、日本、中国最初遭遇的命运都一样，没有哪一个国家没有被入侵，没有哪一个国家没有签订过不平等条约。中国选择了"枪杆子里面出政权"，印度选择了"非暴力不合作"，日本则选择了"脱亚入欧"。各个国家民族都在进行自己的选择，这些选择效果完全不一样。当年选择的效果在今天都很明显。

91. 长征对目标的选择不是一个神灵般的预言

中国革命之所以能够胜利，不是神机妙算的结果，而是艰苦卓绝的实践。

就拿长征举例。中央苏区反"围剿"失败，红军被迫开始长征，在整个长征的过程中，长征对目标的选择不是一个神灵般的预言，就是说红军长征之初就选定到陕北建立根据地，不是这样的结果。

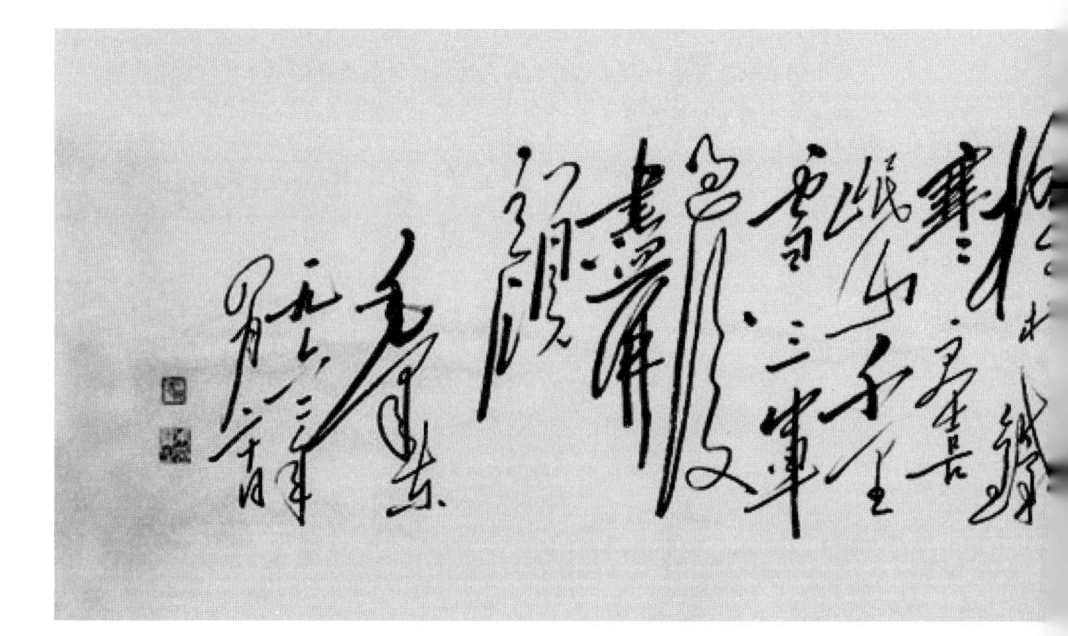

长征最初没有人称之为长征，称为战略转移，因为最初选定的目标，远远不是最后确定的到陕北去建立根据地，当时主要是考虑到湘鄂西，与贺龙、萧克的二、六军团会合。

这个目标被蒋介石一开始就认识得非常清楚，就知道红军一定会到湘西，与贺龙、萧克的二、六军团会合，所以防范甚严。湘江之战，红军损失惨重，战后锐减为3万余人，损伤过半。沉重的损失使红军彻底认识到中共中央临时负总责的博古和所谓的军事顾问李德所确定的目标是无法实现的。

那么湘江之战之后怎么办？新的目标到哪里去？没有确定。

后来，在黎平会议提出到贵州，在以遵义为中心的川黔边区建立新的根据地。黎平会议对中央从江西出发选定的湘西目标做了第一个修正，就是不到湘西了，到以遵义为中心的川黔边区建立新的根据地。

黎平会议选定的这个根据地，在遵义会议又被否定了。

遵义会议提出的目标又是什么呢？遵义会议的决议，一方面，确定

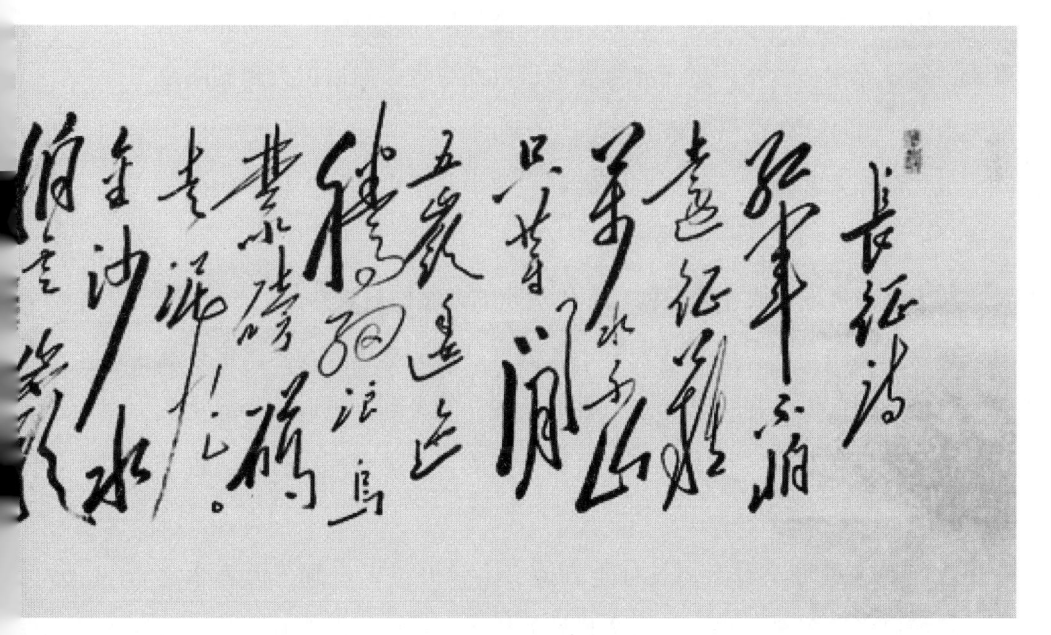

毛泽东《长征诗》手迹

了毛泽东同志在军队的指挥权；另一方面，确定了北渡长江，会合四方面军，在川西北创建根据地，进而赤化四川。

遵义会议确定的目标，由于一渡赤水之前的作战失败，被迫放弃，就是说建立川西北的根据地也没有可能，首先因为从宜宾附近渡过长江就完全不可能。

一渡赤水之后召开的扎西会议，又把遵义会议提出的到川西北建立根据地，进而争取赤化四川这个目标改变了。扎西会议提出的是，在云贵川边建立革命根据地。

云贵川边的根据地也没有搞成，因为川军、滇军的夹击。川军、滇军很快就到了这个区域，云贵川边也搞不成了。后来二渡赤水，二渡赤水占领了遵义，取得了遵义战役的胜利。遵义战役的胜利，可以说是红军长征中取得的第一个大胜利，叫遵义大捷。

遵义大捷之后，红军的主要目标变成了要解决贵州。在遵义会议之后，三渡赤水之前，毛泽东同志就力主红军主力要歼灭国民党的追击军周浑元纵队，要与周浑元纵队进行决战，全歼周浑元纵队，进而赤化全贵州，通过赤化全贵州，进而赤化整个云贵川三省，然后扩大到湖南及广大地区，当时这个设想实际上也是达不到的。

但二渡赤水和遵义大捷的空前胜利，使中共中央领导人再一次急于求成。

后来因为鲁班场战斗的失利，赤化贵州的方案被迫放弃。

这就是毛泽东同志在"八大"二次会议，他所承认的，一生中打过四次败仗，两次发生在一渡赤水、鲁班场战斗的失利，被迫放弃赤化贵州——就是毛泽东在"八大"二次会议上讲的，"茅台那次打仗，也是我指挥的"。

我们从这里可以看出，长征走到遵义会议开过，走到三渡赤水之前，目标已经做了多次修正。这个目标的修正，已经由湘西修正为川黔边区，又修正为川西北，紧接着又修正为赤化贵州，赤化贵州也不成。这是中国共产党人在完成这个过程中进行的艰辛探索，不断地撞南墙，但最珍贵的是什么？是撞了南墙也不回头，还在反复地寻找。所以中国革命的成功，不是神机妙算的结果，而是艰苦卓绝的实践。

92. 国民党无疑有好故事，
但共产党的故事肯定更好

在长征过程中，红军的战略目标不断地变化，一个一个的目标在发生改变。

在四渡赤水之后，红军把目光放在了黔西南地区，就是贵州的西南部，但是红军还没有到，滇军就先到了。

后人现在看四渡赤水，感觉那是非常伟大的，但是伟大从来是以苦难为代价的。中央红军在这几个月里，时而东，时而西，忽而北，忽而南，无定向转移，从建立黔北根据地开始，到川西北，几次预言的根据地都没有建成，赤化四川、赤化贵州的设想，也都没有实现。四渡赤水之前，原来曾在扎西、遵义招募过几千个新兵，使湘江之战的损失得到一些弥补，红军得以喘息。但是过金沙江之前，红军的人数已减到2万余人。

86 000名红军开始长征，湘江之战后，红军减到3万余人，减了大半；四渡赤水之后，到过金沙江之前，红军人数又减一半，减到了2万人。这是个非常困难的时期。

一直到了1935年4月，中央军委决定，争取迅速渡过金沙江，占领川西，消灭敌人，建立川西根据地。这时候红军的战略方针再次出现重大转变。从江西出发就不断寻找北上的途径，一直走到了西南边陲，终于找到了北上的途径，就是突破金沙江，北渡大渡河。这是红军历尽了艰难困苦后的选择。

而1935年6月，一、四方面军会合，召开两河口会议。一、四方面军讨论会合之后的战略方针。两河口会议，采纳了周恩来所提出来的赤化川陕甘的提议。会议记录在最后写道：全体通过恩来的战略方针。

赤化川陕甘，就非常明确地提出了北上的问题。这是第一次非常明确地在中央会议上记录下来。但是到了9月，由于一、四方面军分裂，张国焘率领四方面军及一方面军的一部分，独自南下，毛泽东则率领少部分人北上。

发生分裂之后，北上的中央红军召开俄界会议。毛泽东在俄界会议上讲，我们本来应该像恩来建议的，建立川陕甘根据地，但是，现在只有一方面军的主力北上，只剩7000人，人数太少，那么现在怎么办？毛泽东讲，现在建立川陕甘苏区已经不可能了，只有在与苏联接近的地方创造一个根据地，将来往东发展。这是俄界会议的决议。

俄界会议的决议实际上把两河口会议的决议又放弃了。

确定去陕北根据地的会议，是9月27日的榜罗镇会议，榜罗镇会议之前，毛泽东查阅缴获的当地邮局的报纸，通过报纸上阎锡山的讲话，终于发现：陕北还有一块根据地。毛泽东看了消息之后，迅速地修改了在俄界会议确定的"首先在与苏联接近的地方创造一个根据地"的设想，提出到陕北去，在陕北建立根据地，保卫扩大革命的根据地，以陕北苏区来领导全国的革命。

回顾整个长征过程，可以看出来，这就叫"艰难困苦，玉汝于成"。

从1934年10月10日长征开始，战略目标不断转移，从最初考虑到湘鄂西，到黎平会议的川黔边区，到遵义会议的川西北，到扎西会议的云贵川边，到两河口会议的川陕甘，到俄界会议的与苏联接近的地方，一直到榜罗镇会议，最终确定为陕北。这是红军的队伍，一路硝烟，一路烈火，撞得头破血流，最后终于在夹缝之中，发现了这么一个根据地。红军长征一年来，经过无数牺牲奋斗和不懈的实践与探索，战略目标的选择最终完成。

所以说，红军长征的战略目标，并不是一开始就确定要到陕北建立根据地，是历尽艰难，经过无数牺牲、不懈地实践和探索，最终在不断的选择变化之中，完成了最终的战略目标选择。而在脱离了根据地一年后，长途跋涉二万五千里的中央红军终于找到了根据地。

这是历尽艰难选择的结果。所以说，中国革命的胜利，它不是一个神灵的预言，不是来自于神机妙算，而是来自于艰苦卓绝的实践，不屈不挠，任何情况下，绝不放弃。从这一点上，就像一个作者所讲的，他说国民党无疑有好故事，但共产党的故事，肯定更好。国民党打了败仗就散，共产党打了败仗也不散，继续艰苦奋斗，最后玉汝于成。这话讲得是非常正确的。

1986年，索尔兹伯里在中国与美国同时出版了 *The Long March，The untold story*，翻译为《长征——前所未闻的故事》。这位美国老人以76岁高龄跋涉一万多公里，完成了对中国工农红军二万五千里长征的寻访，写出了这本书，成为继斯诺《红星照耀的中国》之后，又一部介绍中国工农红军长征的书籍。

索尔兹伯里在序言里的最后一句话是："阅读长征的故事将使人们再次认识到，人类的精神一旦被唤起，其威力是无穷无尽的。"

其所言极是。你可以忘记中央红军纵横十一省区，行程二万五千里，一路硝烟，一路战火；可以忘记不尽的高山大河，狭道天险，国民党数十万大军左跟右随，围追堵截；可以忘记革命队伍内部的争论与妥协，弥合与分裂，但这一点你将很难忘怀：长征所展示的足以照射千秋万代的不死精神与非凡气概。

不屈不挠的工农红军。

不屈不挠的共产党人。

不屈不挠的解放事业。

不屈不挠的中华民族。

有许多时候我想,如果没有艰苦卓绝的五次反"围剿",如果没有惊天动地的二万五千里长征,我们的今天又是什么样的?中华民族是否可能探测到这样的时代宽度和历史深度?中华民族的伟大复兴能否获得今天这样的世界性号音?

你或许可以抱怨,如今鲜见这样的共产党员了。但你不得不惊叹:我们拥有过如此一批义无反顾、舍生忘死的共产党人。

我们也办了蠢事。一遍一遍把历史朝这面颠过来,又一遍一遍把历史朝那面倒过去。颠倒的次数多了,连自己也分不清正反了。于是很多人便不屑于分清了。

这不是不屑于分清者的责任,是颠倒者的责任,历史有其自身规律。

最容易被忘掉的,就是人人都在论断历史,而人人又都被历史论断。

我们图解了历史,而历史是最不能被图解的。它的色彩,不可能用3色、6色、12色或哪怕24色概括出来。再丰富多彩的颜料,也难描尽历史的真面。

其实面对如此众多的历史财富,无须刻意加工或粉饰,把它活生生摆上来让大家看,就足以令世人深深感动。

93. 中国革命，从全球化进程开始

现在把整个东方20世纪的历史加以回顾。

中国革命，它不是一个孤立的现象；中国革命，如果放在一个东方大背景之下看，能够看得更加清楚。它就像一幅油画一样，光看一个高光点，光看一个局部是看不清楚的。只有把它并不很清晰的背景全部看清楚了，那么这个高光点，这个着力描述的地方，就会凸显得更加厉害。所以，在回顾中国革命历史的时候，应该看到一个更为巨大的里程碑。

就像现在谈论全球化一样，真正的全球化进程，实际上是从发现新大陆，发现新航线，从达·伽马，从哥伦布，从麦哲伦环球航行开始的。

这一点，非常像马克思、恩格斯在《共产党宣言》中所说的，"资本主义商品的低廉价格，是它用于摧毁一切万里长城，征服异族最顽强仇外心理的重炮，它迫使一切不想灭亡的民族采取资产阶级生产方式，迫使他们在自己那里推行资本主义制度，变成资产者。一句话，它按照自己的面貌，为自己创造一个世界"。

毫无疑问，这就是全球化的进程。

所以，要看中国革命，实际上应该把它放在一个更大的背景之下。

在这种全球化的背景之下，帝国主义的坚船利炮开始了资本主义向全世界的扩张，向全世界的掠夺。当时的亚洲国家，几乎都面临危险，不光是中国。

当然，中国面临的危险是最直接的。

1840年的第一次鸦片战争，大英帝国凭借16条军舰、4000名陆军就能迫使当时的清政府签订了丧权辱国的《中英江宁条约》——我们后来称之为《南京条约》。

1860年，第二次鸦片战争，英法联军，英军18 000人，法军7200人，共25 000多人，长驱直入中国首都，杀人放火，把圆明园付之一炬。

前不久有关"十二生肖兽首铜像的流失"的话题，圆明园内十二生肖的流失，就是第二次鸦片战争时，英法联军25 000多人长驱直入我们首都，杀人放火，把圆明园付之一炬，将十二生肖掠走。我们现在采取各种各样的方法，包括购买的方法把它们拿回来，但是如果我们以为把这些牛首、马首、兔首买回来就算终结了那段历史，那我们把自己看得太简单了。

中国近代以来，这种积贫积弱，这种丧权辱国，其中的教训非常多，非常值得思考，不是用重金把十二生肖买回来就能了断这段历史的。

到了1894年，甲午战争失败，签订《马关条约》，中国开始了空前的割地赔款。甲午战争结束，实际上国土已经被多个帝国主义势力范围瓜分，中国沦落为一个半殖民地半封建的国家。

在这个过程中，没有过抗争吗？

在这其中，有过道光皇帝对英国宣战，有过咸丰皇帝对英法宣战，有过光绪皇帝对日本宣战，有过慈禧太后对十三国宣战，结果怎么样？一次败得比一次惨。而且国内还有太平天国运动，有捻军起义，有白莲教起义，有义和团运动，也都一次一次归于失败。

这就是19世纪末20世纪初中国的命运，这是中国大革命的背景。在这种情况之下，中国发生革命，就像鲁迅所讲的一样，地火在地下奔腾运行，熔浆一旦喷出，将要燃尽一切。

中国革命，能量聚积的时间太长，它不仅仅是从20世纪，从1840年以来，无尽的探索都在蕴积这样一个运动，就缺一个突破口。那么辛亥革命是这样一个突破口，辛亥革命推翻了两千多年的封建统治，但是辛亥革命的不彻底性，导致辛亥革命的成果被篡夺，中国走向共和，没有走成。

没有走成共和的中国，又该经历怎样的选择？可以把在19世纪末20世纪初中国的命运与印度的命运做一个比较，与日本的命运做一个比较。可以看一看，在当时世界的整个东方，包括中国，包括印度，包括日本，是怎样完成自己的选择的。

94. 面对侵略，中印选择抵抗革命道路为何有别

1840年，中国遭到第一次鸦片战争的入侵。而在将近100年前，印度在1757年，已经沦为英国的殖民地，到1858年，英国政府直接统治了印度。

当时，英国人曾经有过一句豪言，叫"宁愿失去印度，也不愿意失去莎士比亚"。这句话说得非常绅士，我宁愿丢掉印度，也不愿丢掉莎士比亚。莎士比亚是英国大文豪、世界级大文豪，给英国思想、文化、艺术带来多么辉煌的东西。但是话说得绅士，实际上英国人是绝对不能容忍印度丢失的。这种语言行动，实际上就是"宁愿失去莎士比亚，也不愿失去印度"。这就是理论与实际的巨大差异，话能说得非常漂亮，但实际上不一定能做得如此漂亮。

印度的革命跟中国走了一条不同的道路。

印度民族解放领袖甘地，他的"非暴力不合作"是其中的典型，他跟中国所采取的行动完全不一样。甘地崇尚的"非暴力不合作运动"，导致他反对一切暴力。第二次世界大战开始之前，甘地劝告捷克人、波兰人、犹太人，不要反抗法西斯纳粹，只要不合作就行，因为他在印度推行的就是不合作。"非暴力不合作运动"，怎么打我都行，反正我就是不合作，我也不反抗。他的这种理论在印度可能行得通，但拿去劝告

甘地

捷克人、波兰人、犹太人，万万不行。

1936年，甘地曾经还接受过中国国民党元老戴季陶的访问。当时在中国，局部的抗日已经开始，甘地认为中国正在进行抗日作战，违背非暴力主张。甘地当时这么说："从一个非暴力者的角度来看，我必须说，以一个拥有4亿人口的中国，对付一个开化的日本，还不得不以与日本人同样的手段来抵抗日本侵略，我认为这是不适当的。"他还说，"假如中国人有了我这样非暴力的概念，就不需要用日本一样的毁灭手段。"

当然，我们非常尊重甘地的伟大人格，非常尊重甘地那种自我约束、自我牺牲的美德，但是我们也不得不注意到，真理往前再多迈一步，就是谬误。当甘地把自己的"非暴力不合作"绝对化，认为这是世间解决一切矛盾、纷争、战争、屠杀的灵丹妙药时，另一种谬误也就产生了。

实际上，甘地这样的人物，大英帝国的殖民者也是难以容忍的，尽管他主张"非暴力不合作"。在30多年时间里,英国人把甘地12次抓进监狱,他几乎就在监狱里度过了整个后半生。甘地的"非暴力不合作",在印度的整个民族解放中,实际上作用并不像后来宣传的那么重大。

再回过头来看,英国哪有一点儿"宁愿丢掉印度,也不愿丢掉莎士比亚"的绅士风度?他们一点儿风度都没有。把这么一个"非暴力"分子在监狱里几乎关了后半生,这是莎士比亚的风度吗?

从这一点可以看出来,印度在追求民族独立的解放斗争中,它的选择跟中国是不一样的。

95. 日本选择脱亚入欧，区别中国抵抗运动

当中国正在不停地尝试选择道路的时候，印度在民族英雄甘地的领导下，选择了"非暴力不合作"的道路，而日本，则选择了一条完全不同的道路。

日本最初跟中国和印度是一样的，也是一个被侵略的国家。1840年中国遭鸦片战争入侵，日本晚了13年。1853年，美国海军东印度舰队司令佩里率领四艘军舰强行闯入日本浦贺港，要求谈判通商，否则动武，日本没有办法。1854年，美国强迫日本签订第一个不平等条约《神奈川条约》，即《安政条约》。

此后，日本与中国一样，一发而不可收。1855年，俄国强迫日本签订《下田条约》；1856年，荷兰强迫日本签署《和亲条约》；1857年和1858年，美国又与日本签订两个所谓的《通商友好条约》，不仅夺得了租界和领事裁判权，而且剥夺了日本的关税自主权；1860年以后，英国也强迫日本签订不平等条约；1863年至1864年，美、英、法、荷四国组成联合舰队，炮击日本下关，勒索战争赔款，控制日本关税，取得在日本的驻兵权。

日本的命运最初与中国完全一样，从这一点看，东方的整个革命所发生的背景，印度、日本、中国这些国家民族最初遭遇的命运都一样，

从当时的东方看，没有哪一个国家没有被入侵，没有哪一个国家没有签订过不平等条约。但走的方法、道路完全不一样。

当中国选择了"枪杆子里面出政权"的时候，印度选择了"非暴力不合作"，日本则选择了"脱亚入欧"。

日本在签订了大量丧权辱国条约的基础上，总结出了经验：绝对不能跟亚洲这些国家再混在一起，不能跟朝鲜，不能跟中国，不能跟东南亚各国，不能跟菲律宾，跟谁都不行，要自己走。"莫如与其脱离关系，而与西洋文明共进退。""支那和朝鲜是日本的邻国，同它们打交道，用不着特别客气，完全可以模仿西洋人的方式处理。"这是福泽谕吉的"脱亚入欧论"。

日本遭到殖民抢掠，在完成自己的民族解放过程中，完成了明治维新，然后通过战争掠夺，压榨比它更弱的国家，完成自己的发达。它走了一条战争和军阀的道路，走了一条法西斯道路。

当中国正在开展抵抗运动，印度正在开展不合作运动时，日本走了另外一条道路，"先顺从，再效仿，最后脱亚入欧"。强权来了，我打不过，美国也好，英国也好，法国也好，荷兰也好，俄国也好，反正打不过，我就顺从，然后我再效仿，学会用西方的方法来对付东方的国家。日本最直接的侵略对象是谁？第一是朝鲜，第二是中国。通过对朝鲜的占领、击败中国获取巨额的战争赔款，完成日本的现代化。

印度是怎么走上一条"非暴力不合作"的道路，中国是怎么走上一条"枪杆子里面出政权"的道路，日本是怎么走上一条所谓"脱亚入欧"的法西斯道路，都是在今天观察中国革命的时候，不能不思考的。中国革命绝对不是单独在真空中发生的，是在东方这样一个大环境、大背景下发生的。

20世纪，风起云涌，各个国家民族都在进行自己的选择，这些选择效果完全不一样。当年选择的效果在今天都很明显，今天印度的状态是印度当年选择的结果，今天中国的状态是中国当年选择的结果，今天日本的状态也是日本当年选择的结果。

  一个国家、一个民族，跟一个人一样，历史进程中大的十字路口并没有几个，一旦选择过去，影响重大。从今天来看，我们都能看清这些重大的影响。

96. 中华民族近代最缺胜利，共产党为何能胜利

没有品尝过胜利美酒的民族，精神永远苦涩萎靡。中国共产党领导的中国革命给中国人民、中华民族带来一个最根本的东西，这个东西是什么呢？胜利！

中华民族在近代以来可能什么都不缺，唯独缺胜利。

近代以来，中华民族有太多的苦难、太多的挫折、太多的失败，最缺乏的就是胜利。从近代以来，包括第一次鸦片战争和第二次鸦片战争，对方都没有多少兵力，对方的坚船利炮很容易就轰开了我们的大门。第二次鸦片战争的时候英军18 000人，法军7200人，区区25 000多人长驱直入一个泱泱大国首都，杀人放火。这在世界战争史上也算一项纪录。

到了1900年，英、法、德、意、美、日、俄、奥八国联军攻占北京，国家倒是不少，拼凑起来的总兵力不足2万，而清军在京津一带的兵力有几十万人，义和团的拳民五六十万人，仍然无法阻挡北京的陷落，最终赔款四亿五千万两白银。

2万人进攻北京，最后获取四亿五千万两白银，这或许是世界战争史上又一项纪录。当然，八国联军占领北京之后，迅速增兵达到10万人以上，但是当时攻占北京就这不到2万人。

我们经常声讨帝国主义的凶残，侵略成性，掠夺成性，嗜血成性，而且我们诅咒中国统治者的腐败，卑躬屈膝，丧权辱国。我们对我们屈辱的历史，长期感叹不已，挥泪不已，心潮澎湃不已。但这是远远不够的，我们经常讲一个国家、一个民族，你没有取得过胜利，你吃再多的苦也是不行的。

战略学大师克劳塞维茨讲过一句话：军队的精神力量主要来源于两大因素——苦难和胜利。当然，他讲的是军队。对于一个国家来说，对于一个民族来说，都是一样的。没有苦难，任何国家、任何民族、任何军队就没有坚忍没有积聚，只有在苦难中才能完成力量的积聚。没有胜利呢？没有胜利就没有激情，没有尊严。

在这个基础之上，中国共产党的胜利给中华民族的精神状态带来一种天翻地覆的变化，跟过去的精神状态完全不一样。

当然，现在社会上有各种各样的不同说法，包括对中国共产党在近代以来的历史地位和作用的说法，包括今天我们应不应该走社会主义道路，包括中国的发展方式和方向等。比如就有这样的说法，说共产党是胜利了，但共产党的胜利是偶然，利用了对手的失误，利用了国际局势提供的一些机缘。比如国民党方面就说，中国共产党通过两次统战把国民党统垮了，两次统战使共产党的能力获得了天大的发展，所以说共产党占了大便宜。实际上，大陆有些学者也持这样的看法。

持这样看法的人，应该看一看中国共产党人走过的艰苦卓绝的历史进程。

1927年大革命失败，共产党人尸横遍野，血流成河，从领袖到基层党员，一层一层被人屠杀，在世界政党史上，没有哪个政党像中国共产党这样经过了地狱火般的熬炼。

1934年红军长征又是一次。第五次反"围剿"失败，红军被迫长征，大量的同志牺牲，当时红军总人数将近30万，红军长征到陕北三大方面军会师时，人数不到3万。但共产党人前仆后继，一往无前，正如毛泽东讲的那样，"掩埋好同伴的尸体，揩干净身上的血迹，他们又继续前进了"。

历史给了共产党人什么机会？

可以说历史没有给共产党人什么机会。

共产党的胜利，有一个非常大的特点，就是把不是机会的机会都变成机会。这种夹缝中求生存的能力，这种策略的运用，这种奋斗到底的决心，这种坚定不移的信仰，是中国共产党能够获得胜利的最根本的原因，而不是像一些学者所讲的，共产党的胜利来自于偶然，利用了对手的失误，利用了国际形势的机缘。

如果共产党没有这些本质性的东西，如果没有这种坚定的信仰，这种顽强的奋斗精神，这种不屈不挠的战斗到最后一个人也绝不屈服的精神状态，它不可能获得今天的胜利。中国共产党人的胜利，给中国带来了根本变化，给中华民族带来了根本变化。

97. 中国共产党历经严峻考验最终赢得革命胜利

从1921年成立到1949年赢得政权，回顾中国共产党28年的革命历程，并非一帆风顺，甚至很多次都陷入危险的境地，而中国革命的闪光之处正在于无数共产党人艰苦卓绝、不怕牺牲、勇于奋斗的革命精神。

1927年大革命失败，1934年红军被迫长征，即使到了抗日战争形成统一战线之后，又有皖南事变使得新四军严重损失，1945年国共谈判破裂，蒋介石与共产党人翻脸，想在几个月内把八路军、新四军全部消灭，共产党人多次濒临危急，多次面临最严峻的考验。

共产党不是命运的幸运儿，它是最英勇、最顽强、最能奋斗、最富有牺牲精神的一支队伍，所以从1921年成立之初的50多名党员，到1949年夺取全国政权，28年以后夺取全国政权。

共产党的生命力来源值得探讨。

这支军队从1927年建军，八一南昌起义到最后仅剩800多人，但22年之后，百万雄师过大江，这是中国革命的闪光点。

中国共产党人的牺牲、奋斗给中华民族带来天翻地覆的变化，使我们的精神面貌发生非常大的变化。这种变化就是毛泽东同志在1949年讲的那句话：中国必须独立，中国必须解放，中国的事情必须由中国人民自己做主张，自己来处理。不容许任何帝国主义国家再有一丝一毫的干涉。

这就是新中国的心声。

中华民族的独立、自由、富强，是多少代共产党人的追求！多少代共产党人为此付出了巨大的牺牲！就像新中国成立的时候我们所付出的牺牲，几百万人的牺牲，几百万共产党人和革命群众的牺牲。这是新中国最为稳固的基础。

中国革命太难投机了。

中国共产党内所出的叛徒，向忠发，党中央总书记最后都叛变；张国焘，资深的共产党人，中共中央长期主要领导者之一，红四方面军的主要领导人，叛变之前身份是陕甘宁边区政府副主席。如果认为中国共产党的胜利来自偶然，如果这些曾经担任过党的领导人的人知道这个党1949年要夺取胜利，在未来一定要夺取胜利，他们会做出这样的事情来吗？我觉得他们很可能不一定会做。

中华民族从1840年以来，从林则徐的"禁烟"以来，一直到1949年新中国成立，所获得的胜利是把"民族救亡"的百年命题最终打了个结。

中国革命的胜利，不仅仅是中国共产党的胜利，更是中华民族的胜利。而这样的胜利给中华民族带来的精神洗礼，是任何说教、任何精神财富都不可比拟的。

98. 新民主主义革命带给中华民族彻底新生

现在有一种论调,主张中国要"告别革命",甚至辛亥革命也不应该搞。认为最理想的是1898年"戊戌变法"成功,实现君主立宪,那么中国可以不流一滴血,发展可能比现在还要快,早已繁荣富强了。

持这种说法的人至少有三个失误。

首先,历史潮流不可抗拒。中国当时在大革命时期,宣称这一潮流根本不该发生的人,充其量不过扮演了坐在岸边一哄而起、随后一哄而散的看客角色。

其次,永远不要以为腰包鼓起来就能自立于世界民族之林。

最后,能够真正自立于世界民族之林的民族,皆兼备物质、精神双重强大的条件。

从这个角度来说,中国共产党人通过艰苦卓绝斗争获得的一系列惊天动地的胜利,不但使中华民族达到了前所未有的历史高度和探测到前所未识的时代宽度,而且培养出一大批天不怕地不怕、神不怕鬼不怕的共产党人,告别了长期沿袭的颓丧萎靡之气。

曾经通过《阿Q正传》等著作强烈抨击国民劣根性的鲁迅,在红军长征到达陕北后特意致电:在你们身上,寄托着中国与人类的将来。

中华民族历经苦难,唯有通过一批又一批的先驱者忘我奋斗,最后夺取胜利，才能如此苦难辉煌。唯有通过这样一批批前仆后继、最富牺牲精神、最富奋斗精神、最代表广大中华民族利益的群体的奋斗，最终才能被中华民族所接受。

新中国的建立达成了今天这样的状态。在这个过程中，我们所获得的绝不仅仅是表面的新中国建立，也绝不仅仅是现在物质财富空前的增长，而是中华民族经历了一种前所未有的精神洗礼。

中国共产党以90多年的苦难与辉煌，激起了中华民族空前的凝聚力与自豪感。历史选择了中国共产党，人民选择了中国共产党。革命先烈和无数前辈用他们所遭受的苦难，换来后人所成就的辉煌。

忘却过去，就意味着背叛。我们今天通过"苦难辉煌"来回顾过去，绝不仅仅是为了歌颂过去的伟大光荣与正确，主要目的是着眼于未来。

在未来，我们怎样继承这笔辉煌无比的精神财富，成为中华民族走向复兴的最根本的依托。

图书在版编目（CIP）数据

浴血荣光 / 金一南著. — 北京：北京联合出版公司，2017.5（2024.11重印）

ISBN 978-7-5502-9961-0

Ⅰ.①浴… Ⅱ.①金… Ⅲ.①报告文学 – 中国 – 当代 Ⅳ.①I25

中国版本图书馆CIP数据核字（2017）第042475号

浴血荣光

作　　者：金一南
责任编辑：李　征
审读编辑：徐向东
封面设计：仙境书品

北京联合出版公司出版
（北京市西城区德外大街83号楼9层　100088）
嘉业印刷（天津）有限公司　新华书店经销
字数：273千字　710毫米×1000毫米　1/16　印张：23.5
2017年5月第1版　2024年11月第28次印刷
ISBN：978-7-5502-9961-0
定价：45.00元

未经许可，不得以任何方式复制或抄袭本书部分或全部内容
版权所有，侵权必究
本书若有质量问题，请与本公司图书销售中心联系调换。电话：010-82069036